NIEMALSWELT

© David Schulze

Marisha Pessl stammt aus Asheville, North Carolina, und lebt mittlerweile in New York. Ihr Debütroman *Die alltägliche Physik des Unglücks* wurde ein internationaler Bestseller, hat diverse Preise gewonnen und ist von der New York Times als eines der *10 Best Books of the Year* ausgewählt worden. *Niemalswelt* ist ihr erstes Buch für Jugendliche und junge Erwachsene. Mehr über Marisha auf MarishaPessl.com und auf Facebook, Twitter und Instagram.

MARISHA PESSL

NIEMALSWELT

Aus dem Englischen von Claudia Feldmann

CARLSEN

MIX
Papier aus verantwortungsvollen Quellen
FSC
www.fsc.org
FSC® C083411

Unser Versprechen für mehr Nachhaltigkeit
- Klimaneutrales Produkt
- Papiere aus nachhaltiger Waldwirtschaft
- Hergestellt in Europa

Veröffentlicht im Carlsen Verlag
Juli 2021

Originalverlag: Delacorte Press, an imprint of Random House Children's Books, a division of Random House LCC, New York
Originaltitel: Neverworld Wake

Umschlagfotografie: iStock © Victor_Tongdee,
Schrift shutterstock © Jag_cz
Umschlaggestaltung und -typografie: formlabor
Aus dem Englischen von Claudia Feldmann
Corporate Design Taschenbuch: bell étage
ISBN: 978-3-551-31993-7

Für David

Manchmal gibt es keine Antwort,
manchmal findest du Liebe,
manchmal hat die Dunkelheit Zähne,
manchmal verbirgt sie Tauben.
Während du dem gewundenen Pfad des Lebens folgst,
ist eine Sache gewiss:
Du wirst sprachlos sein.
Und dann? Frag jemanden, der sich auskennt.

J. C. Gossamer Madwick,
Das dunkle Haus an der Anderswokurve

ERSTER TEIL

1

Ich hatte seit über einem Jahr nicht mehr mit Whitley Lansing – oder sonst irgendeinem von ihnen – gesprochen.

Als nach meiner letzten Klausur die SMS von ihr kam, erschien es mir unausweichlich, wie ein Komet, der über den Nachthimmel fliegt, wie ein Zeichen des Schicksals.

Hi, Bee. Verdammt lang her – wie gehts dir? Wie war dein erstes Jahr am College? Super? Scheiße?

Du fehlst uns.

Warum ich mich melde: Die Gang trifft sich an meinem Geburtstag in Wincroft. Linda ist dann auf Mallorca & EZS Burt heiratet in St. Bart's, zum dritten Mal (eine vegane Yogini). Wir haben das Haus also für uns. Wie früher.

Bist du dabei, Bumblebee? Wie wärs?

Carpe noctem.

Nutze die Nacht.

Sie war die Einzige, die ich kannte, die jeden musterte wie ein Dior-Model in Leder und mit Latein um sich warf, als wäre es ihre Muttersprache.

»Wie war die Klausur?«, fragte Mom, als sie mich abholte.

»Ich hab Sokrates mit Plato verwechselt und bin nicht rechtzeitig fertig geworden«, antwortete ich, während ich den Sicherheitsgurt festzurrte.

»Du warst bestimmt klasse.« Sie lächelte und sah mich aufmerksam an. »Gibts noch irgendwas zu erledigen?«

Ich schüttelte den Kopf.

Dad und ich hatten mein Zimmer im Wohnheim schon leer geräumt. Meine Bücher hatte ich zum Studentenwerk zurückgebracht, um die dreißig Prozent Rabatt fürs nächste Jahr zu bekommen. Ich hatte das Zimmer mit einem Mädchen namens Casey aus New Haven geteilt, die jedes Wochenende nach Hause gefahren war, um sich mit ihrem Freund zu treffen. Ich hatte sie seit der Einführungswoche kaum gesehen.

Der Abschluss meines ersten Jahrs am Emerson College war mit dem gleichgültigen Schweigen vorbeigegangen, mit dem man auch den Räumungsverkauf in einer Mini-Mall zur Kenntnis nimmt.

»Da braut sich was zusammen«, hätte Jim gesagt.

....

Ich hatte keine Pläne für den Sommer, außer bei meinen Eltern im Captain's Crow auszuhelfen.

Das Captain's Crow ist das Hafencafé meiner Eltern in Watch Hill, der kleinen Küstenstadt, in der ich aufgewachsen bin.

Watch Hill, Rhode Island. Anzahl der Einwohner: Jeder kennt jeden.

Mein Urgroßvater Burn Hartley eröffnete das Café 1885, als Watch Hill kaum mehr als eine Ansammlung karger Häuser war, in denen Walfängerkapitäne ihre meeresmüden Beine ausstreckten und ihre Kinder zum ersten Mal auf den Arm nahmen, bevor sie sich wieder in die unbekannten Weiten des Atlantiks aufmachten. Über dem Eingang hängt eine gerahmte Bleistiftzeichnung von Burn, und sein Gesicht hat den wilden Blick eines genialen, früh verstorbenen Schriftstellers oder eines Entdeckungsreisenden, der in der Arktis verschollen ist. Tatsächlich jedoch konnte er kaum lesen, umgab sich lieber mit vertrauten Gesichtern als mit fremden und zog das Festland der See vor. Sein ganzes Leben lang tat er nichts anderes, als unser kleines Café zu führen und das Rezept für die weltbeste Muschelsuppe zu perfektionieren.

Den ganzen Sommer lang verkaufte ich Eiskugeln an gebräunte Teenager in Flipflops und pastellfarbenen Sweatshirts. Sie kamen in großen, flirrenden Gruppen wie Fischschwärme. Ich bereitete Hamburger und überbackene Thunfischsandwiches zu, Krautsalat und Milchshakes. Ich fegte den Sand vom schwarz-weiß gefliesten Boden. Ich verteilte Papierservietten, Ketchuppäckchen, Salztütchen,

Über-21-Armbänder, Pappbecher und Tiefseefischer-Ausflugsbroschüren. Ich legte vergessene Handys an die Kasse, damit sie leicht zu finden waren, wenn der von Panik erfasste Besitzer hereingestürmt kam: »Ich hab mein Handy … Oh, danke, das ist ja nett von dir!« Ich sammelte die eingerissenen blauen Tickets von dem uralten Karussell ein, das ein paar Meter weiter am Strand stand und statt mit Pferden mit Meerjungfrauen bestückt war. Wenn Watch Hill überhaupt für irgendwas berühmt ist, dann dafür, dass Eleanor Roosevelt dort auf einer rothaarigen Meerjungfrau mit Damensattel fotografiert wurde. (Der ganze Ort lästerte darüber, wie missmutig sie auf dem Foto aussah, halb begraben unter den Massen ihrer Rüschenröcke.)

Ich wischte die Grillsoße von den Mülleimern und die *Strandgut*-Kleckse von den Tischen (*Süßes Strandgut* war die Lieblingseissorte aller Kinder, eine Mischung aus Keksbröseln, Walnüssen, Kuchenteig und Schokostückchen). Ich putzte die Fenster und Arbeitsflächen und Türklinken. Ich schrubbte die Salzkruste von den Muscheln und polierte jede einzelne wie ein Juwelier seine Lieblingssmaragde. Meist stand ich um fünf Uhr morgens auf und ging mit meinem Dad runter zu den Fischerbooten, um für den Tag einzukaufen. Ich inspizierte Krebse und Flundern, Austern und Barsch und strich mit der Hand über die rudernden Beine und Scheren, pockigen Schalen und schillernden Bäuche. Ich komponierte Songtexte für den Soundtrack zu einem erfundenen Film namens *Lola Andersons Highway-Überfall*, kritzelte Wörter, Reime, Gesichter und Hände auf Papierservietten und Speisekarten und warf sie weg, bevor irgendjemand sie sah. Ich ging zu einer Trauergruppe für Jugendliche im North Stonington Community Center. Außer mir gab es nur einen anderen Teilnehmer, ein schweigsamer Junge namens Turks, dessen Vater an ALS gestorben war. Nach den ersten zwei Sitzungen kam er nicht mehr, sodass ich ganz allein mit der Psychologin dasaß, einer zappeligen Frau namens Deb, die Hosenanzüge trug und immer einen dicken Wälzer mit dem Titel *Trauerarbeit für Jugendliche* dabeihatte.

»›Das Ziel dieser Übung ist, das Positive der verlorenen Beziehung hervorzuheben‹«, las sie aus Kapitel sieben vor und reichte mir ein Arbeitsblatt für einen Abschiedsbrief. »›Schreib darauf einen Brief an den Menschen, den du verloren hast, in dem du schöne Erinnerungen, Hoffnungen und eventuell noch offene Fragen festhältst.‹«

Sie knallte mir einen angekauten Kuli, auf dem TABEEGO ISLAND RESORTS stand, auf den Tisch und ging hinaus. Ich hörte, wie sie draußen im Flur mit jemandem namens Barry telefonierte und ihn wütend fragte, wieso er letzte Nacht nicht nach Hause gekommen war.

Ich malte einen kreischenden Falken auf den Abschiedsbrief und schrieb daneben den Songtext zu einem erfundenen japanischen Anime über einen vergessenen Gedanken mit dem Titel *Verschollen in einem Kopf*.

Dann verdrückte ich mich über die Feuertreppe und ging nie wieder hin.

Ich brachte Sleepy Sam (einem schlaksigen, dauermüden Teenager aus England, der seinen amerikanischen Dad besuchte) bei, wie man frittierte Venusmuscheln und das perfekte überbackene Käsesandwich machte. *Grill auf mittlere Stufe, Butter, vier Minuten von jeder Seite, sechs Scheiben Vermont Sharp Cheddar, zwei Fontina.* Zum Unabhängigkeitstag am 4. Juli lud er mich zu einer Party bei dem Freund eines Freundes ein. Zu seiner Überraschung kam ich tatsächlich. Ich stand mit einem lauwarmen Bier neben einer Lampe, hörte einem Gespräch über Gitarrenunterricht und Zach Galifianakis zu und wartete auf den richtigen Moment, um mich zu verdrücken.

»Das da drüben ist übrigens Bee«, sagte Sleepy Sam. »Sie kann tatsächlich sprechen, ich schwörs.«

Ich erzählte niemandem von Whitleys SMS, obwohl ich sie ständig im Hinterkopf hatte.

....

Es war das nagelneue, viel zu ausgefallene Kleid, das ich gekauft, aber nie aus der Tüte genommen hatte. Ich hatte es einfach hinten in meinen Schrank gelegt, noch in Papier gewickelt und mit dem Preisschild dran, um es zurückzubringen.

Trotzdem gab es die vage Möglichkeit, dass ich den Mut finden würde, es doch noch anzuziehen.

Ich wusste ihr Geburtsdatum so genau wie mein eigenes: 30. August.

Dieses Jahr war es ein Freitag. Das Großereignis des Tages war ein streunender Hund, der über die Main Street stromerte. Er hatte keine Hundemarke und den gequälten Blick eines Kriegsgefangenen. Er war grau und zottelig und zuckte jedes Mal zusammen, wenn jemand versuchte, ihn zu streicheln. Als ein Auto hupte, floh er panisch zwischen die Mülltonnen hinter dem Captain's Crow.

»Seht ihr den gelblichen Salzschlamm an seinen Hinterpfoten? Der stammt vom Westufer des Nickybogg Creek«, verkündete Officer Locke voll Begeisterung, weil es endlich mal ein Geheimnis zu lösen gab, sein erstes in diesem Jahr.

Der streunende Hund war den ganzen Tag das Hauptthema – was man mit ihm machen sollte, wo er herkam –, und erst viel später kam mir in den Sinn, wie merkwürdig es war, dass dieser Hund wie aus dem Nichts aufgetaucht war. Ich fragte mich, ob es ein Zeichen war, eine Warnung, dass etwas Schreckliches passieren würde, dass ich nicht den viel gepriesenen, geheimnisumwobenen Seitenpfad nehmen sollte, sondern den breiten, ausgetretenen und gut beleuchteten, den ich kannte.

Doch da war es bereits zu spät. Die Sonne war untergegangen und Sleepy Sam war fort. Ich hatte die Stühle auf die Tische gestellt und den Müll rausgebracht. Und außerdem widersprach es der menschlichen Natur. Niemand hörte je auf solche Warnungen.

Meine Eltern nahmen an, dass ich wie jeden Freitag mit ihnen nach Westerly ins Dreamland Theater fahren würde, um eine von den klassischen Screwball-Kömodien zu sehen.

»Heute nicht, ich hab schon was anderes vor«, sagte ich.

Dad war begeistert. »Wirklich, Bee? Das ist großartig.«

»Ich fahre nach Wincroft.«

Beide schwiegen. Mom hatte gerade das Schild im Schaufenster auf »Geschlossen« gedreht. Sie wandte sich um und zog fröstelnd ihre Strickjacke fester um sich, dabei waren es draußen vierundzwanzig Grad.

»Wie lange weißt du das schon?«, fragte sie.

»Nicht lange. Ich passe auf mich auf. Und ich bin bis Mitternacht zurück. Sie feiern dort Whitleys Geburtstag. Ich glaube, es wäre gut, wenn ich sie mal wieder sehen würde.«

»Das ist eine lange Fahrt im Dunkeln«, sagte Dad.

Mom sah aus, als hätte man ihr gerade eröffnet, dass ich nur noch sechs Wochen zu leben hätte. Wenn sie wirklich außer Fassung ist, kaut sie manchmal auf einem imaginären Kaugummi herum. Das tat sie jetzt.

»Ein Teil des Trauerprozesses besteht darin, sich mit der Vergangenheit auseinanderzusetzen«, sagte ich.

»Darum geht es nicht. Ich –«

»Ist schon gut, Victoria.« Dad legte die Hand auf ihre Schulter.

»Aber Dr. Quentin hat gesagt, du sollst dich nicht in belastende Situationen begeben, die –«

»Wir waren uns doch einig, dass Dr. Quentin ein Idiot ist«, sagte ich.

»Dr. Quentin ist in der Tat ein Idiot«, bestätigte mein Vater mit bedauerndem Nicken. »Allein die Tatsache, dass er so heißt wie ein Gefängnis, hätte uns misstrauisch machen sollen.«

»Ihr wisst, dass ich es nicht mag, wenn ihr euch gegen mich verbündet«, sagte Mom.

In dem Moment rüttelte ein rotgesichtiger Wochenendausflügler, der im O'Malligan's zu viele Biere getrunken hatte, an der Tür.

»Wir haben geschlossen«, fuhr meine Mutter ihn an.

....

So kam es, dass ich in Dads altem grünem Dodge-Pick-up mit dem kaputten Auspuff achtzig Kilometer die Küste von Rhode Island hinauffuhr.

Wincroft.

Der Name klang wie irgendwas aus einem windgepeitschten Roman voll mit Geistern und Wahnsinnigen. Das Haus war ein ausladendes Gebilde aus rotem Ziegelstein mit Türmchen, einem Park und krähenförmigen Wasserspeiern, das in den 1930er-Jahren von irgendeinem weißen Großwildjäger erbaut worden war, der wahrscheinlich Hemingway und Lawrence von Arabien zu seinen Freunden gezählt hatte. Da er ständig um die Welt gereist war, um schöne Tiere abzuknallen, war Wincroft, sein Wohnsitz an der Küste, sechzig Jahre lang kaum bewohnt gewesen. Als Whitleys schräger Ex-Zweit-Stiefvater Burt – von uns nur EZS Burt genannt – es in den 1980er-Jahren bei einer Zwangsversteigerung erstand, riss er die Inneneinrichtung heraus und ließ es in einem Stil neu herrichten, der laut Whitley aussah, »als hätte Madonna Cyndi Lauper vollgekotzt«.

Trotzdem konnte es passieren, dass man auf dem Dachboden die Schublade einer Kommode oder einen muffigen Überseekoffer öffnete und darin Fotos von Leuten fand, die

Gewehre in der Hand hielten und Fuchsfelle oder irgendwelche merkwürdigen ausgestopften Tiere präsentierten – ein Frettchen, einen roten Frosch oder irgendwelche unbekannten Nager. Das verlieh jedem Besuch in Wincroft das geheimnisvolle Flair einer archäologischen Expedition, als würde überall um uns herum in den Fußböden, Wänden und Decken irgendeine untergegangene Zivilisation darauf warten, von uns entdeckt zu werden.

»Wir sind unser Krempel«, sagte Jim einmal, als er eine ausgestopfte Eidechse aus einem Schuhkarton zog.

Nachdem man die Schnellstraße verlassen hatte, wurde der Weg kurvig und schwindelerregend, als wollte er einen durchschütteln. Die Küste von Rhode Island – abgesehen vom Schickimicki-Teil bei Newport mit den steilen Klippen und den Prachtvillen, die selbstgefällig auf die kleinen Segelboote unten im Hafen hinunterschauten – war rau und vergammelt, lässig und sonnenverbrannt. Sie war wie ein alter, obdachloser Strandstreuner in einem verwaschenen T-Shirt, der sich nicht erinnern konnte, wo er letzte Nacht geschlafen hatte. Das Gras war hart und vertrocknet, die Straßen salzig und voller Risse, garniert mit verblichenen Schildern und kaputten Ampeln. Brücken erhoben sich mühsam aus den Marschen und sanken auf der anderen Seite erschöpft in sich zusammen.

Ich hatte noch ihre Handynummern, aber ich wollte nicht anrufen. Ich wusste nicht mal, ob sie da sein würden. Konnte ja sein, dass sie in den Wochen, die seither vergangen waren, ihre Pläne geändert hatten. Vielleicht würde auf mein

Klopfen nicht Whitley öffnen, sondern ihr Ex-Zweit-Stiefvater Burt mit seinen zu langen grauen Locken, der vor einer Million Jahren einen oscarnominierten Song für einen tragischen Liebesfilm mit Ryan O'Neill geschrieben hatte. Vielleicht würden sie auch alle da sein. Vielleicht wollte ich den Ausdruck auf ihren Gesichtern sehen, wenn ich plötzlich da stand; einen Ausdruck, den sie nicht vorher einstudieren konnten.

Andererseits, da sie nicht wussten, dass ich kam, konnte ich immer noch umdrehen. Ich konnte zu meinen Eltern ins Dreamland Theater fahren, mir *Sein Mädchen für besondere Fälle* ansehen und hinterher im Shakedown frittierte Muscheln und Austern essen, dem Besitzer Artie Hallo sagen und so tun, als würde ich nicht hören, wie er Dad zuflüsterte, als ich zum Klo ging: »Bee sieht wirklich viel besser aus«, als wäre ich ein verletztes Rennpferd, dem sie den Gnadenschuss erspart hatten. Obwohl das nicht Arties Schuld war. Alle reagierten so, wenn sie erfuhren, was passiert war: Mein Freund Jim war letzten Sommer gestorben.

Der plötzliche Tod der Liebe deines Lebens ist nichts, was einem als Teenager passieren sollte. Aber wenn es schon sein musste, war es hilfreich, wenn es aus einem der drei nachvollziehbarsten Gründe für den Tod eines Heranwachsenden geschah, nämlich a) Autounfall, b) Krebs oder c) Selbstmord. Dann konnte einen nach erfolgter Auswahl der nächststehende Erwachsene sofort auf die passenden Filme (viele davon mit Timothy Hutton) und Ratgeber hinweisen, die einem halfen, damit klarzukommen.

Aber was, wenn der Grund für den Tod deines Freundes ungeklärt ist und du dastehst und in ein schwarzes Loch aus Schuldgefühlen und Ungewissheit starrst?

Dann gibt es keinen Film und keinen Ratgeber, der dir helfen kann.

Außer vielleicht *Der Exorzist*.

Wenn ich heute Abend nicht aufkreuzte, würden meine alten Freunde ihr Wochenende in Wincroft verbringen (oder auch nicht), und das wäre es dann. Damit würde ich dem alten Spielzeugsegelboot aus meiner Kindheit den letzten Schubser verpassen, der es endgültig hinaus in die Mitte des Sees treiben würde, weit weg vom Ufer, für immer außer Reichweite.

Dann würde ich nie herausfinden, was mit Jim passiert war.

Ich fuhr weiter.

Die gewundene Straße schien mich vorwärtszutreiben; vergilbte Buchen huschten vorbei; eine Brücke; der unvermittelte Blick auf einen Hafen, in dem sich große weiße Segelboote zusammendrängten wie eine Herde hungriger Einhörner; dann waren sie wieder verschwunden. Ich staunte, wie gut ich mich an den Weg erinnerte: bei der Tankstelle links, an der Elm Street rechts ab, dann wieder rechts, bei der lebensgefährlichen Stelle mit dem Stoppschild, heruntergekommene Trailer mit platten Reifen und Wäscheleinen im Garten. Dann lichteten sich die Bäume und gaben den Blick frei auf die wunderschönste Weite von Himmel und Meer, die in der Dämmerung immer orange und rosa leuchtete.

Und da war es. Das schmiedeeiserne Tor mit dem großen W.

Es stand offen. Das Licht brannte.

Ich bog in die Einfahrt und trat aufs Gas, dass die Eichenzweige vorbeiflogen wie Bänder, die sich aus einem Zopf lösten, und der Wind durch die offenen Fenster heulte. Noch eine Kurve und dann sah ich das Haus, die Fenster hell erleuchtet, ein Klotz aus rotem Ziegel und Schiefer, die Wasser speienden Krähen hockten für immer oben auf dem Dach.

Als ich vor dem Haus ankam, hätte ich beinahe laut gelacht: Vier Autos standen da, ordentlich nebeneinander aufgereiht. Ich erkannte nur Marthas Honda Accord mit dem Aufkleber ALLE THEORIE IST RELATIV. Aber mit etwas Nachdenken konnte ich die anderen drei ohne Weiteres ihren Besitzern zuordnen.

Ich hatte mich so verändert. Sie nicht, nach den Autos zu urteilen.

Ich warf einen prüfenden Blick in den Rückspiegel und erschrak: zerzauster Pferdeschwanz, aufgesprungene Lippen, glänzende Stirn. Ich sah aus, als wäre ich gerade einen Marathon gelaufen und als Letzte ins Ziel getaumelt. Ich wischte mir mit einem Stück Küchenkrepp, den mein Vater immer in der Tür aufbewahrte, über die Stirn, zwickte mich in die Wangen und strich die losen dunkelbraunen Haarsträhnen hinters Ohr. Dann lief ich die Steinstufen hinauf und betätigte den Türklopfer, einen Löwenkopf aus Messing.

Nichts geschah.

Ich drückte auf die Klingel wie eine Verrückte, einmal,

zweimal, dreimal direkt hintereinander, denn ich wusste, wenn ich auch nur einen Moment zögerte, würde ich die Nerven verlieren. Ich würde zurück auf den Meeresboden sinken wie ein verlorener Stiefel, der sich in einer Hummerfalle verfangen hatte.

Die Tür ging auf.

Kipling stand da, mit einer kinnlangen pinkfarbenen Perücke, einem blauen Polohemd, Bermudashorts und Flipflops. Er war unglaublich braun gebrannt und kaute auf einem roten Cocktailquirl herum, der ihm allerdings aus dem Mund fiel, als er mich sah.

»Allmächtiger«, sagte er mit seinem Baumwollplantagensound.

2

Große Auftritte finden im wirklichen Leben nicht statt. Jedenfalls nicht so, wie man sie sich vorstellt.

Was man sich vorstellt, ist irgendwas zwischen einer kolumbianischen Telenovela (Kreischen, fassungslose Gesichter, verlaufene Wimperntusche) und einem oscarverdächtigen Meryl-Streep-Moment (witzige Dialoge, Umarmungen, alle kommen zusammen und singen).

Stattdessen wirds peinlich.

Mein plötzliches Auftauchen in Wincroft war ein schlecht gezielter Torpedo, explosiv, aber danebengegangen. Als wir da unter dem Kronleuchter in der Eingangshalle standen, ich in meinen abgeschnittenen Jeans, Turnschuhen und eiscremebekleckerten T-Shirt, sie frisch geduscht und in hippen Edelklamotten, kam ich mir vollkommen lächerlich vor. Ich hätte nicht kommen sollen.

Sie wollten zu einem ausverkauften Punkrock-Konzert im Able Seaman in Newport, der Strandkneipe, in der wir in unserem Abschlussjahr etliche Wochenenden verbracht hatten, mit gefälschten Ausweisen und Dauertickets. In dem Moment, als ich kam, wollten sie gerade gehen, sodass wir etwas ratlos herumstanden.

Kip umarmte mich als Erster. Dann musterte er mich höflich, als wäre er bei einer Ausstellung und ich das kleine, unspektakuläre Gemälde, über das der Museumsführer endlos schwafelte.

Dann kam Whitley auf mich zugelaufen.

»O mein Gott, Beatrice.« Sie gab mir zwei Luftküsse. »Du bist tatsächlich gekommen. Wow.«

Sie war noch atemberaubender, als ich sie in Erinnerung hatte: hochhackige Stiefel aus Jeansstoff, die bis zum Oberschenkel reichten, ein Oversized-Sweatshirt mit einem Mund aus aufgestickten Perlen, schwarze Minishorts mit Fransen und ein Parfüm, das nach Gardenien und Leder roch. Sie sah aus wie aus einem Modemagazin gestiegen und ich konnte mir nicht vorstellen, dass sie mal meine Freundin gewesen war. Zahllose Nächte hatten wir an der Darrow-Harker School in Warwick, Rhode Island, heimlich auf dem Bett gesessen, das Gesicht voller Pickelcremepunkte und Wollsocken an den Füßen. Ich hatte ihr Sachen erzählt, die ich sonst niemandem erzählt hatte. Jetzt kam mir das vor wie eine Szene aus einem anderen Film.

»Wie geht es dir, Bee?«, fragte sie und drückte meine Hände.

»Gut.«

»Das ist ja eine *tolle* Überraschung. Ich meine, ich könnte … Ich … Ach, verdammt. Wir müssen noch die Sitzauflagen reinholen. Es soll ja regnen.«

Und damit lief sie los, dass ihre langen blonden Haare auf dem Rücken tanzten. »Kip hatte recht«, rief sie, während sie in der Küche verschwand. »Er hat gemeint, du würdest irgendwann einfach wiederauftauchen wie eine Totgesagte aus einem Film, aber wir dachten, er spinnt. Ich war sicher, du würdest lieber sterben, als irgendwen von uns wiederzusehen. Jetzt schulde ich ihm fünfzig Dollar –«

»Hundert«, warf Kip mit erhobenem Zeigefinger dazwischen. »Versuch nicht, mich runterzuhandeln. Bei Schulden zu schummeln ist eine deiner schlechtesten Eigenschaften, Lansing.«

»Was? Ach, warte mal. Wir müssen Gandalf sein Prozac geben, sonst pinkelt er überallhin.«

»Gandalf hat Depressionen«, erklärte Kip mir mit Wichtigtuermiene. »Außerdem leidet er an einer multiplen Persönlichkeitsstörung. Er ist eine Dänische Dogge, denkt aber, er wäre ein Schoßhündchen.«

»Ich kenne Gandalf«, sagte ich schwach.

»Beatrice.«

Cannon kam barfuß die Treppe heruntergelaufen, ein Paar Puma-Sneakers in der Hand. Auf der vorletzten Stufe blieb er stehen und betrachtete mich mit einem warmen Lächeln.

»Ich fasse es nicht. Schwester Bee höchstpersönlich. Wie gehts Gott?«

»Sehr witzig.«

Auch er sah verändert aus. Er trug immer noch sein Markenzeichen, das graue Hacker-Hoodie, aber es war nicht mehr ausgebeult und mit Käsecrackerkrümeln übersät, nachdem er damit zwei Wochen hintereinander im eiskalten Computerkeller in Darrow gehockt hatte. Es war aus Kaschmir. Cannon war eine kleine Berühmtheit geworden, als er in der Zehnten einen Bug in Apples Betriebssystem OS X entdeckt hatte: Wenn man versehentlich eine bestimmte Tastenkombination drückte, hängte sich das System auf und auf dem Bildschirm erschien die surreale Winterszenerie des Apple-Hintergrundbildes »Blue Pond«. Er taufte den Bug Cannon's Birdcage und landete damit auf der Startseite von zahllosen Computerblogs. Das Letzte, was ich von ihm gehört hatte, war, dass er in Stanford Informatik studierte.

Er sprang von den Stufen und umarmte mich. Er roch wie teures Parkett.

»Was macht das College? Wie gehts deinen Eltern? Haben sie immer noch das kleine Café?«

»Ja.«

Er musterte mich mit wachem, aber undurchdringlichem Blick. »Echt schön da.«

»Hallo, Bee«, rief eine ernste Stimme.

Ich drehte mich um. Martha blinzelte mich durch ihre dicke Brille Marke »Irrer Professor« an, die ihr den alles sehenden Teleobjektiv-Blick verlieh, für den sie berühmt war. Statt ihrer üblichen Baumwollhose und Bluse trug sie zerrissene schwarze Jeans und ein Oversized-T-Shirt mit dem Aufdruck

TORSCHLUSSPANIK. Ihre dünnen braunen Haare waren neonblau gefärbt.

»Hi«, sagte ich.

»Verrückt, du hast dich gar nicht verändert.« Kips Lächeln war so winzig wie einer von den kleinen Knöpfen in der Polsterung eines edlen Sessels. »Hast du dich gefriertrocknen lassen? Das ist unfair, Kleine, ich hab nämlich Krähenfüße und Gicht.«

Whitley tauchte wieder auf. Sie schnappte sich ihre hautfarbene Chaneltasche und schob ihre pedikürten Füße in ein Paar Lanvin-Slipper.

»Du kommst doch mit, oder?«, fragte sie, ohne mich anzusehen. So richtig begeistert klang sie nicht.

»Also, eigentlich –«

»Klar kommst du mit«, sagte Cannon und legte den Arm um meine Schulter. »Ich organisiere dir eine Karte. Legal oder illegal. Irgendwie klappt das schon.«

»Laissez les bons temps rouler«, sagte Kip und erhob sein Glas.

Ein Schweigen so groß wie Texas breitete sich aus, während wir hinausgingen. Nur unsere Schritte in der Einfahrt und der Wind, der an den Bäumen zerrte, waren zu hören. Mein Herz pochte heftig und mein Gesicht glühte. Ich wollte nichts lieber als in mein Auto springen, mit hundert Sachen davonjagen und so tun, als wäre nichts von alldem geschehen.

»Sollen wir mit zwei Autos fahren?«, fragte Martha.

»Wir sind zu fünft«, sagte Whitley. »Wenn wir uns zusammenquetschen, passen wir in meins.«

»Versprichst du mir, dass du wenigstens einmal in den Rückspiegel schaust, Kleine?«, fragte Kip.

»Wahnsinnig komisch.«

Wir kletterten in ihr waldgrünes Jaguar-Cabrio. Mit ernster Miene – was bei ihr bedeutete, dass sie nervös war – drückte Whitley ein paar Knöpfe auf dem Armaturenbrett. Der Motor gab ein elegantes Räuspern von sich und das Verdeck öffnete sich mit leisem Summen. Dann schossen wir die Einfahrt hinunter. Whitley beschleunigte wie ein Rennfahrer, zog eine Furche durch den Rasen und bretterte durch die Rhododendren. Ich saß hinten zwischen Kip und Martha und versuchte mich nicht zu sehr an sie pressen zu lassen.

Kip warf seine pinkfarbene Perücke in die Luft.

»Ahhhh!«, rief er, den Kopf in den Nacken gelegt, während die Perücke hinter uns in der Einfahrt landete. »Nach langer Pause ist die Band wieder vereint! Lasst uns auf ewig zusammenbleiben! Lasst uns auf Welttournee gehen!«

Und was ist mit dem Leadsänger?, fragte ich mich.

Was ist mit Jim?

....

Die Vorgruppe spielte schon, als wir ankamen. Zum Reden war keine Zeit. Wir schoben uns durch das Gedränge. Während Whitley auf den Türsteher zusteuerte, ging Martha schon mal rein, um einen Tisch zu organisieren, und Cannon fragte ein paar Typen mit Bürstenschnitt und Bierfahne, ob sie noch eine Karte übrig hatten. Ich stand derweil nutzlos ans Geländer gequetscht und wartete.

»Geht einfach ohne mich rein!«, rief ich Kip zu, der plötzlich neben mir auftauchte.

»Kommt gar nicht infrage.« Er hakte sich bei mir ein. »Jetzt, wo wir dich wiedergefunden haben, lassen wir dich nie wieder gehen. Ich sauge mich an dir fest wie eine Entenmuschel. Finde dich damit ab, Kleine.«

Ich lachte. Es kam mir vor wie der Beginn des ersten richtigen Gesprächs an diesem Abend.

Kipling und ich hatten uns immer gut verstanden. Er war groß und schlaksig, mit rostroten Haaren und dem »Gesicht eines altmodischen Gentlemans«, wie er sich selbst beschrieb, und er war der witzigste Mensch, dem ich je begegnet war. Er war exzentrisch und seltsam, wie ein halb kaputter Talisman auf dem verstaubten Regal eines Antiquitätenladens, der eine erschütternde Vergangenheit erahnen ließ und Glück versprach. Außerdem war er schwul, obwohl er behauptete, er interessiere sich mehr für eine gut erzählte Geschichte als für Sex, und er sah in Darrow eher eine Art Country Club als eine Lehrinstitution. Eine Verabredung mit Kipling in der Bibliothek, um zusammen zu lernen, endete regelmäßig in einer Flut von Anekdoten und Anmerkungen über das Leben, seine Freunde und die zahlreichen bunten Charaktere aus seiner kleinen Heimatstadt Moss Bluff in Louisiana – so als säßen wir nicht in einem engen Kabuff, um für unsere Prüfungen zu büffeln, sondern entspannt mit einem Cocktail auf einer Veranda. Obwohl er ebenso reich war wie die anderen (»Geld aus einer eingegangenen Kaufhauskette«), hatte ihm seine Furcht einflößende Mutter, Momma Greer, eine »ziemlich miese Kindheit« beschert.

Niemand wusste Genaueres über Momma Greer, abgesehen von den Details, die Kipling manchmal ohne Vorwarnung wie eine Handvoll Konfetti in die Luft warf. Als Kleinkind hatte sie ihn tagelang in Zimmer 2 des Royal Sonata Motel eingesperrt (»im Erdgeschoss neben den Automaten, damit sie sich verdrücken konnte, ohne zu bezahlen«), mit nichts zu essen außer einer Packung Doppelkekse und Delta Burke als einziger Gesellschaft, die auf dem Shoppingkanal Modeschmuck anpries. Durch ihre Nachlässigkeit war Kipling mit fünf von einem Pitbull angegriffen worden, der in einem Garten angekettet war. Das Tier hatte ihm drei Finger der linken Hand abgebissen und einen »kleinen Haibiss« auf seinem Kinn hinterlassen – Entstellungen, die er stolz präsentierte wie einen Verwundetenorden.

»Nennt mich einfach Phantom der Oper«, sagte er oft und wedelte einem mit seiner verkrüppelten Hand vor dem Gesicht herum. Als das Gericht seiner Mutter schließlich das Sorgerecht entzogen hatte, war er zu einer gebrechlichen Tante gekommen, aber von dort war er immer wieder weggelaufen, zurück zu Momma Greer.

Soweit ich wusste, war sie inzwischen in einer psychiatrischen Klinik in Baton Rouge.

Ich wollte ihn gerade fragen, wie das letzte Jahr für ihn gewesen war, doch in dem Moment kam Whitley dazu, packte mich wortlos am Handgelenk, wie es so ihre Art war, und zog mich durch die Menge. Sie hatte irgendwie den Türsteher überredet, mich ohne Karte reinzulassen, und dann saßen wir alle an einem reservierten Tisch in der ersten Reihe und sahen einem Mädchen mit strähnigen Haaren zu, wie sie einen auf Kurt Cobain machte.

Es war seltsam. Der Drummer sah Jim total ähnlich. Ich wusste nicht, ob die anderen es auch bemerkt hatten, aber er sah aus, als wäre er Jims jüngerer Bruder – schokobraune Augen, Strubbelkopf und der wehmütige Blick eines verstoßenen Prinzen. Da es viel zu laut war, um sich zu unterhalten, schauten wir alle nur auf die Band, jeder im Sumpf seiner Gedanken versunken.

Vielleicht war ich die Einzige, die in der Luft hing. Vielleicht hatten die anderen alle ein tolles erstes Collegejahr hinter sich und das, was mit uns geschehen war, und sogar Jims Tod waren für sie nur so eine Art verblichenes, tausend Mal gewaschenes T-Shirt.

Damals in Darrow waren sie meine Familie gewesen. Sie waren die ersten richtigen Freunde, die ich je gehabt hatte, eine Handvoll Leute, die so lebendig und loyal waren, dass ich über mein Glück staunte wie ein Kind, das in eine große Dynastie hineingeboren worden war. Wir waren eine Clique, ein Geheimclub, um den uns alle anderen Schüler in Darrow beneideten, obwohl wir davon kaum etwas mitbekamen. Echte Freundschaft macht einen blind für die Außenwelt. Sie ist wie ein privilegiertes Land mit geschlossener Grenze, unfairer Vergabe von Greencards und einer reichen Kultur, die kein Fremder versteht. Von ihnen abgeschnitten, durch meine eigene Entscheidung für ein Jahr in Verbannung, fühlte ich mich entwurzelt und schäbig, reduziert auf ein ruheloses Dasein aus Koffern, möblierten Zimmern und Straßen, die ich nicht kannte.

Jims Tod war wie ein Erdbeben gewesen, das ganze Städte verschlang. Obwohl ich das vergangene Jahr in der Gewissheit verbracht hatte, dass meine Freunde mehr darüber wussten, als sie mir sagten, war mir auch klar gewesen, dass die Wahrheit mit jedem Tag, der verging, weiter in die Ferne rückte. Ich hatte Whitleys Postings auf Snapchat verfolgt und ab und zu hatte ich die vier dort zusammen gesehen. Sie wirkten so fröhlich und unbeschwert.

Als wäre nichts passiert.

Doch jetzt sah ich, dass sich die Dynamik zwischen ihnen verändert hatte.

Kip trommelte immer wieder mit seiner verkrüppelten Hand auf dem Tisch herum. Whitley sah dauernd auf ihr Handy. Martha schien ungewöhnlich schlechte Laune zu haben und kippte einen Schnaps nach dem anderen hinunter, ein Zeug namens »Der Untergang der *General Grant*«, das schmeckte wie Rohöl. Einmal ertappte ich sie dabei, wie sie mich mit leicht vorwurfsvoller Miene ansah. Ich lächelte ihr zu, doch sie wandte sich ab wie eine von diesen Urwaldpflanzen, die sich bei der geringsten Berührung zusammenziehen, und blickte danach stur in eine andere Richtung. Einmal, als Cannon sich zu Whitley beugte, um ihr etwas zu sagen, strich er ihr eine Haarsträhne hinters Ohr und ich fragte mich, ob die beiden wieder zusammen waren. Doch es schien mehr Gewohnheit zu sein.

Als die Vorgruppe fertig war, wollte ich nur noch weg. Ich wollte mir ein Taxi nach Wincroft nehmen, in den Pick-up von meinem Dad steigen, verschwinden und nie wieder zurückblicken. Was hatte ich denn erwartet – dass die Wahrheit einfach da sein würde, unübersehbar wie ein riesiges Unkraut zwischen Tulpen, das nur darauf wartete, dass ich es ausriss?

Doch ich blieb. Ich hörte mir die nächste Band an und die danach. Ich trank die Moscow Mules, die Whitley mir hinstellte. Ich ließ mich von Kipling vom Stuhl ziehen und tanzte Charleston und Foxtrott mit ihm, ließ mich von ihm unter den hüpfenden Papierlampions und den Postern von gesunkenen Schiffen gegen die Surfertypen, Elitestudenten und Biker wirbeln.

Nur noch ein bisschen, dachte ich, *dann frage ich sie nach Jim.*

Als die nächste Band zu Ende gespielt hatte, wollte Whitley zurück nach Wincroft, aber Cannon war verschwunden. Wie sich herausstellte, war er draußen hinter der Kneipe und half einem Mädchen, das zu viel getrunken hatte und vorm Notausgang umgekippt war.

»Unser edler Retter«, sagte Whitley.

Ans Geländer gelehnt sahen wir zu, wie Cannon mit der Effizienz eines Lobbyisten in Washington Freundinnen, Handtasche, Sandaletten und iPhone des Mädchens auftrieb. Er fand sogar ihre Haarspange und klipste ihr damit sanft die Haare aus dem Gesicht, damit sie nicht weiter daraufkotzte. Ihre Freundinnen, die genauso betrunken waren, starrten ihn staunend an.

»Bist du echt?«

»Hast du 'ne Freundin?«

»Wer bist du?«

Cannon strich sich durchs Haar. »Ich bin Batman.«

»Nicht schon wieder«, seufzte Whitley.

Cannon sah nicht gut aus. Er war schmächtig, mit straßenköterblonden Haaren und blassen, verwaschenen Gesichtszügen. Aber er hatte eine atomare Intensität, die jedes Mal Furcht und Schrecken verbreitete, wenn er sie auf die Welt losließ. Schnell wie ein stark aufgeladenes Ion und zielsicher wie ein Maschinengewehr hatte Cannon gleich in seiner ersten Woche Darrows Intranet gehackt, um dessen Sicherheitslücken aufzuzeigen (woraufhin er *de facto* zum Technikguru der Schule wurde). Er gestaltete den halb vergammelten Skulpturengarten und die Ringkampfhalle neu. Er war Klassensprecher und organisierte Demos, Marathons und Spendensammlungen für gefährdete Arten und Mädchenrechte. Cannon gab selbst zu, dass seine offene, gesellige Art und sein Aktivismus ein Ausgleich dafür waren, dass er früher ein pathologisch schüchterner Computerfreak gewesen war; er hatte Spielberg-Filme, Ray Kurzweil und Achtzigerjahre-Pop von The Cure geliebt und keine Freunde gehabt außer einer imaginären Fliege namens Pete, die in seinem Computer lebte. Er war adoptiert, aufgezogen von einer alleinstehenden Mutter, die Richterin am Superior Court in Kalifornien war. Wenn man ihn mit Whitley zusammen sah – die jeden von Darrows Country-Club-Jungs hätte haben können, mit Stammbaum und zweitem Vornamen wie Chesterton –, dachte man zuerst, die Prinzessin hätte sich versehentlich mit dem Knecht eingelassen, aber wenn man Cannon besser kennenlernte, erkannte man, dass die Rolle des Prinzen für ihn viel zu trivial war. Er war der König – oder zumindest wollte er es sein. Er war auf eine stille Weise der ehrgeizigste Mensch, der mir je begegnet war.

»Gibts sonst noch ein hilfloses Wesen in Not, das du retten musst?«, fragte Whitley, als Cannon zu uns zurückkam, nachdem er das Mädchen und ihre schwankenden Freundinnen in ein Taxi verfrachtet hatte.

Er breitete in ironischer Siegespose die Arme aus. »Der Barkeeper sieht aus, als würde er eine Erkältung kriegen. Aber nein. Meine Arbeit hier ist beendet.«

»Dem Himmel sei Dank, ich brauch nämlich meinen Schönheitsschlaf«, sagte Kip und gähnte.

Wir quetschten uns wieder in den Jaguar.

Dummerweise wollte das Verdeck nicht wieder hochgehen, obwohl Whitley zigmal auf die Knöpfe drückte. Es ließ sich auch nicht von Hand hochklappen.

Cannon erbot sich zu fahren, aber Whitley blieb stur. Es fing an zu schütten, und zwar so, dass mehr Regen in der Luft war als Luft. Die halbstündige Rückfahrt war eine Qual. Betrunken und frierend drückten wir uns auf dem Rücksitz aneinander. Irgendwann kotzte Martha auf ihre Füße, während wir zitternd unter EZS Burts gruseligem Trenchcoat kauerten, den Whitley im Kofferraum gefunden hatte. Von vorne rief Whitley, dass sie kaum noch was sehen könne. Als wir um die nächste Kurve rasten, stießen wir fast mit einem Abschleppwagen zusammen.

Der Fahrer hupte. Whitley riss das Steuer herum, die Reifen quietschten, und wir schrien alle auf, als der Wagen von der Straße abkam und holpernd im Graben landete. Kip schlug mit dem Kopf gegen den Sitz. Whitley stellte den Motor aus, fing an zu schluchzen und schrie Cannon an, das sei alles seine Schuld – bloß weil er mal wieder ein paar Mädchen beeindrucken musste, um sein mangelndes Selbstbewusstsein aufzupolieren, wären wir um ein Haar gestorben. Sie riss ihm die Baseballkappe vom Kopf und schleuderte sie in die Dunkelheit. Dann kletterte sie aus dem Auto, rief, sie würde schon alleine nach Hause kommen, und rannte in den Wald. Ich spürte, dass ihre Wut mit dem Regen und dem knapp vermiedenen Zusammenstoß zusammenhing, aber auch mit mir, weil ich einfach ohne Vorwarnung aufgetaucht war.

Cannon lief hinter ihr her. Ein paar Minuten später kam er mit ihr zurück. Sie weinte und hatte sein Hoodie an. Er manövrierte sie vorsichtig wie einen wilden Vogel mit gebrochenem Flügel auf den Beifahrersitz und flüsterte: »Alles wird gut, Shrieks.«

Es war dann Cannon, der uns nach Hause brachte.

....

Als wir fünf klatschnass und betrunken ins Haus taumelten, fühlte sich das Ganze zum ersten Mal normal an. Es war wie früher. Dem Himmel sei Dank für das kaputte Verdeck. Unsere Begegnung mit dem Tod brachte das Eis zum Schmelzen. Übermütig und zähneklappernd rissen wir uns die nassen Sachen vom Leib und warfen sie in einem Haufen auf den Boden, den Gandalf winselnd umkreiste. Whitley verschwand nach oben. Martha kroch auf allen vieren zum Kamin und stöhnte: »Ich spüre meine Beine nicht mehr.« Cannon ging hinunter in den Weinkeller und kam mit vier Flaschen Chivas Regal Royal Salute zurück. Er goss jedem von uns einen kräftigen Schluck in ein rosa Champagnerglas. Whitley kam zurück und warf einen Riesenhaufen weiße Bademäntel auf das Sofa wie einen Armvoll Leichen.

»Ich hab noch nie so eine Angst gehabt«, sagte sie kichernd.

Da klingelte es an der Tür.

Wir richteten uns alle auf und sahen uns verwundert an. Zählten im Stillen. Wir waren komplett.

»Hat jemand die Geisterjäger gerufen?«, nuschelte Martha.

»Ich gehe«, sagte Cannon. Er salutierte schwankend und ging hinaus in die Eingangshalle. Wir schwiegen und lauschten, doch das einzige Geräusch war das Trommeln des Regens auf dem Dach.

Kurz darauf kam er zurück.

»Es ist irgend so ein alter Knacker. Mindestens hundert Jahre alt.«

»Das ist Alastair Totters«, sagte Martha.

»Wer?«, fragte Cannon.

»Der fiese Zeitreisende aus *Das dunkle Haus*«, murmelte Martha.

»Nein, nein«, flüsterte Kip grinsend. »Das ist der sprichwörtliche Tattergreis mit Alzheimer, der aus seinem Altersheim abgehauen ist. Ohne seine Medikamente. Die verschwinden immer ohne ihre Medikamente.«

»Soll ich ihn auf einen Absacker hereinbitten?«, fragte Cannon mit schelmischem Zwinkern.

»Nein«, zischte Whitley. »So fangen Horrorfilme an.«

»Drittes Kapitel«, murmelte Martha.

»He«, sagte Cannon und zeigte mit dem Finger auf Wit. »Das ist aber nicht sehr nett. *Ich* bitte ihn jetzt herein –«

»*NEIN!*«

Dann liefen wir alle stolpernd und kichernd in die Halle, um uns den Typen selbst anzusehen. Wir drängten uns vor dem Guckloch, sodass wir mit den Köpfen zusammenstießen. Irgendwie war ich überzeugt, dass Cannon uns hochnahm, dass da draußen gar keiner war.

Doch da war jemand. Ein alter Mann.

Er war groß, mit dichtem, schlohweißem Haar. Sein Gesicht konnte ich in der Dunkelheit nicht erkennen, aber er trug einen dunklen Anzug mit Krawatte. Er beugte sich lächelnd vor, als könnte er mich durch das Guckloch sehen.

Cannon öffnete die Tür mit einer Verbeugung.

»Guten Abend, Sir. Können wir Ihnen behilflich sein?«

Der Mann antwortete nicht sofort. Etwas an der Art, wie er uns der Reihe nach musterte, brachte mich auf den Gedanken, dass er uns von irgendwoher kannte.

»Guten Abend«, sagte er. Seine Stimme klang überraschend angenehm. »Gestattet ihr, dass ich eintrete?«

Keiner von uns antwortete, weil die Frage so anmaßend und merkwürdig war. Auf mich wirkte er nicht senil. Der Blick seiner tiefgrünen Augen, die im Schein der Außenlampe funkelten, war klar und wach.

»Ach, Sie sind bestimmt der Nachbar«, sagte Whitley und trat neben Cannon. »Wenn es um Burts Segelboot geht, die *Andiamo*, die vor Ihrem Anleger liegt, soll ich Ihnen sagen, dass er Probleme mit dem Anker hatte und sich nächste Woche darum kümmert, dass sie abgeschleppt wird.«

»Ich bin kein Nachbar.«

Wieder musterte er uns, diesmal abwartend.

»Es wäre wirklich am besten, wenn ich hereinkäme, um es euch zu erklären.«

»Sagen Sie uns hier, was Sie wollen«, erwiderte Cannon.

Der Mann nickte. Er wirkte nicht überrascht. Da fielen mir zwei bizarre Dinge auf.

Erstens: Er sah aus wie Mr Joshua, der Musikleiter von Darrow. Einen Moment lang glaubte mein betrunkener Verstand, es *wäre* Mr Joshua und ihm wäre in dem Jahr, seit ich ihn zuletzt gesehen hatte, etwas Schreckliches zugestoßen. Vielleicht hatte er eine Tragödie durchgemacht und war um fünfundzwanzig Jahre gealtert, das Haar ergraut, die Haut voller Falten. Doch es war nicht Mr Joshua. Mr Joshua war schmächtig und rosig und immer zum Lachen aufgelegt. Dieser Mann war knochig, mit einem Raubvogelgesicht, das sich gut auf einer ausländischen Münze oder einem Denkmal gemacht hätte. Es war eher so, als wäre er der Zwillingsbruder von Mr Joshua, als wären die beiden nach der Geburt getrennt worden und hätten vollkommen unterschiedliche Leben geführt – Mr Joshua ein fröhliches und dieser Mann ein leiderfülltes, das tiefe Spuren hinterlassen hatte.

Zweitens: Er hatte keinen Schirm bei sich und es stand kein fremdes Auto in der Einfahrt. Wie war er dann hierhergekommen, ohne auch nur einen Tropfen abzukriegen? Die Frage hing beunruhigend in der Luft wie ein diffuser Gasgeruch.

»Ihr seid alle tot«, sagte er.

3

»Oje. Bitte entschuldigt. Das ist so nicht richtig.«

Der alte Mann bedeckte seine Augen mit der Hand und schüttelte den Kopf. »Ich habe übertrieben. War zu sehr auf die dramatische Wirkung bedacht. Es tut mir leid. Wir fangen noch mal von vorne an, ja?«

Er räusperte sich lächelnd.

»Ihr seid alle *beinahe* tot. Festgehalten in einem Raum zwischen Leben und Tod. Für euch hat die Zeit einen Sprung bekommen, wie eine Schallplatte, und bildet jetzt eine geschlossene Potenzialitätsschleife, eine Art Wache in der sogenannten Niemalswelt.«

Nun wirkte er zufrieden. Er nickte und fuhr fort.

»Dieses Phänomen ist nichts, was nur euch betrifft. Solche Momente ereignen sich gleichzeitig in der Vergangenheit, Gegenwart und Zukunft überall auf der Welt und im ganzen bekannten und unbekannten, zerknüllten und entfalteten Universum. Die Zeit bewegt sich nicht in einer geraden Linie. Sie biegt sich und läuft durch Tunnel und über Brücken. Sie beschleunigt und verlangsamt sich. Manchmal entgleist sie sogar. Nun, wie auch immer. Im Moment existiert ihr innerhalb dieser Schleife, und dort werdet ihr bis auf Weiteres auch bleiben.«

Er verneigte sich wie der altgediente Direktor eines heruntergekommenen Zirkus, mit geübter Eleganz und einem Hauch Erschöpfung.

»Ich bin der Wächter«, sagte er. »Ich habe keinen anderen Namen. Wie ich aussehe, was ich tue, meine Stimme, mein Gang, mein Gesicht, alles, was ich sage und denke, ist die Summe eurer fünf Leben, wie ihr sie gelebt habt. Denkt es euch wie eine Gleichung. Dieser Augenblick ist gleich eure Seelen plus die Umstände der Wirklichkeit. Oder stellt euch vor, jemand packt den Verstand von euch fünfen in einen Mixer und stellt ihn auf die höchste Stufe. Der Smoothie, der dabei herauskommt, ist dieser Augenblick. Wenn noch jemand dabei wäre, käme ein etwas anderer Augenblick heraus. Ich würde mich anders ausdrücken. Ich hätte anderes Haar, andere Hände, andere Schuhe.

Gut, ich denke, das genügt als Beispiel. Ihr fragt euch jetzt sicher, was ich mit den Umständen der Wirklichkeit meine.«

Er lächelte.

»Ihr alle liegt zum jetzigen Zeitpunkt sozusagen tot neben der Küstenstraße. Ursache dafür ist ein frontaler Zusammenstoß mit einem gewissen Mr Howard Heyward, achtundfünfzig Jahre alt, wohnhaft 281 Admiral Road, South Kingstown, der einen Abschleppwagen der Marke Chevrolet Kodiak fuhr. Die Zeit steht still. Sie ist in einer Achtelsekunde gefangen wie eine Motte in einem Einmachglas. Es gibt natürlich einen Weg hinaus, eine Möglichkeit, wie die Motte entkommen und die Zeit unwiderruflich befreit werden kann. Jeder von euch muss in den letzten drei Minuten jeder Zeitschleife der Niemalswelt-Wache abstimmen. Ihr müsst einen von euch auswählen, der überleben soll. Dieser eine wird ins Leben zurückkehren. Die anderen werden in den wahren Tod übergehen, ein dauerhafter und gänzlich unbekannter Zustand. Die Entscheidung muss einstimmig sein, mit höchstens einer Gegenstimme. Nur einer von euch kann leben. Habt ihr irgendwelche Fragen?«

Keiner sagte etwas.

Das Einzige, was mir in den Sinn kam, war, dass er wohl doch nicht alle beisammenhatte. Außerdem musste er mal Schauspieler gewesen sein, denn er sprach wie die Stimme aus dem Off in einem Fünfzigerjahre-Western mit John Wayne, sehr akzentuiert und mit altmodischem Singsang. Außerdem gingen ihm die Sätze so leicht von den Lippen, als hätte er sie schon Dutzende Male gesagt.

Er wartete auf eine Reaktion von uns.

Kipling begann zu klatschen. »Bravo.«

»Moment mal«, sagte Martha. »Will er uns Bibeln verkaufen?«

»Was wollen Sie?«, fragte Cannon.

Der Mann zuckte die Achseln. »Ich bin nur hier, um euch zu helfen. Ich verlange nichts, weder Geld noch sonst irgendwas. Dennoch wünsche ich mir, dass ihr erfolgreich seid.«

»Wobei?«, fragte Whitley.

»Bei der Abstimmung.«

»Hören Sie«, sagte Cannon. »Es ist spät. Sagen Sie uns, was Sie wollen.«

»Wie es scheint, war mein Vortrag ein wenig zu schnell für euer Verständnis. Möchtet ihr, dass ich euch die Nachricht auf andere Weise mitteile? Als Schauspiel? Mit Lernkarten? In einer anderen Sprache? Italienisch scheint selbst die schlimmsten Vorhersagen abzumildern, deshalb hat Dante sein *Inferno* in dieser Sprache verfasst.« Er räusperte sich. *»Buona sera. Tra la vita e la morte, il tempo è stato congelato –«*

»Schluss jetzt«, fuhr Cannon ihn an. »Verschwinden Sie.«

Der Mann lächelte ungerührt. Er hatte kleine, graue Zähne. »Wie ihr wollt. Alles Gute und viel Erfolg.«

Er sprang leichtfüßig die Stufen hinunter und lief zur Einfahrt. Innerhalb von Sekunden war er klatschnass und verschwand in der Dunkelheit. Wir hörten, wie seine Schritte sich auf dem Rasen entfernten.

»Mir ist grad das Gehirn explodiert«, sagte Martha.

»Das war der schlechteste Vertreter, der mir je untergekommen ist.« Kip schüttelte den Kopf. »Der scheint seine Verkaufstechnik von Monty Python zu haben. Wie hat er uns genannt?«

»Tot«, sagte ich leise.

»Genau. Man hat mich ja schon so einiges genannt. Hirntot. Scheintot. Aber noch nie einfach nur tot. Klingt irgendwie trostlos.«

»Das ist bestimmt so ein Jesusfreak«, sagte Whitley und kaute an ihrem Fingernagel. »Von irgendeiner Sekte. Soll ich die Polizei rufen? Vielleicht sind da draußen noch mehr von der Sorte. Womöglich wollen die hier einbrechen und uns alle abschlachten.«

»Der ist harmlos«, murmelte Cannon, doch er wirkte beunruhigt. Er starrte einen Moment auf die verlassene Einfahrt, dann schnappte er sich einen Schirm und lief hinaus. Genau in dem Moment krachte ein ohrenbetäubender Donnerschlag und der Regen wurde noch stärker. Er stapfte Richtung Garten, blickte sich um und verschwand dann in dieselbe Richtung wie der alte Mann.

Wir warteten schweigend und nervös.

Wenig später tauchte Cannon wieder auf.

»Ist wohl Richtung Straße gegangen. Ich hab ihn nicht mehr gesehen.«

»Checken wir doch mal die Überwachungskameras«, schlug Whitley vor.

Die beiden liefen nach unten in den Technikraum. Kip und Martha murmelten, sie bräuchten erst mal einen ordentlichen Drink, bevor die Grufti-Zombie-Apokalypse über sie hereinbräche, und schlurften zurück ins Wohnzimmer.

Ich blieb im Türrahmen stehen und starrte nach draußen.

Irgendwas an dem alten Mann hatte mir wirklich Angst gemacht. Hinter seiner Wortgewandtheit, der förmlichen

Ausdrucksweise und der Art, wie er sprach – eine Mischung aus Nachrichtensprecher und jemandem, der ein Jahr in England verbracht hatte –, schien etwas Berechnendes zu lauern. Als wäre das, was er uns mitgeteilt hatte, nur ein kleiner Teil eines großen Plans.

Ich beobachtete den Wald, hielt Ausschau nach einer Bewegung und versuchte, meinen betrunkenen Kopf ruhig zu halten.

Plötzlich dröhnte drinnen Musik los, die das Gewitter mit einem Soundtrack versah und die Bedrohlichkeit der Nacht milderte. Ich atmete tief durch, schloss die Tür und verriegelte sie. Whitley hatte recht. Wahrscheinlich wollte er bloß Leute für seine Kirche werben.

Trotzdem holte ich mein Handy aus dem Wohnzimmer, wo Martha und Kip es sich auf dem Sofa gemütlich gemacht hatten und Gandalf streichelten, und trat wieder hinaus in die Eingangshalle. Mom ging beim ersten Klingeln dran.

»Bee? Ist alles in Ordnung?«

Ihre angespannte Stimme verriet mir, dass sie und Dad noch wach waren. Bestimmt lagen sie im Bett und lasen: Dad eine von seinen tonnenschweren Präsidentenbiografien und Mom einen Thriller von James Patterson, obwohl sie wahrscheinlich vier- oder fünfmal denselben Absatz gelesen hatte, ohne ein Wort davon aufzunehmen, und dann ausgerufen hatte: »Ich verstehe nicht, warum sie dahin fahren musste. Die haben immer noch eine geheimnisvolle Macht über sie.« Darauf Dad, mit einem geduldigen, wissenden Blick über seine Brille hinweg: »Wenn sie sie sehen will, dann kann sie das tun, Victoria. Sie ist erwachsen. Und sie ist stärker, als du denkst.«

Mir fiel auf, dass ich gar nicht wusste, warum ich sie anrief – vielleicht nur, um ihre Stimme zu hören.

»Es ist zu spät, um noch zurückzufahren, deshalb übernachte ich hier«, sagte ich.

»Aber dein Vater braucht dich morgen früh im Café. Sleepy Sam hat angerufen, er muss zum Zahnarzt.«

»Keine Sorge, ich bin da.«

Sie senkte die Stimme. »Wie läufts mit ihnen? Kannst du reden? Du klingst irgendwie seltsam.«

»Alles in Ordnung, Mom. Ich hab euch lieb.«

»Wir dich auch. Wir sind hier, falls du uns brauchst.«

Ich beendete das Gespräch, und gerade als ich wieder ins Wohnzimmer trat, kamen Whitley und Cannon aus dem Technikraum zurück.

»Keine Spur von ihm in den Aufzeichnungen«, sagte Cannon.

»Als wäre er nie da gewesen«, ergänzte Whitley.

»Diese Nacht ist echt abgedreht«, nuschelte Martha vom Sofa aus.

»War es nicht schräg, dass er sich ›der Wächter‹ genannt hat?«, spottete Kip. »Der Typ sah eher aus wie ein osteuropäischer Weihnachtsmann.«

Whitley zog die Nase kraus. »Das war jahrelang mein Internet-Passwort für alles. Im Ernst. DerWächter123.«

Schließlich einigten wir uns darauf, dass das Ganze einfach ein merkwürdiger Zwischenfall war, einer von den losen Fäden des Lebens. Doch draußen tobte weiter mit voller Macht das Gewitter, und kurz darauf krachte ein riesiger Eichenast auf die hintere Veranda und demolierte das gesamte Geländer.

Wir zuckten zusammen und starrten uns an, alle mit demselben Gedanken: Jetzt ging der Horror richtig los, der komische Alte war nur der Anfang gewesen.

Doch es geschah nichts weiter.

Eine weitere Stunde verging. Whitley erzählte, dass ihr Chef bei der Kanzlei in San Francisco, wo sie den Sommer über Praktikantin gewesen war, sie sexuell belästigt hatte. Cannon wiederum wusste nicht, ob er seine aktuelle Freundin, eine Weltklasse-Fechterin, wirklich liebte.

»Liebe ist ein scheuer Vogel«, sagte er. »Und wir sind Vogelbeobachter, die ihr ganzes Leben damit zubringen, nach einer seltenen rot gefiederten Wachtel Ausschau zu halten, die einmal irgendwo in Japan in einem Kirschbaum gesichtet wurde.«

»Du verwechselst Liebe mit Perfektion«, sagte ich. »Echte Liebe ist einfach *da*. Sie ist wie ein Klappstuhl aus Metall.«

Als keiner etwas darauf erwiderte, merkte ich, dass ich damit herausgeplatzt war, um das Gespräch auf Jim zu bringen. Fast hätte ich es auch getan, doch dann stand Whitley auf, um sich noch was von dem Chivas Regal zu holen, und Kipling murmelte, er wäre seit seinem neunten Geburtstag nicht mehr so breit gewesen, und dann war der Moment vorbei.

»Ich sage euch, was Liebe ist«, erklärte Martha, den Blick zur Decke gerichtet. »Sie ist die Heisenberg'sche Unschärferelation. Wenn du denkst, sie ist da, und ihr Ausdruck verleihst, ist sie nicht mehr da, sondern dort. Und dann irgendwo da drüben. Dann wieder hier. Du kannst sie nicht einfangen oder festhalten, ganz egal, was du tust.«

Es war das erste Mal, dass ich Martha so reden hörte, und den anderen ging es genauso, nach ihren überraschten Mienen zu schließen. Sie war seit jeher allergisch gegen jede Form von Romantik. Wenn jemand sie fragte, für wen sie schwärmte, sah sie ihn an, als hätte er drei Köpfe. »Warum sollte ich Zeit – eine überaus kostbare und stetig schwindende Ressource – auf flüchtige Schübe von Adrenalin, Dopamin und Serotonin verschwenden?« Wenn ihr auf dem Schulflur ein Händchen haltendes Paar begegnete, machte sie einen übertriebenen Bogen darum.

»Nur für den Fall, dass das ansteckend ist«, sagte sie. Und das meinte sie ernst.

Unsere Unterhaltung mäanderte von einem Thema zum anderen, während der Regen gegen die Fensterscheiben prasselte.

Irgendwann fing Kip wieder an, mich Schwester Bee zu nennen, was Cannon zu der Bemerkung veranlasste, ich wäre die Einzige in der Schule gewesen, über die niemand – weder Lehrer noch Schüler noch Eltern, ja nicht einmal der Hausmeister oder auch nur eine Ameise – etwas Schlechtes sagen konnte.

»Und dabei ist dein Nettsein nicht mal nervig«, fügte er noch hinzu.

»Wisst ihr noch«, sagte Kip grinsend, »wie Bee damals in

Bio heldenhaft Mr Jettys Fragen zur Osmose beantwortet hat, obwohl Chad Burmann ihr gerade von hinten sein gesamtes Mittagessen auf die Bluse gekotzt hatte?«

»Oder die Klassenfahrt nach Washington, als Mr Miller zu seiner schwangeren Frau nach Hause musste und Ms Guild, statt einen anderen Lehrer als Begleitung abzubeordern, einfach Bee gefragt hat.«

Alle gackerten los.

»War doch keine große Sache«, sagte ich.

Währenddessen blieb Whitley demonstrativ still und sah nur mit selbstgefälliger Miene zu Boden, als sei sie komplett anderer Meinung und bemühe sich, die anderen nicht auszulachen.

Wann kommt es?, fragte ich mich nervös. *Wann reden wir über Jim?*

Den fehlenden Anführer. Die Nummer sechs. Den, der gestorben war.

Drängte es sie nicht, über ihn zu reden? Jim, der einen langen, dunklen Schatten warf. Der tot genauso faszinierend war wie lebendig. Jim, der Dichter. Jim, der Prinz.

Natürlich dachten sie an ihn. Wie könnte es anders sein?

Trotzdem war er wie der verschlossene Schuppen auf dem verfallenen Anwesen, zu dem sich niemand hintraute, ganz zu schweigen davon, durch die schmutzigen Scheiben hineinzusehen.

Irgendwann danach nickte ich ein. Als ich aufwachte und meine Wange vom Sofakissen schälte, lagen Whitley und Cannon unter einer Decke vor dem Kamin und schliefen.

Kip schnarchte auf der Récamiere. Nur Martha war wach. Sie wirkte wieder nüchtern und saß auf der anderen Seite des Raums in einem Sessel und las, das Kinn auf die Hand gestützt.

»Hey«, krächzte ich und rieb mir die Augen. »Wie spät ist es?«

»Viertel nach vier.«

Draußen war es dunkel und es regnete immer noch.

»Ich kann nicht schlafen«, sagte Martha mit müdem Lächeln. »Wegen dem alten Mann. Ich hab das Gefühl, er ist immer noch da draußen.«

Unwillkürlich blickte ich aus dem Fenster und ein Schauer überlief mich.

Whitley hatte sämtliche Außenlampen eingeschaltet und ich konnte den riesigen abgebrochenen Ast sehen, den Garten und den Pool und den Steinpfad, der zum Anleger hinunterführte.

»Der ist bestimmt längst weg«, flüsterte ich.

Wir unterhielten uns leise, doch die Schweigepausen zwischen unseren Worten dehnten sich immer weiter aus, wie die Abstände innerhalb der letzten kleinen Inselkette vor dem offenen Meer.

Martha und ich waren uns nie sehr nah gewesen, obwohl wir dafür eigentlich prädestiniert gewesen wären. Wir waren die einzigen beiden, die über ein Stipendium nach Darrow gekommen waren, und damit zwei unerzogene Köter von zweifelhafter Abstammung in einem Zwinger preisgekrönter Rassehunde.

Martha hatte ein Physikstipendium bekommen, das von einem genialen Darrow-Absolventen gestiftet worden war, der über das Higgs-Boson geforscht hatte. Sie war die Erste seit achtundzwanzig Jahren, die damit ausgezeichnet worden war, hatte die Rede bei unserer Abschiedsfeier gehalten und war dann ans MIT gewechselt, um Mathematical Engineering zu studieren.

Sie stammte aus South Philadelphia, war von ihrem Vater allein aufgezogen worden und ihre Familie war sogar noch ärmer als meine. Ich hatte ihren Vater nie kennengelernt, aber laut Cannon hatte er eine Autowerkstatt und hörte auf den Spitznamen Mickey Peanuts. Jim hatte mir erzählt, Martha hätte eine deutlich ältere Schwester gehabt, die an einer Überdosis gestorben war, woraufhin Marthas Mutter die Familie verlassen hatte. Aber Martha hatte nie eine Schwester erwähnt und ihre Mutter nur im Zusammenhang mit einer Reise nach Alaska, als sie zehn gewesen war.

Obwohl ich jede Menge Zeit mit ihr verbracht hatte, konnte ich nicht sagen, wen oder was Martha liebte, abgesehen von *Das dunkle Haus*, einem seltsamen Underground-Fantasyroman. Wegen dieses Buchs hatte sie ihr Zimmer im Wohnheim mit geheimnisvollen Postern von Dampfloks gepflastert und suchte in Reddit-Foren nach anderen Megafans, so genannten Hausianern. Sie war sogar ein paarmal – ohne jedes Anzeichen von Verlegenheit – mit Zylinder und Kneifer oder einer grauen Richterperücke zur Schule gekommen, um den Geburtstag einer der Figuren zu feiern. Ein Exemplar des Buchs hatte sie immer in ihrem Rucksack mit sich herumgetragen – ein Riesenklotz von tausend zerfledderten Seiten, billig kopiert und mit einem zerfranstem Stück Schnur zusammengebunden – und es beim Klingeln immer herausgeholt, wohl um mit niemandem reden zu müssen.

Eigentlich war sie Jims Freundin. Sie hatten sich als Kinder bei einem Sommercamp für Begabte kennengelernt, das in Upstate New York auf einem Anwesen aus dem neunzehnten Jahrhundert stattfand und sich »Da Vincis Töchter und Söhne« nannte. Jim war dort, weil er ein komplettes Musical über Napoleon geschrieben hatte, das an seiner Privatschule in Manhattan aufgeführt worden war und ihm einen ausführlichen Artikel im *New York Magazine* eingetragen hatte. Martha war dort, weil sie bei sich in der Garage einen funktionierenden Flugzeugmotor gebaut hatte.

Jim war derjenige gewesen, der Martha gedrängt hatte, sich für Darrow zu bewerben, der sie immer dabeihaben wollte. Im Lauf der Jahre war sie zu einem festen Bestandteil unserer Gruppe geworden und sie krönte jede Situation mit einer trockenen Bemerkung oder einer seltsamen Anspielung auf eine Stelle in *Das dunkle Haus*, die niemand verstand. Trotzdem hatte ich immer den Eindruck, dass Jim ihr einziger wahrer Fan war. Cannon, Wit und Kip akzeptierten sie, wie man Asthma oder die geliebte Katze seines Lebensgefährten oder ähnliche nervige Gegebenheiten akzeptierte, während Jim immer wieder betonte, wie unglaublich sie war und dass wir eines Tages, mit sechzig, staunend zurückblicken und sagen würden: *Ich war mit Martha Ziegler befreundet.*

»Das ist dann ungefähr so, als würdet ihr sagen, ihr wart

mit Stephen Hawking befreundet. So jemand Besonderes wird sie mal sein.«

Die beiden hatten ihren eigenen Slang und lachten über Sachen, die nur sie komisch fanden, die Arme um die Schultern des anderen gehängt wie alte Strickjacken. Ich war zwar nicht *per se* eifersüchtig, aber manchmal registrierte ich etwas – einen aufgeladenen Blick oder eine seltsame Bemerkung –, das bei mir die Alarmglocken in Gang setzte und meinen uralten Verdacht bestätigte, dass Martha ein brennendes Geheimnis hütete: Sie liebte Jim. Deshalb hatte sie mich nie gemocht.

Ich konnte nur vermuten, dass Jims Tod ihr das Herz gebrochen hatte. In der Zeit danach – den knapp zwei Wochen bis zu den Sommerferien – war sie bedrückt und still und beim Abschlussgottesdienst huschte sie vor allen anderen aus der Kapelle wie eine aufgescheuchte Fledermaus. Irgendetwas trieb sie um. Ich erinnerte mich dunkel, dass sie einen Tag vor Schulschluss plötzlich verschwunden war, einfach fort, ohne sich zu verabschieden. Whitley, wie immer hellwach, wenn es darum ging mitzubekommen, was andere verheimlichen wollten, sagte mehrfach: »Mit Martha stimmt irgendwas nicht.«

Und jetzt saß sie da und musterte mich mit ihrem Teleblick, der mich immer schon nervös gemacht hatte. Wie sie Jims Tod empfunden und was das möglicherweise in ihr ausgelöst hatte, war jetzt verborgen, wie eine Schule Blauwale, die durch die Tiefen des Meeres donnerten, während die Oberfläche still dalag.

Plötzlich merkte ich, dass sie mich etwas gefragt hatte.

»Was?«

»Ich wollte bloß wissen, ob du immer noch diese Traum-Soundtracks verfasst.«

Sie meinte damit meine Marotte, Musik für Filme zu erfinden, die ich mir ausgedacht hatte. Das tat ich oft, keine Ahnung, warum. Als Kind war ich furchtbar schüchtern und hatte solche Angst, im Unterricht etwas zu sagen, dass meine Lehrer dachten, ich würde stottern oder könnte nicht richtig hören. Irgendwann fing ich an, kleine Kladden zu basteln, mit Songtexten und Zeichnungen für Filme, die es nicht gab, die ich aber gerne gesehen hätte, zum Beispiel einen Vampirfilm für Teenager mit dem Titel *Blutige Lektionen*. Oder *Dove Nova*, die Lebensgeschichte einer jungen schwedischen Popsängerin, die eines Tages spurlos verschwand. Das Ganze hatte keinen tieferen Sinn. Ich hätte nicht mal erklären können, warum ich diese Soundtrack-Büchlein anfertigte. Mir gefiel einfach die Vorstellung, dass sie Kunstwerke aus einer anderen Welt waren, die neben unserer existierte, einer Welt, in der ich nicht schüchtern war, in der sich unausgesprochene Worte nicht wie Murmeln in meinem Mund sammelten, in der ich mutig war. Sie waren mein Was-wäre-wenn, meine *Glasmenagerie*, wie Jim es ausdrückte.

Eines Abends in der Neunten, als es draußen wie verrückt schneite, war die ganze Schule im großen Saal beim Winterball, als plötzlich der Strom ausfiel. Ich hatte mir versehentlich mein Kleid am Rücken eingerissen, deshalb ließ ich Jim stehen und lief hoch zu meinem Zimmer, um mich umzuziehen. Zu meiner Überraschung entdeckte ich Martha im Aufenthaltsraum. Sie saß im Dunkeln da, las mithilfe einer Taschenlampe *Stolz und Vorurteil* und war so in das Buch versunken, dass sie nicht merkte, dass eines der Fenster sperrangelweit offen stand und sich darunter bereits eine Handbreit Schnee angesammelt hatte. Wir blieben schließlich zwei Stunden lang dort, nur wir beide. Es war das einzige Mal. Aus irgendeinem Grund hatte ich Martha meine Sammlung von Traum-Soundtracks gezeigt. Seither fragte sie oft danach, wenn wir alleine waren, als wäre dies das einzige Thema, mit dem sie mich zum Reden bringen konnte. Es ging mir manchmal ziemlich auf die Nerven.

»Nein«, sagte ich und tat so, als müsste ich gähnen. »Eigentlich nicht. Ich glaube, ich such mir oben mal ein Bett.«

Sie nickte mit ernster Miene. »Gute Nacht, Beatrice.« Sie wandte sich wieder ihrem Buch zu.

Ich schlüpfte hinaus, stapfte die Treppe hinauf und ging in mein Lieblingsgästezimmer am Ende des Flurs. Dort angekommen, schlug ich die Decke zurück und krabbelte ins Bett.

In jeder anderen Nacht in diesem Zimmer hätten mich Erinnerungen wach gehalten. Ich lag zusammengerollt unter der dicken Decke, genau wie immer. Das Einzige, was fehlte, war Jim, der sich an mich kuschelte und im Schein seines Handys Songtexte verfasste.

Ich stellte den Wecker auf sechs und schloss die Augen. Ich würde mich rausschleichen, bevor die anderen aufwachten.

Und damit wäre mein letztes Kapitel hier in Wincroft beendet.

4

Als ich aufwachte, war es draußen hell.

Ich fror und war schweißnass. Nein, es war kein Schweiß, merkte ich einen Moment später überrascht. Es war Regen. Ich war nass, weil ich auf dem Rücksitz des Jaguar-Cabrios saß, mit offenem Verdeck. Der Wagen war – offenbar von jemandem, der sehr viel intus hatte – in einem Beet neben der Einfahrt von Wincroft geparkt worden.

Es goss immer noch in Strömen. Kip und Martha saßen neben mir, ebenso verwirrt wie ich.

»Was machst du?«, fragte Kip mich. Er war ebenfalls völlig durchnässt und seine Augen waren blutunterlaufen. An seiner Nasenspitze hing ein Regentropfen. »Wo bringst du uns hin?«

Ich hatte keine Ahnung, was er meinte. Ich kletterte aus dem Auto, rannte die Einfahrt entlang zum Haus und stieß die Tür auf. Um ein Haar wäre ich mit Whitley zusammengeprallt. Sie stand wie erstarrt in der Eingangshalle, in dem gleichen Outfit wie am Abend zuvor. Der fassungslose Blick, mit dem sie mich ansah, sagte mir, dass etwas Schreckliches passiert sein musste.

»Was ist? Was ist los?«

Doch sie ging wortlos an mir vorbei und starrte nach draußen.

Ich lief in die Küche. Zitternd überprüfte ich, ob mit meinem Körper alles in Ordnung war. Keine Auffälligkeiten. Mein Kopf war klar. Trotzdem hatte ich offenbar verschlafen. Ich würde es nicht pünktlich zum Café schaffen. Meine Eltern würden wie verrückt schuften, um den Frühstücks- und dann den Mittagsandrang zu bewältigen, und mein Dad würde so gestresst sein, dass er vergaß, den Leuten von den Tagesangeboten zu erzählen, was meine Mom wiederum zum Vorwand nehmen würde, um zu sagen, sie bräuchten keine Tagesangebote mehr, die wären zu teuer, und das könnte ausreichen, um die beiden in einen Streit zu verwickeln, was sonst selten geschah.

Cannon stand an der Kücheninsel und tippte etwas in seinen Laptop.

»Hier, siehst du?«, rief er über die Schulter. Offenbar hielt er mich für Whitley. »*New York Times*. Da steht genau dasselbe.«

Ich trat neben ihn. Er war so aufgedreht, als hätte er einen Liter Kaffee getrunken.

»Was ist denn?«

»Was ist?!«, wiederholte er spöttisch und sah zu mir. Er packte meinen Kopf und drehte ihn Richtung Bildschirm.

»›Senat drängt auf neue Immigrationsinitiative‹«, las ich.

»Das *Datum*!«

»Freitag, der 30. August. Und?«

»Und? Das war gestern.«

Mit angespannter Miene tippte er »CNN« in den Browser.

»CNN. *Washington Post*. *Time*. Überall dasselbe.«

Er drückte mir sein iPhone in die Hand. Ich starrte dumpf auf das Datum über dem Foto, das wohl seine Fechtfreundin zeigte.

Er hatte recht. 30. August, 17:34.

Vielleicht gab es einen Fehler bei der Datumsgrenze. Vielleicht hatten Terroristen das Netz gehackt. Als hätte er meine Gedanken gelesen, hielt Cannon mir seine Armbanduhr hin. Die Zeiger standen auf fünf nach halb sechs, die Datumsanzeige auf 30.

»Wie sollte sich jemand in meine *TAG Heuer* einhacken?«

Ich konnte ihn nur anstarren.

In dem Moment klingelte sein Handy. Jemand namens Alexandra. Er schnappte es mir weg.

»Alex … Moment … Nein, warte … warte mal … Sag mir, wie spät es ist und welchen Tag wir haben. Ich erklärs dir gleich … Sag mir das verdammte *Datum*! Ich verlange ja nicht, dass du die Unabhängigkeitserklärung … Herrgott noch mal, halt endlich die Klappe und sag mir –«

Wie auch immer Alex' verwirrte Antwort lautete, Cannon schleuderte das Handy wütend gegen die Glasschiebetür.

Dann ließ er sich auf das Sofa fallen und starrte mit irrem Blick auf den Boden. Ich lief zu meiner Handtasche und holte mein Handy heraus, was, nebenbei bemerkt, ziemlich seltsam war, denn als ich es das letzte Mal gesehen hatte, war es oben im Zimmer gewesen.

Mein Handy sagte dasselbe. 30. August. Mit einem Anflug von Panik rief ich meine Mutter an.

»Hallo, Bee –«

»Mom? Wo seid ihr?«

»Auf dem Weg ins Dreamland, um uns *Sein Mädchen für besondere Fälle* anzusehen. Was ist denn los?«

»Habt ihr den Film nicht gestern gesehen?«

»Gestern?«

»Mom, welcher Tag ist heute?«

»Was? Warum schreist du so?«

»Welcher Tag ist heute?«

»Freitag, der 30. August.«

»Bist du sicher?«

»So stehts auf dem Armaturenbrett.«

»Heute ist der Dreißigste«, hörte ich meinen Dad sagen.

»Mom, ich hab dich doch gestern Abend angerufen, nicht?«

»Gestern Abend? Wieso?«

»Gestern Abend habe ich dich angerufen und gesagt, dass ich in Wincroft übernachte, und du hast mich gebeten, heute Morgen früh im Café zu sein, weil Sleepy Sam zum Zahnarzt muss.«

»Sam kommt morgen nicht? Und da ruft er *dich* an? Sam kommt morgen nicht«, sagte sie zu meinem Vater.

»Er hat Bee angerufen? Nachdem wir ihm ungefähr zwanzig Mal unsere Nummer gegeben haben?«

»Bee, was ist bei euch los? Ist es schlimm? Sollen wir dich abholen?«

Ich drückte das Gespräch weg. Mir rauschte das Blut in den Ohren.

Mom rief zurück, aber ich war zu durcheinander, um dranzugehen.

Ich setzte mich aufs Sofa und versuchte mich zu beruhigen. Das musste eine Art Wachtraum sein. Ich musste nur aufwachen. *Los, wach auf.* Nach einer Weile merkte ich, dass Kip und Martha hereingekommen waren. Sie standen steif und mit verwirrter Miene da, als wären sie gerade mitten im Schlafwandeln aufgewacht. Auch Whitley kam zurück in die Küche. Ihre Bewegungen waren ganz langsam, als wäre sie auf dem Mond unterwegs.

»Leute?«, flüsterte Kip kaum hörbar. »Hat es ein Erdbeben gegeben? Oder irgendein Weltuntergangs-Event, von dem wir nichts mitgekriegt haben?«

In dem Moment klingelte es an der Tür.

Ich wartete nicht auf die anderen, sondern sprang vom Sofa, lief an Kip und Martha vorbei und riss die Haustür auf.

»Vielleicht bittet ihr mich diesmal auf einen Tee herein«, sagte der alte Mann.

5

»Vor allen Dingen müsst ihr ruhig bleiben«, sagte der Wächter. »Panik bringt euch nicht weiter.«

Er kochte Tee.

Er hatte beim Hereinkommen um einen Tee gebeten, und da wir alle zu alarmiert waren, um darauf zu reagieren, hatte er sich bizarrerweise selbst an die Arbeit gemacht. Er füllte den Kessel mit Wasser, schaltete den Gasherd ein und nahm sich einen Becher aus dem Schrank, als wäre er schon etliche Male in diesem Haus gewesen.

»Falls es ein Trost ist, denkt immer an eines«, fuhr er fort, wobei er seine dunkelblaue Seidenkrawatte zurechtrückte. Sie schimmerte im Lampenlicht, und da bemerkte ich, dass sie ein dezentes Muster aus Hirschen hatte, die genauso aussahen wie der Hirsch über dem Eingang von Darrow. »Vor euch sind schon andere durch die Niemalswelt gegangen, und viele werden nach euch kommen. Milliarden von anderen werden sterben, ohne je die Gelegenheit zu bekommen, die jeder von euch hat. Ihr solltet es also als Geschenk betrachten. Als eine Chance, den Lauf der Geschichte zu verändern, denn eure Entscheidung, wer leben soll, wird Billionen von Augenblicken in der Zukunft bis ins Unendliche beeinflussen. Mit anderen Worten: Es ist schon oft vorgekommen, und ihr seid nicht allein. Ihr müsst euch aufeinander verlassen. Jeder von euch ist ein Schlüssel, und die anderen sind die Schlösser dazu. Dies ist kein Traum und auch kein Albtraum. Es ist ein Riss, durch den ihr immer wieder fallen werdet, so lange, bis ihr abstimmt. Je eher ihr akzeptiert, wo ihr seid, desto eher werdet ihr dem entkommen.«

Dass der alte Mann wieder hier war, in demselben dunklen Anzug, mit derselben eigentümlichen Sprechweise, war so bizarr, dass keiner von uns richtig mitbekam, was er sagte. Whitley und Kip standen da und starrten ihn mit offenem Mund an, als wäre er ein Poltergeist. Martha saß mit steinerner Miene auf dem Sofa, beide Füße fest auf dem Boden, als hätte sie Angst, ohnmächtig zu werden. Ich gab mir Mühe, seinen Worten zu folgen, falls irgendetwas darauf hinwies, wer er wirklich war. Doch gleichzeitig schrie eine Stimme in meinem Kopf: *Das ist ein Scherz. Das ist ein Scherz.* Es musste einfach einer sein. Irgendjemand – internationale Terroristen, Hacker von Anonymous oder irgendeiner anderen Gruppe – spielten uns einen grausamen, raffinierten Streich.

Mir fiel auf, dass Cannon nach oben verschwunden war. Jetzt kam er zurück, seine Reisetasche über der Schulter.

»Ich bin weg«, verkündete er.

»Was?«, rief Whitley alarmiert. »Wohin willst du?«

»Zum Flughafen.«

»Aber es ist gestern«, sagte Kip.

»Nein, ist es nicht. Natürlich nicht. Ich weiß, wir haben keine Erklärung dafür, aber es gibt eine. Bestimmt arbeiten die Physiker in Harvard schon daran.«

»Ich bedauere, aber die Physiker in Harvard wissen nichts von eurer Misere«, warf der Wächter ein, während er seinen Teebeutel mit einem Löffel ausdrückte. »Die haben genug mit der Quantengravitation zu tun. Insbesondere mit dem Problem der kosmologischen Konstante.«

Cannon musterte ihn kalt. »Ich fahre nach Hause.«

»Und was willst du da?«, fragte Kip. »Dich beschweren? ›Ma, irgendwie ist heute gestern‹?«

Cannon zuckte die Achseln. »Auf jeden Fall bleibe ich nicht hier bei dem da.«

Er ging. Wir hörten, wie die Haustür zuknallte. Dann stürzte Whitley plötzlich hinter ihm her. Und Kipling. Und Martha. Alle rannten davon, als hätten sie gerade erfahren, dass der alte Mann eine Bombe bei sich hatte. Sie schnappten sich ihre Autoschlüssel, Taschen, Sweatshirts, Handys. Ich wollte nicht mit ihm allein bleiben, also nahm ich meine Tasche und lief ebenfalls hinaus in den Regen. Die anderen sprinteten zu ihren Autos, Motoren sprangen an, Scheibenwischer setzten sich in Bewegung. Bis ich den Dodge angelassen und gewendet hatte, waren alle vier verschwunden.

Der Wächter war auf die Eingangsstufen herausgetreten. Er trank einen Schluck von seinem Tee.

Die ganze Situation – dass wir ihn, einen völlig Fremden, einfach allein in dem Haus zurückließen – war vollkommen verrückt.

»Keine Sorge!«, rief er mir fröhlich durch den Regen zu. »Ich verspreche, ich werde nicht das Silber mitgehen lassen.«

Ich trat das Gaspedal durch. Während ich die Einfahrt hinunterraste, hatte ich ganz deutlich das Gefühl, verfolgt zu werden. Doch als ich mich in einer Kurve umschaute, war niemand zu sehen. Ich warf noch einen letzten Blick auf Wincroft, bevor es hinter den Hügeln verschwand, und nun schien auch der Wächter fort zu sein.

....

Es wurde allmählich dunkel. Der Regen prasselte vom schwarz-blauen Himmel herab. Nachdem ich ein paar Kilometer gefahren war und dabei jeden entgegenkommenden Fahrer beäugt hatte, um mich zu vergewissern, dass er kein Geist, Alien oder Zombie war (die meisten starrten irritiert zurück und fragten sich vermutlich, was mit mir los war), entspannte ich mich allmählich ein wenig. Alle sahen wie ganz gewöhnliche lebende Menschen aus, kauten Kaugummi, fingerten am Radio herum und schienen sich keinerlei Gedanken darüber zu machen, welcher Tag heute war.

Alles war normal.

Ich rief noch mal meine Mutter an.

»Bee?«

»Wo seid ihr?«

»Im Kino. Was ist los? Du hast uns einen ganz schönen Schreck eingejagt, so wie du vorhin klangst.«

Ich fuhr direkt nach Westerly zum Dreamland. Meine Eltern warteten draußen, mit blassen Gesichtern. Ich hielt in der Feuerwehreinfahrt und ließ den Motor laufen, sprang aus dem Wagen, rannte zu ihnen und fiel ihnen um den Hals.

Sie waren echt. Ich träumte nicht. Alles würde gut werden.

Meine Mutter war außer sich. »Du sprichst nie wieder ein Wort mit denen!«

»Victoria«, sagte Dad mahnend.

»Was denn? Sieh sie dir doch an. Sie ist völlig aufgelöst. Wir machen das alles nicht noch mal durch. Diese Gören sind verdorben und verwöhnt. Die gehen durchs Leben, ohne sich auch nur einmal umzudrehen und zu schauen, was sie angerichtet haben, weil Mommy und Daddy immer mit einer Putzfrau und einem Scheckbuch hinter ihnen herrennen.«

»Sie sind doch noch Kinder.«

»Diese *Kinder* haben dafür gesorgt, dass unsere Tochter zwei Monate lang kaum essen und schlafen konnte, schon vergessen?«

»Das war der Schock. Und die Trauer.«

Ich weinte, aber natürlich konnten sie nicht wissen, dass es vor Erleichterung war. Dieser Tag, der schon mal stattgefunden hatte – was immer das gewesen war –, war nicht die Wirklichkeit.

Das hier war die Wirklichkeit.

Ich schaffte es, meine Eltern einigermaßen zu beruhigen,

und wir gingen ins Shakedown, um etwas zu essen. Wir unterhielten uns mit Artie, der uns eine Runde Apfelkuchen spendierte. Anschließend schlenderten wir die hölzerne Strandpromenade entlang und sprachen über das zigste Angebot von irgendeiner der vielen Immobilienfirmen, die meinen Vater davon zu überzeugen versuchten, das Captain's Crow zu verkaufen, damit sie dort Eigentumswohnungen bauen konnten. Obwohl meine Eltern sich Sorgen machten, nicht nur wegen meines plötzlichen Auftauchens, sondern auch wegen der untypischen Begeisterung, mit der ich den Abend mit ihnen verbrachte – etwas, wozu ich mich den ganzen Sommer über nur mühsam aufgerafft hatte –, sagten sie nichts. Sie taten so, als glaubten sie meine Erklärung, warum ich Wincroft so abrupt verlassen hatte: »Ich musste einfach da weg. Wir haben uns irgendwie auseinandergelebt, versteht ihr?«

Sie akzeptierten auch meinen manischen Drang, den Abend auszudehnen, noch ein Stück weiter über die Promenade zu schlendern, jedes einzelne Segelbootbild in jedem Schaufenster jeder Galerie zu betrachten, zu den alten Schaukeln am Strand zu gehen, wo jemand DAS LEBEN IST NUR EIN TRAUM an die Mauer gesprüht hatte – all das, um den unausweichlichen Moment hinauszuschieben, wenn wir nach Hause fahren und zu Bett gehen würden.

Ich hatte Angst davor einzuschlafen, weil die unfassbare Tatsache, *dass ich diesen Tag schon mal erlebt hatte*, mir wie ein nerviger Ohrwurm in Dauerschleife im Kopf hing.

Es war kurz nach Mitternacht, als wir zu Hause ankamen. Dad fuhr den Dodge, weil ich behauptet hatte, ich sei zu müde, doch in Wirklichkeit fürchtete ich mich davor, allein in dem Wagen zu sein. Wir gingen einer nach dem anderen ins Haus. Dad gähnte. Mom räumte die Spülmaschine ein.

»Bleibst du bei mir, bis ich eingeschlafen bin?«, fragte ich sie.

»Natürlich.« Sie lächelte, aber ich sah, dass die Frage sie beunruhigte. Das letzte Mal, als ich sie das gefragt hatte, war direkt nach Jims Tod gewesen.

Sie setzte sich zu mir ans Bett und wir sprachen über Änderungen auf der Speisekarte des Cafés und den Gemeindebeschluss, eine Klappbrücke abzureißen. Ich wusste, dass sie mich nach meinen alten Freunden fragen wollte und danach, was passiert war, doch sie tat es nicht.

Irgendwann stand sie auf und musterte die Gänseblümchentapete in meinem Zimmer.

»Ich fasse es nicht. Dein Vater hat gesagt, er hätte das geklebt.«

Sie zog an einer Naht in der Ecke und sofort löste sich ein großes Stück von der Wand.

»Du meine Güte, da ist ja Schimmel drunter.«

»Das ist ein Zeichen, dass ihr das Café verkaufen und nach Florida ziehen sollt.«

Sie verschränkte die Arme vor der Brust. »Sehe ich aus wie jemand, der einen Sonnenschild trägt?«

Ich merkte, wie mich die Müdigkeit überkam. Sie sagte irgendwas über Dads Rückenschmerzen, dass sie schlimmer waren, als er sich anmerken ließ. Ich hielt ihre Hand, als ich einschlief.

Moms Hand war wirklich. Das, was davor passiert war, nicht. Ein Tag hatte also beschlossen, sich zu wiederholen. *War das wirklich so schlimm?*

Was für Lügen doch der Verstand erzählt, um einen in Sicherheit zu wiegen.

Er tut, was er kann, um die Auswirkungen der Katastrophe abzumildern. Er gibt sich wirklich Mühe. Aber irgendwann wird der Unterschied zwischen der Wirklichkeit und der zusammengesponnenen Fantasie selbst für den Verstand zu groß. Die ganzen beruhigenden, besänftigenden Worte und die Hoffnung, dass am Ende alles gut wird, dehnen sich immer weiter, und irgendwann reißen sie und lösen sich in Luft auf.

Und dann wachst du schreiend auf.

....

Ich wachte im strömenden Regen auf dem Rücksitz des Jaguar auf, Martha und Kipling wieder neben mir. Ich rannte ins Haus und zitterte so sehr, dass ich mich auf das Sofa setzen musste, breitbeinig und die Hände auf die Knie gestützt, um nicht zu hyperventilieren.

Ich war wieder hier. In Wincroft. Immerhin lebte ich.

Aber war das Leben?

Gandalf lief immer wieder im Kreis durch das Wohnzimmer und bellte.

»Nein. Nein. Nein!«, brüllte Cannon.

Er stand an der Kücheninsel und tippte wieder auf seinem Laptop herum, doch offenbar stellte er fest, dass das Datum wieder dasselbe war, denn er schlug den Deckel zu und schleuderte das Teil quer durch den Raum.

Benommen sah ich, dass Whitley draußen auf der Terrasse war und einen ihrer Tobsuchtsanfälle hatte. Völlig durchnässt riss sie die Sonnenschirme aus ihren Halterungen und warf sie auf den Rasen.

Ihre Wutanfälle waren in Darrow legendär gewesen.

»Total gaga«, hatten die boshafteren Mädchen dann getuschelt.

Ich hatte Whitley immer darum beneidet, dass sie nicht nur schön und klug war, sondern obendrein keinerlei Hemmungen hatte, eine Szene zu machen und ihren biblischen Zorn loszulassen. Ich fand es auf ungerechte Weise glamourös, als wäre sie die unbezähmbare Heldin eines viktorianischen Romans. (Selbst der in der ganzen Schule kursierende Begriff *Lansings Jähzorn* klang wunderbar altmodisch, wie eine unheilbare exotische Krankheit.) So wild wollte ich auch sein. Wit stürmte in die Schlacht – ich erstarrte. Sie warf den Kopf in den Nacken und schrie – ich blieb stumm. Ihre Wutausbrüche waren olympisch, fünf Sterne, Platin. Sie kamen aus einem lodernden Kern in ihrem Innern, den sie sich nicht mal selbst erklären konnte. Mit glühendem Gesicht und Funken sprühenden Augen verwüstete sie ihr Zimmer, riss die Seiten aus Schulbüchern, schlug mit den Fäusten gegen Wände, warf Tische um und geigte den Lehrern ohne Takt, Erbarmen oder Rücksicht auf die Folgen die Meinung. Ich hatte dabei immer den Eindruck, als hätte Whitley Einblick in eine Parallelwelt, die nur sie sehen konnte, so scheußlich und gewaltig, dass sie mit unserer Sprache nicht zu beschreiben war.

Mit ihren Wutanfällen landete sie jedes Mal auf der Krankenstation. Sie hätten sie rausgeworfen, wäre ihre Mutter Linda, Geschäftsführerin des Pharmakonzerns Lansing Drugs, nicht in ihrem dicken Nerzmantel aus St. Louis angeflogen gekommen, um die Wogen zu glätten, sprich: einen weiteren Anbau für die Bibliothek zu spendieren. Deshalb bekam Whitley auch eine Sondergenehmigung, die Schule zu verlassen, um zu einem Psychologen in Newport zu gehen. Jedes Mal wenn sie einen Anfall bekam, lief ich zu ihr und hielt sie fest, wie ein Astronaut, der verhindern will, dass sein Kollege ins All hinausschwebt.

Doch als sie jetzt einen Liegestuhl packte und ihn schreiend über das Geländer warf, sah ich nur stumm zu, unfähig, mich zu bewegen. Ich konnte ihr nicht helfen. Ich konnte nicht mal mir selbst helfen.

Kipling und Martha waren hereingekommen und blickten sich in der Küche um wie Leute, die nach einem Tornado in ihr Heim zurückkehren.

»Wir müssen jemanden anrufen«, sagte Kipling mit zitternder Stimme. »Das FBI. Oder die CIA?«

»Und was willst du denen sagen?«, fragte Martha und sah ihn an. »Dass die Zeit hängen geblieben ist wie eine Schallplatte?«

»Es muss doch noch andere geben, die dasselbe durchmachen. Das ist ein nationaler Notfall.«

»Das läuft bestimmt schon auf CNN«, murmelte Cannon.

Er saß auf dem Boden, die Hände um den Nacken geschlungen wie bei einem Bombenangriff. »Guten Abend. Die neuesten Nachrichten vom Tage. Gestern ist heute. *Schon wieder.* Wir halten Sie auf dem Laufenden, auch wenn alles auf der Stelle tritt. Twittern Sie uns Ihre Erfahrungen unter dem Hashtag *Und täglich grüßt das Murmeltier.*«

Kipling schnappte sich die Fernbedienung, schaltete den Fernseher ein und zappte durch die Kanäle, doch überall lief etwas Normales. *Gleich zeigen wir Ihnen, wie man ein Drei-Minuten-Omelett zubereitet. Sorgt dafür, dass Ihre Wäsche strahlt wie am ersten Tag.*

Es klingelte an der Tür.

Keiner rührte sich.

Sekunden später spazierte der Wächter herein, mit einem mitfühlenden, geradezu großväterlichen Gesichtsausdruck. Sein Auftauchen hatte jetzt etwas Heimtückisches: derselbe Anzug, dieselbe Krawatte. Mir wurde übel.

»Das ist der härteste Teil«, verkündete er. »Die zweite Wache ist immer am schlimmsten.«

»Sagen Sie uns, was wir tun sollen«, bat Martha.

»Habe ich doch. Stimmt ab.«

Stimmt ab. Als ginge es nur darum, ob wir links oder rechts abbiegen sollten.

Offenbar hatte Whitley den alten Mann von draußen gesehen, denn plötzlich drückte sie die Schiebetür auf und stand keuchend und mit wutverzerrter Miene da, von Regen und Windböen umtost wie in einem alten Film. Bevor irgendjemand sie aufhalten konnte, kam sie hereingestürmt, nahm eine chinesische Vase vom Tisch und schleuderte sie dem alten Mann an den Kopf.

Er sackte zusammen. Cannon lief zu Whitley, doch sie stieß ihn brutal mit dem Ellbogen weg, packte den Wächter am Kragen und schleifte ihn auf einen Stuhl. Dann rannte sie in die Küche, riss die Schubladen auf und warf Töpfe, Pfannenwender, Suppenkellen auf den Boden.

»Der Zyklus der Gewalt ist nur ein sinnloses Leugnen der Realität«, sagte der Wächter und hielt sich den Kopf.

Whitley kam mit einer Rolle Küchengarn und einem großen Fleischmesser zurück und fesselte ihm grob die Handgelenke, wobei sie das Messer nur Zentimeter von seinem Kinn entfernt hielt, als sie das Garn durchschnitt. Dann ging sie mit zusammengebissenen Zähnen in die Hocke und fesselte auch seine Fußgelenke. Der Wächter protestierte nicht, sondern sah ihr nur verwundert zu, wie ein Vater, dessen vierjähriger Sohn beschließt, ihn am Strand bei lebendigem Leib zu vergraben.

Sie zog sich einen Hocker heran, setzte sich vor ihn und strich sich die Haare aus dem Gesicht.

»Los, reden Sie.«

»Worüber?«, fragte der Wächter.

Sie verpasste ihm eine schallende Ohrfeige.

»Whitley«, ermahnte Cannon sie.

»Sagen Sie uns, wer dafür verantwortlich ist und wie wir hier rauskommen.«

Der Wächter schloss die Augen. »Das habe ich euch bereits gesagt. Indem ihr abstimmt. Und wer dafür verantwortlich ist? Da gibt es eine unendliche Anzahl von Möglichkeiten. Das Universum, Gott, das Absolute, das Höchste Wesen, Adonai, Ahura Mazda –«

Sie schlug ihn erneut.

»Wit«, flüsterte Kip. »Hältst du es für klug, den armen Mann tarantinomäßig fertigzumachen?«

»Er ist nicht arm. Er spielt mit uns.«

Sie schlug ihn noch einmal. Der Wächter ließ sich nicht aus der Fassung bringen, obwohl ihm Blut aus der Nase lief. Ich fing an zu weinen. Trotzdem tat ich nichts, um sie daran zu hindern. Niemand von uns tat etwas. Wir standen alle nur wie erstarrt da und fragten uns – so beschämend das auch war –, ob der Wächter, wenn wir ihm wehtaten, mit etwas herausrückte, das den Spuk beenden würde. Er würde zugeben, dass alles ein kunstvolles Spiel war; der Vorhang würde fallen und wir würden lachen. *Wie witzig. Wir sind wirklich drauf reingefallen.* Außerdem hoffte ich trotz allem, dass das Ganze nur ein Albtraum war, wie ich sie früher als Kind gehabt hatte, und ich aufwachen würde, wenn es zu verrückt wurde.

Whitley schlug ihn erneut.

»In den letzten drei Minuten jeder Wache werdet ihr, jeder für sich, abstimmen, wer von euch am Leben bleiben soll –«

»Warum nur einer?«, fragte Martha scharf und stellte sich neben Whitley.

»Ich kann euch das Warum und Wie der Niemalswelt nicht erklären. Beides wurde von euch bestimmt.«

»Aber wenn die Zeit stehen geblieben ist«, fragte Cannon, »wieso können wir dann in unser altes Leben zurückkehren?«

»Nur für elf Komma zwei Stunden. Sechshundertzweiundsiebzig Minuten. Das ist die Dauer eurer Wache. Für Cannon und Whitley sind es sechshundertfünfundsiebzig. Am Ende dieser Frist wacht ihr alle wieder in der Niemalswelt auf, so sicher, wie sich Cinderellas Kutsche wieder in einen Kürbis verwandelt. Obwohl euer Unfall eine Laufmasche im Raum-Zeit-Stoff verursacht hat, ist die gegenwärtige Welt nicht verschwunden. Sie existiert weiter um euch herum; sie wartet, wie eine Kugel, die im Lauf hängen geblieben ist.«

»Welche Bedeutung hat unsere Ankunftszeit in der Niemalswelt-Wache?«, fragte Martha.

»Anfang und Ende einer Wache hängen von einer unendlichen Anzahl von Faktoren ab, unter anderem Aufprallwucht, Stärke der Verbindung und Zufall.«

Whitley, die offenbar kein Wort mehr hören wollte, warf das Messer zu Boden und lief in die Küche. Sie schnappte sich ihr Handy von der Kücheninsel, wechselte ein paar unverständliche Worte mit jemandem und legte wieder auf, dann schlüpfte sie in ihre Converse-Sneaker.

»Was hast du denn jetzt vor?«, fragte Cannon.

»Ich fahre zum T. F. Green.«

Das war der Privatflughafen außerhalb von Providence.

»Ich habe den Jet nach Hawaii gebucht. Wir fliegen in einer Stunde. Also los.«

»Das wird leider nichts ändern«, sagte der Wächter.

Sie starrte ihn wütend an. »Wir werden in einem Flieger sein, sechsunddreißigtausend Fuß über dem Pazifik, wenn diese – wie haben Sie es genannt? –, diese *Wache* endet. Was soll dann passieren? Verschwinden wir einfach wie durch Zauberei von unseren Sitzen?«

»Ihr werdet schon sehen«, sagte der Wächter.

....

Alle gingen mit Whitley, nur ich nicht.

Ich konnte nicht. Ich war zu niedergeschmettert und hatte zu viel Angst, mich so weit von meinen Eltern zu entfernen und mit denen in einem Flieger am Himmel gefangen zu sein.

Mit denen.

Das waren sie jetzt für mich. Ich war keine von ihnen, jetzt nicht mehr. Wenn diese Situation eins klargemacht hatte, dann das: Diese Leute, die ich einst geliebt und denen ich absolut vertraut hatte, waren mir vollkommen fremd geworden.

Womit hatte ich das verdient? Mit *denen* zusammen in der Hölle zu landen?

Ich konnte nicht darüber nachdenken. Nein, ich durfte meinem Verstand nicht erlauben, in die Zukunft zu denken. Er musste fest an der Leine bleiben, an diesen Moment gebunden. Mehr verkraftete ich nicht.

Ich sah zu, wie sie mit wenig Überzeugung in Cannons Jeep stiegen. Es war ihnen anzusehen, dass sie Whitleys Plan, die unüberlegte Flucht westwärts auf eine Insel in den Tropen, für wenig erfolgversprechend hielten. Trotzdem machten sie mit. Als Zeichen der Solidarität? Aus einer letzten, verzweifelten Hoffnung heraus, dass es vielleicht doch klappen würde, dass Lindas Gulfstream V, der mit seinen beigefarbenen Ledersitzen und den Tabletts mit Fächern aus Mangoscheiben durch rosige Wattewölkchen schoss, der Notausgang war, das Wurmloch, die *Du kommst aus dem Gefängnis frei*-Karte, die diesem Albtraum ein Ende machte?

Ich taumelte die Stufen hinunter und bemerkte kaum, wie mich der Regen durchnässte, während ich zum Pick-up ging. Als ich in der Einfahrt wendete, sah ich, dass der Wächter sich von Whitleys Fesseln befreit hatte. Wieder stand er im Hauseingang, mit blutverschmiertem Gesicht, Gandalf an seiner Seite, als hätte der Hund schon immer zu ihm gehört.

Diesmal sagte der alte Mann kein Wort. Brauchte er auch nicht. Sein Lächeln, als ich an ihm vorbeifuhr, sagte alles.

Bis bald.

6

Du kannst nicht wach bleiben.

Das haben wir versucht. Egal wie viel Kaffee, Red Bull oder Monster-Energydrinks du trinkst oder wie viele Koffeinpillen oder Ginseng du einwirfst, irgendwann wird dein Körper in den tiefsten Schlaf deines Lebens gesogen. Und wenn du aufwachst, bist du wieder da, wo du angefangen hast.

In der Niemalswelt-Wache.

Umbringen kannst du dich auch nicht.

Kip hat es ausprobiert. Er hat sich mit einem von EZS Burts Gürteln oben in einem der Schlafzimmer erhängt. Ich habe ihn nicht gesehen. Martha hat es mir erzählt. Bei der nächsten Wache saß er wie immer neben mir auf dem Rücksitz des Jaguar, quicklebendig und ohne Blutergüsse am Hals und aufgequollenes Gesicht.

Als wäre nichts passiert.

»Wir sind unsterblich«, sagte Cannon. »Wir sollten das Weiße Haus übernehmen.«

»In elf Komma zwei Stunden?«, sagte Martha. »Das reicht nicht mal, um nach Chicago zu fahren, geschweige denn, die freie Welt zu regieren.«

Sag es deinen Eltern. Ruf die Polizei. Lass den Wächter verhaften. Ruf einen Therapeuten an. Liefere dich in die Psychiatrie ein und sag dem diensthabenden Arzt, er soll bitte machen, dass es morgen wird. Beichte einem Priester. Erzähl es dem Busfahrer, der müden Kellnerin im 24-Stunden-Imbiss, die schon alles gesehen hat, der älteren Frau im Supermarkt, die sich über die Tiefkühltruhe beugt und eine absurde Menge Pizzataschen mit scharfer Salami in ihren Wagen packt, oder dem Mann mit der Lederjacke, der sich bei Kmart Verlobungsringe anschaut. Lies die zweihundertfünfzig Bücher in der Wissenschaftsabteilung der Bibliothek in Warwick und eine Million Fachbücher bei Google Books und versuch rauszukriegen, ob irgendwann in der Geschichte der Welt irgendein Gelehrter wie Kopernikus, Aristoteles, Darwin oder Hawking irgendwas über Zeitfehler, kosmische Wartezimmer, tödliche Zwischenreich-Lotterien oder Menschenterrarien in der Hölle geschrieben hat.

»Wie hieß noch mal der Begriff, nach dem Sie suchen?«, fragte mich die Bibliothekarin.

»Niemalswelt.«

Sie tippte es in den Computer ein und schüttelte den Kopf.

»Dazu gibt es in der Library of Congress keinen Eintrag.«

Am Anfang versuchten wir all das.

Jedes Mal wachten wir wieder genau zur selben Zeit genau am selben Ort auf. Wir waren Songs in Endlosschleife, Fliegen in einem Einmachglas, Schreie in einem Canyon, deren Echo nie verhallt.

Immer wieder zu erleben, dass du zurück auf Los musst, geht gegen die menschliche Natur, und es ist schlicht und einfach unerträglich. Der Verstand ringt mit aller Macht darum zu beweisen, dass es nicht sein kann. Wenn es ihm nicht gelingt, bricht er mit schockierender Leichtigkeit zusammen. Die Psyche ist fragil. Sie ist wie die Sandburg eines Kindes bei auflaufendem Wasser. Zum ersten Mal begriff ich, wie wenig Kontrolle wir über die Welt oder überhaupt irgendetwas außer unseren eigenen Handlungen haben, und nun gehörte mir nicht mal mehr mein kleines Leben. Wir waren hilflose Passagiere, gefangen in einem Raumschiff, das den Mars umkreiste. Die Sonne, der Himmel, die Sterne – wie lange starrte ich nach oben, während ich im strömenden Regen auf dem Liegestuhl am Pool lag, und wünschte mir, ich könnte wie sie sein, nur eine Ansammlung von Gas und Feuer? Oder von mir aus auch ein Käfer oder ein Grashalm oder sonst was, solange ich nur aus der Niemalswelt herauskam.

»Stimmt ab«, drängte der Wächter. »Stimmt doch einfach ab.«

Natürlich stimmten wir ab.

Zum ersten Mal taten wir das relativ kurz nach unserer Ankunft in der Niemalswelt. *Twilight Zone*. Fegefeuer. Verhängnis-*Survivor*-Murmeltier-*Freaky-Friday*-Holt-mich-hierraus-Scheiße. Wir gaben ihr alle möglichen Schimpfnamen, als würden Beleidigungen helfen, die unbekannten Mächte, die uns hier gefangen hielten, umzustimmen.

Wir versammelten uns in Wincrofts Bibliothek wie die Figuren im letzten Kapitel eines Krimis, die darauf warteten, dass der geniale Detektiv den Mörder enthüllte. Wir setzten uns in die Clubsessel. Whitley servierte Champagner. Wir schrieben den Namen unseres auserwählten Überlebenden auf einen Zettel und der Wächter sammelte sie ein.

»Ihr seid zu keinem gültigen Ergebnis gekommen«, verkündete er.

Als wir das zweite Mal abstimmten, hielt jeder von uns zuvor eine Ansprache, um die anderen zu überzeugen, warum gerade er es verdiente, am Leben zu bleiben, und nicht die anderen. Wir waren Verteidiger, die ihr Plädoyer vor den Geschworenen hielten – ein Justizsystem mit wechselnden Rollen, das nicht funktionieren konnte. Die Argumente reichten von altruistisch (Cannon) über hölzern wissenschaftlich (Martha) bis zu vollkommen unglaubwürdig (Whitley, die plötzlich einen auf wohltätig machte und verkündete, sie werde den gesamten afrikanischen Kontinent mit sauberem Wasser versorgen). Als Kipling aufstand, um seine Rede zu halten, war er so betrunken, dass er der Länge nach hinfiel.

»Ihr solltet für mich stimmen, weil ihr *nicht* für mich stimmen solltet«, lallte er. »Ich bin ein mittelmäßiger, abgefuckter Vollidiot.«

Ich sprach zuletzt.

Ich sagte nur, dass ich ein ganz normales Mädchen war,

das ein ganz normales Leben führen wollte, aber sie könnten trotzdem für mich stimmen, weil ich mir zum Ziel setzen würde, jeden Tag etwas Gutes zu tun.

Noch während ich sprach, spürte ich deutlich, dass ich genauso fantasielos und verzweifelt klang wie die anderen. Offenbar sogar noch schlimmer, denn keiner hörte mir zu. Sie sahen mich zwar an, aber ihre Aufmerksamkeit war unter der Last ihres Schicksals begraben; sie musterten es gierig und eingehend wie Gollum den Ring und fragten sich, ob die Niemalswelt echt war.

Ich konnte es ihnen nicht verübeln. Ich war nur noch ein Häufchen Elend. Kaum eine Wache verging, ohne dass ich losheulte, wenn ich nach Westerly fuhr, um meine Eltern im Dreamland Theater zu sehen. Meistens beobachtete ich sie nur, ohne dass sie es merkten, denn wenn ich tatsächlich Zeit mit ihnen verbrachte, war ich während der nächsten Wache zu nichts zu gebrauchen. Ich hatte versucht, ihnen zu erklären, was passiert war.

»Wir hatten einen Autounfall, und vielleicht muss ich sterben, und jetzt sind wir in der Niemalswelt gefangen, so hat es uns jedenfalls dieser komische alte Mann erklärt, der immer wieder bei uns auftaucht.«

Sie hörten mir immer zu. Aber ich merkte, dass sie voller Entsetzen dachten, Jims Tod hätte mich schlimmer getroffen, als sie angenommen hatten, und ich müsste in die geschlossene Anstalt. Deshalb hatte ich mir angewöhnt, mich im Theater unbemerkt ein paar Reihen hinter sie zu setzen, neben einen unglaublich dicken Typen in einem *Brooklyn*

Book Drop-T-Shirt. Ich lächelte ihm immer zu und dachte dabei: Weißt du eigentlich, was für ein Glück du hast? Für dich gibt es ein Morgen. Ich aß Popcorn, sah mir *Sein Mädchen für besondere Fälle* an und schlich mich hinaus, bevor das Licht wieder anging.

Die zweite Abstimmung endete wie die erste.

»Ihr seid zu keinem gültigen Ergebnis gekommen«, sagte der Wächter.

Wir stimmten alle für uns selbst. Und ich konnte mir nicht vorstellen, dass es irgendwann anders sein würde. Es war das Einzige, was uns bei der Stange hielt: die – wenn auch verschwindend geringe – Chance, hier rauszukommen, wieder ins Leben zurückzukehren.

Und die ganze Zeit über beobachtete uns der Wächter.

Er tauchte immer auf, wenn wir am wenigsten damit rechneten. Manchmal kam er herein und kochte Tee. Manchmal arbeitete er als Gärtner im Park von Wincroft, in einem schwarzen Regenmantel mit Kapuze. Trotz des Regens – der sich bei manchen Wachen bizarrerweise in Schnee verwandelte; dann wurde es plötzlich kalt und Schneeflocken wirbelten in Minitornados durch die Luft – schnitt der Wächter den Wein, die Rosensträucher, den Efeu, die Hecke, den Flieder und die Glyzinie zurück, die sich um die Pergola rankte. Er fegte die Steinplatten und hackte das Unkraut aus den Beeten. Er stand auf einer grünen Leiter und fischte Laub aus den Regenrinnen oder säuberte die Glasscheiben der Laternen und Außenlampen. Er entfernte die Flechten von den Flügeln der Wasserspeierkrähen, die lautlos krächzten.

Manchmal sah man ihn auch nur in der Ferne, einen gesichtslosen Eindringling, der über den Rasen lief und im Wald verschwand, als hätte er eine Abkürzung über das Grundstück genommen, um an irgendeinen anderen, unbekannten Ort zu kommen.

....

Ich weiß nicht, wie lange wir schon in der Niemalswelt waren, als wir den Streit hatten.

Die Zeit hier war schwer einzuschätzen. Sie wurde umso verschwommener und verzerrter, je mehr man versuchte, sie im Rückblick zu betrachten oder in einen herkömmlichen Kalender zu pressen. Für sich genommen waren die Stunden real. Aber wenn wir versuchten, sie zusammenzuzählen, um ein übergeordnetes Verständnis von der Zeit zu bekommen, die seit dem Unfall vergangen war, lösten sie sich auf und wurden ungreifbar.

Vier Wachen kamen uns genauso lang vor wie vierhundert.

Je mehr Wachen vergingen, desto größer wurde meine Angst. Ich spürte, dass die anderen lustlos und distanziert wurden, als hätten sie gar kein Interesse mehr daran, von hier wegzukommen.

»Ich stimme für Kanye!«, rief Cannon und erhob sein Glas. »Kanye soll derjenige sein, der am Leben bleibt.«

»Ihr seid zu keinem gültigen Ergebnis gekommen«, sagte der Wächter.

Whitley fing an, den ganzen Tag zu trinken. Cannon und

Kipling ebenfalls. Dann bedienten sie sich bei den Pillen, die EZS Burt im Medizinschrank seines Badezimmers hatte, Hunderte von orangen Fläschchen mit Aufputsch- und Beruhigungsmitteln, wie Bonbons in einem Süßwarenladen. Es kam nicht selten vor, dass sie alle entweder völlig überdreht oder völlig lethargisch waren. Kipling stapfte draußen umher und redete mit dem Regen, nur mit der rosa Perücke und einem mit Pfauen bedruckten Morgenmantel aus grüner Seide bekleidet, der einer von Burts Freundinnen gehörte.

Einmal konnte ich ihn nicht finden, als ich alle für die Abstimmung zusammenholen wollte. Nachdem ich das ganze Haus abgesucht hatte, entdeckte ich ihn schließlich im Pool, wo er im strömenden Regen auf einem aufblasbaren Schwan umhertrieb.

»Kipling!« Ich schnappte mir den Laubkescher und zog ihn damit an den Poolrand.

Er bekam kaum die Augen auf. »Hallo? Bist du da, Gott? Ich bins, Judy.«

»Kipling, kannst du mich hören?«

»Den Zimmerservice, bitte. Ich hätte gern die Spaghetti Bolognese.«

Er rollte vom Schwan herunter und ließ sich ins Wasser sinken. Ich zog meine Schuhe und den Regenmantel aus und sprang hinter ihm her. Er trieb reglos am Beckenboden. Mit aller Kraft stieß und zerrte ich ihn Richtung Oberfläche.

»Kipling! Kannst du mich hören?«

»*It's the final countdown*«, sang er. Seine Augen waren nur noch Schlitze.

Ich war die einzige Krankenschwester in einem Irrenhaus.

Martha war zwar nicht durchgedreht, hatte aber offenbar beschlossen, sich aus allem rauszuhalten, denn sie verschwand jedes Mal zu Beginn der Wache und verbrachte die Zeit draußen. Ein paar Mal hatte ich sie in der Dämmerung hinten im Park am Waldrand gesehen, ihre schwarze Tasche über der Schulter und ein Fernglas auf die Baumwipfel gerichtet wie ein Vogelbeobachter oder eine Umweltschützerin, die nach Spuren des sauren Regens suchte. Dann kramte sie in ihrer Tasche, die so schwer aussah, dass ich mich fragte, ob sie immer noch dieses komische Buch – *Das dunkle Haus* – mit sich herumschleppte wie früher in Darrow. Doch sie holte nur ein schmales schwarzes Notizbuch heraus und schrieb etwas hinein, dann stapfte sie weiter. Einmal lief ich hinter ihr her.

»Martha!«

Sie tat, als hätte sie mich nicht gehört.

»Martha! Warte!«

Sie blieb stehen und drehte sich um. Ihre Miene verriet mir, dass sie nicht gestört werden wollte – erst recht nicht von mir.

»Ich mache mir Sorgen um die anderen«, sagte ich.

Sie nickte. »Und?«

Und? Ich starrte sie an, während der Regen mir über Kopf und Arme rann. Hatte sie nicht mitgekriegt, was los war? Oder war es ihr egal?

»Sie drehen komplett durch. Sie nehmen das Ganze nicht mehr ernst. Ich weiß nicht, was ich tun soll.«

Sie zuckte nur die Achseln. »Das ist Teil der Akzeptanz.«

»Wovon redest du?«

»Wenn Verbrecher zu einer lebenslangen Haftstrafe verurteilt werden, besteht eine vierundneunzigprozentige Wahrscheinlichkeit, dass sie im ersten Jahr einen Nervenzusammenbruch haben. Also lass sie einfach in Ruhe.«

»Kommt nicht infrage. Wir müssen zusammenhalten.«

Doch sie drehte sich bloß um und ging davon.

»Wo willst du hin?«, rief ich hinter ihr her.

Sie antwortete nicht.

»Ich brauche deine Hilfe! *Bitte!* Willst du denn nicht hier raus?«

Sie hob nur kurz die Hand, als wäre ich ein kleines Kind, das einen Trotzanfall hatte, und ging weiter.

....

Wir waren Schiffbrüchige in einem tosenden Meer. Und sie zwangen mich, ihre Hände loszulassen, damit sie in den Wogen versinken und ertrinken konnten.

Ich würde für immer hier festsitzen.

Hier in der Niemalswelt, wo ich niemals alt werden würde.

Niemals eine Familie haben würde.

Niemals jemanden lieben würde.

Ich war ein unsterblicher Vampir ohne irgendeinen Bonus. Ohne hinreißende Schönheit, goldene Augen oder schimmernde Haut, ohne die Fähigkeit, fünfhundert Kilometer pro Stunde laufen oder Autos umwerfen zu können.

Ich war ein Geist, der nicht spuken konnte. Ich störte den

Fernsehempfang nicht, konnte keine Puppenköpfe aus Porzellan um dreihundertsechzig Grad drehen und niemandem Angst und Schrecken einjagen. Ich konnte Kleinkinder nicht dazu bringen, mitten in der Nacht wie Zombies durch das Wohnzimmer zu tapsen, aufgezeichnet mit wackeliger Handkamera.

Ich war eine tickende Uhr in einer zeitlosen Welt.

Ohne Zeit hatte nichts eine Bedeutung. Bisher hatte ich nicht verstanden, wie wichtig das Vergehen der Zeit war, um etwas wirklich schätzen zu können. Sie verlieh allem ein Verfallsdatum, einen Docht, ein brennende Lunte. Ohne sie stand alles still und wartete dumpf.

In meinen dunkelsten Momenten dachte ich an Jim.

Ich war nach Wincroft gekommen, um herauszufinden, was mit ihm passiert war. Doch angesichts der Niemalswelt schrumpfte selbst diese Frage, die mich das ganze letzte Jahr unablässig beschäftigt hatte, zusammen wie ein kleiner Wurm auf dem sonnenheißen Asphalt.

....

An dem Abend des Streits war ich gerade vom Dreamland Theater zurückgekommen. Als ich das Haus betrat, hörte ich lautes Geschrei von oben. Ich rannte die Treppe hinauf und stellte fest, dass sie sich in EZS Burts Badezimmer eingeschlossen hatten.

Ich klopfte an die Tür. »Ist alles okay?«

Keine Antwort, nur Gekicher.

»Es ist bald Zeit für die Abstimmung.«

Erneutes Gelächter.

»Hallo?«

Plötzlich riss jemand die Tür auf. Whitley stand vor mir, in einem zu großen, mit roten Perlen bestickten Abendkleid. Ihre Augen waren blutunterlaufen und der Eyeliner war verschmiert. Kipling hing wie ein erschöpfter Panther über dem Badewannenrand. Cannon saß auf der Ablage, ein Tuch um die Stirn gebunden. Ihre geröteten Gesichter und die leeren Dom-Pérignon-Flaschen auf dem Fußboden verrieten, dass sie betrunken waren.

»Schwester Bee, wie reizend, dich zu sehen«, sagte Whitley geziert. »Aber wir werden nicht daran teilnehmen. Weder heute noch sonst wann.«

»Was?«

»Wir stimmen nicht ab. Wir bleiben bis zum Ende aller Zeiten in Wincroft. Sorry.«

Sie verdrehte die Augen, als sie mein Gesicht sah. »Meine Güte, Bee. Hör auf mit deiner Mutter-Theresa-Nummer. Damit wirst du ganz bestimmt nicht gewählt. Im Gegenteil, nur über meine madenzerfressene Leiche lasse ich zu, dass so eine Pseudo-Heilige über das Leben triumphiert. Das widerspricht komplett meiner Überzeugung, dass man sich schmutzig machen muss, wenn man leben will. Man muss runter in den Dreck, sonst hat das Ganze keinen Sinn.«

»Ich bin nicht Mutter Theresa. Und auch keine Pseudo-Heilige. Ich bin nicht mal sonderlich gut.«

Sie winkte nur ab und drehte sich um, wobei sie sich träge im Spiegel betrachtete.

»Es geht nicht um die Abstimmung«, sagte ich, »sondern darum, zusammenzubleiben. Sonst verlieren wir uns womöglich noch in dieser Niemalswelt. Wisst ihr noch, was Jim immer über Freundschaft gesagt hat? Über *uns*? Zusammen können wir alles durchstehen.«

Whitley biss sich auf die Unterlippe, um nicht loszulachen.

»Du liebst ihn immer noch. *Wow*. Wenn er da war, gab es für dich niemand anderen im Raum. Und es ist immer noch so, obwohl er tot ist. Hast du dich eigentlich mal gefragt, warum er ausgerechnet dich gewählt hat? Von allen Mädchen an der Schule?«

Sie rieb sich etwas Lippenstift vom Kinn. Ich wappnete mich, denn ich wusste, was jetzt kam. So begannen ihre Wutanfälle immer: Sie machte irgendeine großartige Eröffnungsbemerkung, wie ein altgedienter Staatsanwalt, der die Geschworenen auf seine Seite ziehen will. Der perfekte Einstieg, um ihr Opfer zu sezieren.

»Er hat dich gewählt, weil ein Diamant vor einem schlichten Hintergrund heller funkelt.«

Ich hielt den Mund und ermahnte mich, alles zu ignorieren, was Whitley sagte, wenn sie wütend war. Trotzdem merkte ich, wie mein Gesicht anfing zu glühen, und eine nervöse Stimme in meinem Kopf plapperte: *Das ist nicht wahr*.

»Das sehe ich anders«, mischte Cannon sich ein. »Das Problem war doch immer, dass *du* in Jim verliebt warst.«

»Genau«, sagte Kipling. »Das war nicht zu übersehen, Kleine. Wie die Warze auf dem großen Zeh des Bademeisters in einem öffentlichen Schwimmbad.«

»Ach, ja?« Whitley funkelte ihn an. »Du warst doch ganz verrückt nach ihm. Gibs zu! Glaubst du, wir hätten nicht mitgekriegt, wie du ihn angestarrt und mit deinem Südstaatenslang umsäuselt hast, als könntest du ihn mit einer drittklassigen Schmierentheaterversion von Truman Capote verführen? Und *du.*« Sie drehte sich zu Cannon um. »Du warst froh, als er tot war.«

»Ich war fix und fertig«, erwiderte er knapp.

»Ja, fix und fertig vor Freude.«

Cannon musterte sie mit unergründlicher Miene. »Du hasst Linda, oder? Dabei bist du genau wie sie. Fehlen nur noch die Schönheits-OPs, die geschwollenen Knöchel und das Bataillon von Männern, die vor dir geflohen sind wie vor einem Hurrikan. Aber keine Sorge, Schätzchen, das kommt alles mit der Zeit.«

»Es gibt aber keine Zeit«, merkte Kipling mit erhobenem Zeigefinger träge an. »Nicht mehr.«

Whitley starrte Cannon mit offenem Mund und bebenden Schultern an.

»Cannon hat es nicht so gemeint«, flüsterte ich und berührte sie am Arm.

Sie schüttelte meine Hand ab, packte eine von den leeren Champagnerflaschen und schleuderte sie auf Cannon. Der duckte sich und die Flasche zerbarst am Spiegel hinter ihm.

»Ihr seid alle Ungeheuer! *Verschwindet aus meinem Haus!*«

Sie stieß mich beiseite und rannte hinaus. Sekunden später tauchte sie mit einer Schrotflinte wieder auf, mit der sie auf meinen Kopf zielte. Ich flüchtete die Treppe hinunter und der Schuss donnerte in die Decke, dass der Kronleuchter schwankte und Putzbrocken herabrieselten.

»Raus mit euch! Termiten! Blutegel! Ratten!«

Weitere Schüsse knallten. Ich lief zur Haustür, und als ich sie aufriss, stieß ich mit Martha zusammen.

Sie trug eine grüne Regenjacke, die klatschnass war.

»Beatrice? Was ist denn los?«

»Würmer! Maden! Diese widerlichen Tiefseefische mit den Springmesserzähnen! VERSCHWINDET! ALLESAMT!«

Ohne zu antworten, rannte ich zu meinem Wagen, sprang hinein und jagte schlingernd davon, quer durch Beete und Schlammpfützen und über herabgefallene Äste, die Einfahrt hoch zur Straße.

....

Ich musste weg. Einen klaren Kopf bekommen.

Alles, was sie sagten, kam nur von der Niemalswelt, das rief ich mir immer wieder ins Gedächtnis. Wenn man Tag um Tag hier festsaß, konnte man nur noch die finstersten Dinge denken und fühlen, als wollte man Gott oder das Universum, oder was auch immer da draußen war, zu einem Beweis des Gegenteils herausfordern.

Vor einem schlichten Hintergrund funkelt ein Diamant heller. Du warst in Jim verliebt. Du warst froh, als er tot war.

Ich wollte nicht darüber nachdenken. Ich fuhr direkt zum Captain's Crow und öffnete die Tür mit dem Ersatzschlüssel, den mein Dad hinter dem Außenthermometer an der Wand versteckt hatte. Ich würde mir ein überbackenes Käsesandwich machen, dazu ein bisschen *Süßes Strandgut* als Nachtisch, und dann würde ich schlafen. Darüber, wie es weitergehen sollte, würde ich morgen nachdenken, oder gestern oder heute oder was auch immer.

Doch als ich das Café betrat und durch die streifigen Schatten schlüpfte, merkte ich, dass hier etwas ganz und gar nicht in Ordnung war.

Die Stühle, die nachts normalerweise umgedreht auf den Tischen standen, lagen kreuz und quer im Raum. Das Glas der Eisvitrine war gesprungen. In den Geruch nach Toast und Sonnenmilch mischte sich etwas anderes – etwas Ranziges. Ich wollte gerade in die Küche gehen, um nachzusehen, ob Sleepy Sam vielleicht vergessen hatte, den Müll rauszubringen, als mein Fuß gegen Scherben stieß. Ich bückte mich und sah, dass ich auf das Bleistiftporträt meines Urgroßvaters Burn getreten war. Es hing nicht mehr an seinem üblichen Platz über der Tür, sondern lag mit zerbrochenem Rahmen und der Rückseite nach oben neben dem Herd.

Hier ist jemand eingebrochen. Das war mein erster Gedanke.

Dann spürte ich, wie das Ende der Wache nahte und sich eine bleierne Müdigkeit über mich senkte wie ein Sargdeckel, und ich merkte, dass da noch irgendetwas vor sich ging, etwas Seltsames.

Ich hörte ein leises Klopfen. Ich hob den Kopf und schrie auf. Durch das Fenster über der Spüle sah ich in ein Gesicht.

Der Wächter.

Sein Blick war weder feindselig noch freundlich, nur eindringlich. Die untere Hälfte des Gesichts lag im Schatten. Da begriff ich, dass er dabei war, die Efeu- und Geißblattranken zurückzuschneiden, die die Mauer hochgeklettert waren. Mom hatte es schon ewig vor, war aber nie dazu gekommen.

Als ich hinauslief, ging er bereits durch die schmale Gasse an der Rückseite des Hauses davon, die abgeschnittenen Ranken in einem Sack über der Schulter.

»He!«, rief ich hinter ihm her. »Was wollen Sie?«

Er beachtete mich nicht, sondern verschwand um die Ecke.

»Lassen Sie mich in Ruhe!«

Da erkannte ich auf einmal, was er war.

Der Wächter war eine Erinnerung.

Die Abstimmung. Die Abstimmung. *Die Abstimmung.*

7

Nach dem Streit ging jeder seiner eigenen Wege. Sobald eine neue Wache begann, verteilten sich Kip, Martha, Cannon und Wit wie die Samen eines Löwenzahns. Sie verschwanden ohne ein Wort, manchmal sogar ohne sich auch nur anzusehen.

Ich ließ sie gehen. Was blieb mir anderes übrig?

War es eine Depression? Wahrscheinlich. Zorn über ihr Schicksal? Das auch. Oder sie wollten einfach mal wissen, wie es sich anfühlte, an den Warnschildern und Absperrungen vorbeizugehen, über den Stacheldraht oben an der Aussichtsplattform des Wolkenkratzers zu klettern und zu springen.

Was mit uns geschah, war egal. Für uns gab es keine Gefahr. Wenn die Niemalswelt einen Vorteil hatte, dann den, dass wir für immer jung bleiben würden, wie in dem Song von Alphaville. Wir konnten leben und sterben und wieder leben, ohne Konsequenzen.

Kipling begann per Anhalter zu fahren.

Sobald er auf dem Rücksitz des Jaguar aufgetaucht war, marschierte er die Einfahrt hoch. Nachdem er das etliche Male gemacht hatte, lag in seiner Miene eine geheimnisvolle Mischung aus Entschlossenheit und Erwartung, als ob er sich auf etwas freute, und das weckte meine Neugier. Ich folgte ihm rauf bis zur Küstenstraße, und kurz vor der Steinbrücke drehte er sich um, ging rückwärts und hielt den Daumen raus.

Es war immer das sechste Auto, das anhielt. Ein brauner Pontiac mit einer Delle in der Stoßstange.

Ich beobachtete so oft, wie er in diesen Pontiac stieg, dass ich es einfach wissen musste: Was war daran so faszinierend, dass er es in jeder Wache wieder tat, ohne eine einzige Ausnahme? Beim nächsten Mal holte ich ihn ein.

»Wo willst du hin?«, fragte ich ihn.

Er fuhr herum, erst erschrocken, dann verärgert. »Was?«

»Wer ist das in dem Pontiac?«

Er ging weiter. »Ist doch egal.«

»Wohin fährst du?«

»Lass mich in Ruhe, Bee.«

»Sags mir doch einfach.«

»Nein.«

»Warum nicht?«

»Weil es dich nichts angeht.«

»Dann komme ich mit.«

»Nein.«

Er war richtig wütend. Er sah aus, als überlegte er ernsthaft, mich zu schlagen oder an einen Baum zu fesseln.

»Sags mir, dann verschwinde ich.«

Er wischte sich mit finsterer Miene den Regen aus dem Gesicht. »Sie heißt Shirley.«

»Und weiter?«

»Sie nimmt mich mit zu ihrer Chemotherapie in Providence. Danach fahren wir in ihre scheußliche Wohnung neben einem Supermarkt und sehen uns *Die Nacht der lebenden Toten* an. Ich koche ein Jambalaya mit Shrimps für sie und mache einen Thunfischsalat für ihre Katze Canary. Shirley denkt, ich wäre ein Ausreißer aus Mississippi. Manchmal heiße ich James, manchmal Jesus. Sie zieht sich vor mir aus und bittet mich, sie zu berühren. Sie ist gläubig und denkt, ich wäre eine Art Retter von einem anderen Planeten, weil ich so viel über sie weiß. Wir reden die ganze Nacht. So, würdest du dir jetzt bitte eine eigene verstörende Geschichte suchen, in der du dich verlieren kannst? Das hier ist meine.«

In dem Moment kam der braune Pontiac um die Kurve. Wahrscheinlich weil ich dabei war oder weil Kip ein falsches Lächeln aufsetzte, ganz anders als seine sonstige relaxte Kater-in-der-Sonne-Art, bremste der Wagen nur kurz ab – sodass man eine unauffällige Frau mit braunen Haaren und weißem T-Shirt erkennen konnte, aus deren Radio »Close to Me« von The Cure plärrte – und beschleunigte dann wieder.

Kip rannte winkend hinter ihr her. »Halt! Warte! *Shirley!*«

Das Auto wurde noch schneller und verschwand um die nächste Kurve.

»Siehst du, was du angerichtet hast?!«, jammerte er.

»Tut mir leid.«

Kopfschüttelnd trottete er über die Brücke davon. Er versuchte, den nächsten Wagen anzuhalten, einen roten Pick-up, dann einen Van, aber beide fuhren vorbei.

»Lass mich allein!«, rief er und trabte die Straße hinunter.

Ich ließ ihn in Ruhe. Ich hatte verstanden. Er freute sich auf Shirley, weil sie es schaffte, ihn vergessen zu lassen, dass er in der Niemalswelt war. Wahrscheinlich nur für eine Minute. Aber diese Minute war unbezahlbar in einem Jahrhundert von wertlosen Minuten.

....

Nachdem ich herausgefunden hatte, wohin Kip verschwand, folgte ich den anderen.

Ich musste es tun. Wenn ich irgendeine Chance haben wollte, jemals lebend hier rauszukommen, musste ich dafür sorgen, dass ich sie nicht völlig verlor, dass sie nicht in irgendeinem psychologischen Kaninchenbau verschwanden, aus dem sie nie wieder herausfinden würden.

Außerdem brauchte ich eine Beschäftigung. Ich würde durchdrehen, wenn ich mir noch ein einziges Mal *Sein Mädchen für besondere Fälle* anschaute. Der Blick von Mom, mit dem sie Dad wissen ließ, dass ihr die Plätze nicht gefielen, weil sie zu weit vorne waren. Dann, zwei Sekunden später, der Obdachlose mit dem Bart, der seine Bierdose fallen ließ und »Scheiße, Mann« brummte. Die alte Frau hinter ihm, die aufstand, um sich zu beschweren. Der Dicke in dem *Brooklyn Book Drop*-T-Shirt, der sich eine Handvoll Popcorn in den Mund schob (wobei ihm drei in den Schoß fielen). Diese Symphonie der Normalität spielte sich jedes Mal genau gleich ab. Ich kannte jedes Wort, jedes Stottern, jeden Scherz, jedes Räuspern, Schniefen und Husten, jedes Kratzen und Rülpsen wie der Bühnenmeister, der dasselbe Stück schon tausend Mal von den Kulissen aus gesehen hat.

Außerdem wirkten meine Eltern so glücklich miteinander, dass ich mich noch einsamer fühlte.

Als Nächstes folgte ich Whitley und Cannon.

Ihre Wache begann immer drei Minuten früher als die von Kip, Martha und mir.

Als ich ins Haus lief, waren die beiden schon fort. Sie hinterließen keine Nachricht. Die einzige Spur waren die roten Bremslichter, die in der Einfahrt aufleuchteten. Ihre Autos standen vor dem Haus, das bedeutete, dass sie in einem anderen Wagen und zusammen weggefahren waren. Also schienen die Wunden, die der Streit bei ihnen hinterlassen hatte, bereits wieder verheilt zu sein, wie bei der Haut von Superhelden.

Was mich nicht weiter überraschte. Die beiden waren nie lange wütend aufeinander.

In EZS Burts Oldtimergarage waren Spuren von nassen Reifen auf dem Boden. Ich ging in sein Büro, sah mir die Versicherungsunterlagen an und stellte fest, dass der fehlende Wagen ein 1982er Rolls-Royce Silver Spur war.

Während der nächsten Wachen versuchte ich sie aufzuspüren, doch es schien unmöglich. Sie waren weder auf den Highway noch auf eine der umliegenden Küstenstraßen gefahren, wohin also verschwanden sie jedes Mal so schnell? Erst etliche Wachen später, als ich einen unmarkierten schmalen Feldweg hinunterfuhr, entdeckte ich das schwarze Holzschild mit der eleganten viktorianischen Schrift. DAVY JONES'S LOCKER. Ungefähr einen Kilometer dahinter stand ein zweites Schild: ZUTRITT NUR FÜR MITGLIEDER.

Ich fuhr auf den Parkplatz. Das Davy Jones's schien eine Art exklusive Marina zu sein, mit lauter Jachten, einem weißen Clubhaus und einer Tiki Bar. Gebräunte Crewmitglieder in blauen Poloshirts eilten, mit Schirmen und iPads bewaffnet, über die Anleger.

Direkt vor mir parkte ein brauner Rolls-Royce Silver Spur.

Und Sekunden später sah ich auch Whitley und Cannon.

Sie unterhielten sich mit drei Paaren um die sechzig oder siebzig, die Frauen mit kurzen, gefärbten Haaren und schlank wie Ausrufezeichen, die Männer dick und kahl. Sie lachten. Genau genommen lachten Wit und Cannon so fröhlich, als wären sie völlig normale Leute mit einer Zukunft, wie ich staunend feststellte, als ich aus dem Pick-up stieg und mich geduckt ein wenig näher schlich.

Sie schienen auf etwas zu warten.

Offenbar auf eine Einladung, mit auf die Luxusjacht *Last Hurrah* zu kommen, die neben ihnen festgemacht war, denn kurz darauf gingen sie mit gespieltem Staunen die Laufplanke aus Teak hinauf und verschwanden im Innern.

Verdutzt näherte ich mich der Jacht. Die uniformierten Crewmitglieder bereiteten alles für die Abfahrt vor.

»Wohin gehts denn?«

»Auf die Bermudas.«

Kurz darauf legte die Jacht ab. An dem Abend erschienen Wit und Cannon wieder nicht zur Abstimmung, wie immer in der letzten Zeit. Und zu Beginn der nächsten Wache waren sie bereits wieder weg.

Was hatten die zwei vor? Und warum machte mir diese Frage solche Angst?

....

Ich hatte dreiunddreißig Minuten.

Zwischen dem Augenblick, wenn ich im Jaguar aufwachte, und dem Ablegen der *Last Hurrah* lagen siebenundvierzig Minuten. Ab der dreiunddreißigsten Minute war es zu spät, da liefen zu viele Crewmitglieder herum, um mich unbemerkt an Bord zu schleichen. Ich wurde zahllose Male erwischt.

»Entschuldigung, wer sind Sie?«

»He!«

»Sie haben hier keinen Zutritt.«

»Ist das die *Dream Weaver*?«

»Ist das die *Cleopatra III*?«

»Ich suche Captain Martin. Ich bin seine Nichte.«

Ich stammelte eine Entschuldigung und verzog mich, ohne die misstrauischen Blicke zu beachten, zurück zu meinem Pickup. Und dann sah ich zu, wie Wit und Cannon dieselbe Jacht bestiegen und aufs offene Meer hinausglitten.

Meine einzige Hoffnung bestand darin, mir sofort beim Aufwachen Cannons Autoschlüssel zu schnappen, zu seinem Mercedes zu sprinten, der doppelt so schnell war wie mein Pick-up, eine Abkürzung über einen anderen Feldweg zu nehmen und mit 140 Sachen durch Marsch und Sand zum Davy Jones's Locker zu heizen.

Ich parkte hinter einem Baum, lief zu dem kleinen Cruiser neben der *Last Hurrah* und tat so, als würde ich an Bord gehen, während ich darauf wartete, dass der Junge, der an Deck aushalf, auf sein Handy schaute. Dann hatte ich zwanzig Sekunden Zeit, die Planke hochzulaufen und hinter der erstbesten Tür, die ich fand, zu verschwinden. Sie führte in einen luxuriös ausgestatteten Spielsalon mit einer Jukebox und mehreren Flippern. Danach blieben mir noch fünfzehn Sekunden, um die drei Treppen zum Kabinendeck raufzuhechten und mich in der letzten Kabine des Gangs zu verstecken.

Das Fenster ging zur Marina hinaus, und wenn ich es einen Spalt öffnete, konnte ich die ungeheuerliche Szene – oder vielmehr die ausgefeilte Lügengeschichte – beobachten, die sich auf dem Anleger abspielte. Whitley und Cannon, die sich als frisch verheiratetes Pärchen aus Columbus, Ohio, vorstellten, hatten gerade erfahren, dass die von ihnen gemietete Jacht ein technisches Problem hatte und dadurch ihre Flitterwochen ins Wasser fielen. Sie beklagten laut ihr Schicksal, und der Besitzer der *Last Hurrah*, Ted Daisy aus Cincinnati, der das zufällig mitbekam, lud das arme junge Paar ein, an Bord zu kommen. »Verbringen Sie die Woche doch mit uns. Hier ist genug Platz für alle.«

»Das ist sehr nett von Ihnen, Sir«, sagte Cannon. »Aber das können wir nicht annehmen.«

»Unsinn. Der einzige Nachteil ist, dass Sie Ihre Flitterwochen mit einem Haufen alter Knacker verbringen müssen. Aber wir versprechen Ihnen, dass wir Sie in Ruhe lassen. Sie haben einen Koch, einen Animateur und alle denkbaren Annehmlichkeiten zu Ihrer Verfügung.«

»Was meinst du, Süße?«, fragte Cannon Whitley.

Sie knabberte an einem Fingernagel. »Ich weiß nicht, Darling.«

Ich staunte über ihre ausgefeilte Darbietung, wie bei einem erfahrenen Broadway-Tanzpaar. Wie viele Wachen hatten sie gebraucht, um es genau so hinzukriegen, dass sie auf die Jacht eingeladen wurden? Zehn? Zehntausend?

»Sie kommen mit uns. Ich bestehe darauf. Ted Daisy, und das hier ist meine Frau Patty.«

»Artwell Calvin der Dritte«, sagte Cannon.

»Anastasia Calvin«, sagte Whitley und schüttelte den Kopf. »Ich weiß wirklich nicht, was ich in einem meiner früheren Leben getan habe, um solche Freundlichkeit zu verdienen. Mir kommen gleich die Tränen.«

....

Was hatte ich an Bord der *Last Hurrah* erwartet? Eine entspannte Schiffsreise? Einen schönen Traum, in dem Whitley und Cannon die Niemalswelt für eine Weile vergessen konnten?

Von wegen.

Ich hätte es mir denken können. Ihre Beziehung damals in Darrow war immer wie ein Flächenbrand gewesen. Sie hatten Sex in Abstellkammern und Klassenzimmern, auf dem Dach, im Wald und auf der Galerie der Kapelle, und sie wurden nie erwischt. Wenn sie eng ineinander verschlungen durch die Flure gingen, beäugten Lehrer und Schüler sie nervös, doch niemand beschwerte sich. Immerhin gehörten sie zu den fünf Besten in unserem Jahrgang. Whitley sprach über ihre Liebe wie über ein unersättliches Verlangen. Für mich war sie wie eine tödliche Kugel, die auf ihr Ziel zuschoss, nur wusste ich nicht, ob das Ziel einer von den beiden war oder ein ahnungsloser Dritter. Sie stritten und versöhnten sich, hassten einander und konnten doch keine Sekunde ohne den anderen sein.

Sie nannten sich Sid und Nancy. Sie klauten Sachen nur so zum Spaß. Alles auf dem Campus, ganz gleich wie groß oder klein, war eine potenzielle Beute: Mrs Fergusons Physikklausuren, ein Seestück aus einer Galerie im Wert von 12000 Dollar, Direktor Trasks berüchtigte Karoweste, die er stets bei der Schulweihnachtsfeier trug, und sogar ein Bagger von der Bibliotheksbaustelle. Sie nahmen sich, was sie haben wollten, woraufhin eine Lawine von Untersuchungen und Rauswurfsdrohungen losbrach, alle möglichen Schüler wurden zum Direktor geholt, um auszusagen, was sie wussten – und dann tauchte das gestohlene Objekt ebenso still und unbemerkt, wie es verschwunden war, wieder auf. Ihr Einbruchsgeschick hatte nichts mit den üblichen Motiven zu tun; es ging weder darum, ein Ventil für unterdrückte Wut zu finden, noch um ein fehlgeleitetes Ringen um Aufmerksamkeit. Es machte ihnen einfach Spaß, andere zu täuschen, ihnen einen Schritt voraus zu sein – ganz zu schweigen von ihrem Drang, sich gegenseitig auszustechen.

Alle flüsterten, die zwei würden in die Geschichte eingehen, wenn sie zusammenblieben. Ich fand ihre Verbindung eher *zu* eng, wie bei Zwillingen. Cannon hatte nicht Whitleys Jähzorn, aber er war genauso leidenschaftlich und manipulativ, ließ hier und da ein Wort oder eine Anspielung fallen wie ein Gramm Uran, das eine harmlose Situation in eine Bombe verwandeln konnte. Sie brachten Paare auseinander und Lehrer zum Weinen. Als sie sich schließlich in der Zwölften trennten, geschah das geradezu unheimlich still, wie eine biologische Waffe, die plötzlich verpufft, wider sämtliche wissenschaftliche Erkenntnisse.

»Weiß doch jeder, dass junge Liebe nicht lange hält«, sagte Whitley achselzuckend.

Jetzt war offensichtlich, dass Whitley und Cannon nur deshalb an Bord der *Last Hurrah* gegangen waren, weil sie beschlossen hatten, das Schiff zu einem verrückten, perversen Spielplatz zu machen, auf dem sie sich austoben konnten wie zwei wilde Affen, die man in einen Käfig gesperrt hatte.

Es war ihre Gummizelle. Der schalldichte Raum, in dem sie sich die Seele aus dem Leib schreien konnten.

Am ersten Abend betrank Wit sich so sehr, dass sie quer über den Tisch mit den Hummer- und Filetsteakplatten kotzte.

»Ups«, sagte sie und wischte sich den Mund ab.

Am zweiten Abend tanzte sie aufreizend mit Ted Daisy. Als seine Frau Patty sah, was geschah, rief sie mit betrunkener Stimme: »Ted! Ted?«, als hätte sich ihre fünfzigjährige Ehe plötzlich in eine schlechte Telefonverbindung verwandelt.

Ein anderes Mal zogen Cannon und Wit sich bis auf die Unterwäsche aus, kletterten auf die Reling und riefen: *»Carpe noctem!«* Dann sprangen sie Händchen haltend die fünfzehn Meter hinunter ins Meer. Alarmglocken schrillten. Frauen schrien. Maschinen kamen ächzend zum Halten. Die Crewmitglieder schwärmten aus, riefen Befehle, und zwei von ihnen sprangen mit Rettungswesten hinterher.

»Findet sie!«, brüllte Ted Daisy, der verzweifelt über die Reling blickte. Er sah aus, als würde er jeden Moment einen Herzinfarkt bekommen. »Das fehlte noch, dass ich wegen diesen beiden Irren im Gefängnis lande!«

»Wir werden alles verlieren!«, jammerte Patty.

»Wir hätten sie sofort einsperren sollen, als wir gemerkt haben, dass mit denen etwas nicht stimmt. Wir hätten die Küstenwache rufen sollen.«

»Das ist alles *deine* Schuld!«, kreischte Patty. Ihr kurzes blondes Haar stand hoch wie Stücke von Kartoffelchips. »Du hast sie an Bord eingeladen, um dieses blonde Flittchen zu beeindrucken. Du dachtest wohl, du hättest Chancen bei ihr, was? Ha! Das hast du jetzt davon!«

Hysterie. Panik. Wut. Verzweiflung. Angst. Aufruhr.

All das geschah an Bord der *Last Hurrah*, und es geschah immer wieder von Neuem, an immer wieder demselben Tag.

Ich beobachtete das Ganze aus Nebenräumen, leeren Kabinen, einem Verteilerraum. Ich zog mir eine Crewuniform an, die ich gefunden hatte, und niemand beachtete mich. Ich wartete immer wieder auf den richtigen Moment, um in Erscheinung zu treten und Cannon und Wit zur Vernunft zu bringen, oder es zumindest zu versuchen. Doch er kam nie. Ich kannte die beiden zu gut. Wenn sie so drauf waren, konnte nichts und niemand sie aufhalten.

Also blieb ich, wo ich war, beobachtete die albtraumhafte Szene durch einen Türspalt, krank vor Angst, manchmal auch weinend, und fragte mich, wann es aufhören würde.

Dann zerschmetterte Cannon eines Abends eine Karaffe auf Ted Daisys Kopf. Ted stieß ihn in eine Vitrine mit Kristallpokalen. Die beiden kämpften miteinander, wobei mehrere Beistelltische und der Esstisch umkippten. Irgendwann saß Cannon rittlings auf der Brust des Mannes und würgte ihn.

Da reichte es mir. Ich stürzte aus der Kammer, kniete mich neben die beiden und versuchte, Cannons Hände von Teds Hals zu lösen. Der alte Mann spuckte und heulte.

»Hör auf!«, schrie ich.

Es verging noch eine Minute, bevor Cannon losließ. Ich versuchte eine Herzmassage, wie mein Vater es mir beigebracht hatte. Dann prüfte ich seinen Puls. Er lebte noch, aber nur gerade so eben.

»Ihr müsst damit aufhören«, sagte ich.

Cannon musterte mich wie eine entfernte Verwandte, an deren Namen er sich nicht erinnern konnte.

»Ihr macht alles noch schlimmer. Weil *wir* uns daran erinnern. Diese Leute nicht, aber ihr. Und die Zerstörung wird euch auffressen.«

»Ach, halt die Klappe, Bee«, sagte Wit.

Sie war vom Sofa aufgestanden, auf dem sie völlig weggetreten gelegen hatte.

»Was machst du überhaupt hier? Spionierst du uns nach? Wann kapierst du endlich, dass wir nichts mit dir zu tun haben wollen? Wir sind nicht mehr deine Freunde. Das hast du dir selbst eingebrockt, als du nach Jims Tod abgetaucht bist. Glaubst du etwa, du kannst deine Freunde einfach fallen lassen und dann so tun, als wär nichts gewesen?«

Sie kam mit geröteten Augen und drohendem Blick auf mich zu. Ich drehte mich um und rannte davon, vorbei an den anderen Gästen, die vom Lärm aufgewacht waren und nun in ihren weißen Bademänteln mit passenden Schlappen dastanden und schockiert auf die Szene vor ihnen starrten. Ich lief zum obersten Deck, versteckte mich schluchzend in einem der Rettungsboote und hoffte, dass mich bis zum Ende der Wache niemand fand.

Danach kehrte ich nie wieder auf die *Last Hurrah* zurück.

Cannon und Wit verschwanden auch bei der nächsten Wache. Wit hinterließ mir eine Nachricht, hochdramatisch mit rotem Lippenstift auf die Küchenarbeitsfläche geschrieben:

BLEIB WEG.

Die Drohung war überflüssig. Ich wollte nie wieder dorthin.

Würde ihnen durch die Wiederholung selbst die *Last Hurrah* irgendwann langweilig werden, sodass sie nach Wincroft zurückkehrten? Würden sie beschließen, dass sie leben, der Niemalswelt entkommen und abstimmen wollten? Oder würden sie sich einfach immer wieder ein neues Opfer suchen, das sie zerstören konnten? Die Niemalswelt bot eine unendliche Menge von Spielplätzen, und so schrecklich die Vorstellung auch war, es konnte durchaus sein, dass ich sie nie wiedersehen würde.

Doch darüber wollte ich nicht nachdenken. Noch nicht.

Stattdessen wandte ich meine Aufmerksamkeit Martha zu.

Komisch, ich hatte sie fast vergessen. Und ich hatte den Verdacht, dass sie genau das beabsichtigt hatte.

8

Martha verbrachte den Tag nicht mehr damit, durch das Gelände von Wincroft zu wandern. Jetzt lief sie immer eilig ins Haus, holte sich einen Regenmantel und fuhr weg, ohne zurückzukommen.

»Wohin fährst du?«, fragte ich sie.

Überrascht fuhr sie herum. Sie hatte nicht bemerkt, dass ich im Schaukelstuhl auf der Veranda saß. Nachdem sie sich von dem Schreck erholt hatte, nahm sie ihren Autoschlüssel heraus und spannte den Schirm auf, den sie in der Hand hatte.

»Zu dieser komischen Baptistenkirche in Newport«, erwiderte sie achselzuckend, aber sie wurde dabei rot. »Die habe ich sozusagen zu meinem Versuchslabor gemacht. Ich suche mir zum Beispiel einen Typen aus und teste, ob ich ihn bis zum Abend dazu kriege, ›Ich liebe dich‹ zu sagen. Oder ich schaue, ob ich eine Frau dazu bringen kann, ihren Mann zu verlassen. Ich versuche, eine Theorie über die menschliche Natur zu beweisen: dass unter bestimmten Umständen jeder in jedem Moment zu allem fähig ist.«

Sie log. Das sah ich.

»Kann ich mitkommen?«, fragte ich.

»Ehrlich gesagt bin ich lieber allein.«

»Und was hast du gemacht, als du mit dem Fernglas herumgelaufen bist?«

»Vögel beobachtet.«

Auch das war gelogen. Obwohl sie eindeutig merkte, dass ich ihr nicht glaubte, sah sie mich unverwandt an.

»Machst du dir keine Sorgen?«, fragte ich und versuchte, die Wut in meinem Bauch zu ignorieren. »Hast du keine Angst? Wir haben die anderen jetzt alle verloren.«

Sie lächelte dünn. »Ich schlage vor, du fügst dich in dein Schicksal, Bee.«

Und damit wandte sie sich um und lief die Stufen hinunter zu ihrem Auto.

....

Zu Beginn der nächsten Wache ging ich direkt zu meinem Pick-up. Während Martha den Regenmantel von drinnen holte, wartete ich versteckt an der Straße, und als Martha aus der Einfahrt kam, folgte ich ihr.

Dummerweise schien meine Fragerei sie vorgewarnt zu haben, denn obwohl ich zwei Autos zwischen uns ließ, fuhr sie, kaum dass ich hinter ihr auf den Highway eingebogen war, die nächste Ausfahrt wieder raus, dann in planlosem Zickzack durch verlassene Büroparks, bis sie schließlich bei einem Einkaufszentrum hielt. Die nächsten vier Stunden brachte sie damit zu, bei Urban Outfitters und Barnes & Noble zu stöbern und in der Imbissecke eine Pizza Calzone zu essen.

Sie wusste, dass ich da war und sie beobachtete. Aber das schien sie nicht zu kümmern.

Während der nächsten Wache machte sie dasselbe in einem anderen Einkaufszentrum. Und danach wieder in einem anderen.

Ich glaubte keine Minute lang, dass Martha ihre Zeit in der Niemalswelt mit Bummeln verbrachte. Das tat sie nur, weil sie wusste, dass ich ihr folgte. Offenbar setzte sie darauf, dass es mir irgendwann zu langweilig wurde und ich mir eine andere Beschäftigung suchte.

Und das tat ich auch. Ich hörte auf, ihr hinterherzufahren. Stattdessen überlegte ich während der nächsten paar Wachen – oder waren es ein paar Tausend? –, wie ich ihr folgen könnte, ohne dass sie es merkte.

Und so begann meine ruhmreiche Karriere als Autodiebin.

....

Ich war eine panische und reumütige Diebin.

Hunderte von Malen wurde ich *in flagranti* erwischt.

»Wer zum Teufel sind Sie, und was machen Sie in meiner Garage?«

»*Hi.* Tut mir leid.«

Zum Glück ließen sie mich alle einfach gehen – wahrscheinlich weil ich irgendetwas Trauriges an mir hatte, das nur von der Niemalswelt kommen konnte.

Das einzige Auto, das ich stehlen konnte, ohne erwischt zu werden, war ein rostiger weißer Van mit der Aufschrift McKENDRICK UNGEZIEFERBEKÄMPFUNG.

Er gehörte den McKendricks, einer extrem militanten siebenköpfigen Familie, die nicht weit von Wincroft entfernt in einem bescheidenen Haus im Ranch-Stil lebte. Alle sieben McKendricks waren immer zu Hause, an die Schlüssel zu dem Van heranzukommen war also ungefähr so leicht wie die Abschlussnummer vom Cirque du Soleil.

Ich brauchte ewig, bis ich den Dreh raushatte.

Erstens: Mich in den Rhododendronbüschen vor der Küche verstecken und warten, bis Bud McKendrick ins Wohnzimmer geht, um seine Camel Lights zu holen. Zweitens: In die Vorratskammer huschen, ohne über die Beutel mit Katzenfutter oder die Megapackungen Käsemakkaroni zu stolpern. Drittens: Warten, bis Pete McKendrick sich ein Kitkat nimmt und im Keller verschwindet, um *Jimmy Neutron* zu gucken, Bud nach oben geht, um ein Nickerchen zu halten, und Gerry und Paul, die Zwillinge, trotz Regen rausgehen, um im Garten Fußball zu spielen. Viertens: Ins Wohnzimmer schleichen und dabei Tupac, die Katze, so erschrecken, dass sie senkrecht in die Luft springt und am Vorhang hochklettert. Fünftens: Schnell die Autoschlüssel vom Tisch nehmen und hinterm Sofa abtauchen, wenn Laura McKendrick hereinkommt, um sich vierzig Dollar aus der Brieftasche ihres

Mannes zu nehmen. »Ich geh einkaufen!« Sechstens: Zurück in die Küche huschen und versuchen, dabei nicht der vierjährigen Kendall McKendrick zu begegnen.

»Wer bist du?«, fragte sie mich mit großen Augen.

Egal, was ich anstellte, sie ertappte mich jedes Mal.

Das war der gefährlichste Moment von allen, denn ich musste genau die richtige Wortmischung finden, die sie davon abhielt, wie ein Rauchmelder loszujaulen. Ich hatte schon alles versucht. Vergeblich.

»Ich bin ein Engel.«

»Ich arbeite für die Zahnfee.«

»Ich bin Alice aus dem Wunderland und muss mir mal das Auto von deinem Daddy ausleihen.«

Wie viele Male hatte ich mich kunstvoll zwischen den McKendricks hindurchgeschwungen, nur um dann abzustürzen, weil Kendall wie am Spieß schrie und die gesamte Familie alarmierte.

»Dad! *Dad!*«

Ich rannte um mein Leben, während die McKendricks – alle mit Variationen desselben Bulldoggengesichts – in die Einfahrt gestürmt kamen.

»Halt! Stehen bleiben!«, brüllten sie durch den Regen.

»Dad, sie haut ab!«

Der gute alte McKendrick rief nie die Polizei. Wahrscheinlich brauchte es bei fünf Kindern mehr als eine jugendliche Einbrecherin, um ihn aus der Fassung zu bringen. Mit einem strengen, aber nicht sonderlich beunruhigten Blick von der Veranda aus ließ er mich gehen.

Irgendwann hatte ich genug und sagte Kendall die Wahrheit.

»Ich heiße Beatrice Hartley. Ich bin in der Niemalswelt gefangen, einem Ort zwischen Leben und Tod, und ich versuche, irgendwie da rauszukommen. Und deshalb ist es ganz wichtig, dass du still bist und mit deinem Bruder Zeichentrickfilme guckst. Und zwar *jetzt*.«

Sie nickte stumm und tapste nach unten.

Benommen vor Überraschung griff ich mir Buds Baseballkappe und Sonnenbrille, öffnete die Tür zur angebauten Garage und schlüpfte hinein. Ich zog mir Buds Overall an, setzte die Schirmmütze und die Sonnenbrille auf und stieg in den Van. Während ich mich noch fragte, wie um alles in der Welt ich an den Zwillingen vorbeikommen sollte, die draußen Fußball spielten, schoss Paul den Ball in den Nachbarsgarten. Ich ließ den Motor an, rollte vorsichtig die Einfahrt hinunter und versteckte mich in einer anderen Einfahrt ein paar Häuser weiter. Mein Herz schlug wie wild.

Eine Minute später fuhr Martha in ihrem Honda Accord an mir vorbei.

Ich folgte ihr bis nach Providence, zur Brown University und in den zweiten Stock eines Backsteingebäudes an der Thayer Street, zu einem Büro an der Ecke eines Flurs.

ARNOLD BELORODA, PH. D. stand auf dem Messingschild an der Tür.

Ich sah, wie Martha anklopfte. Eine männliche Stimme rief: »Ja?«, und sie ging hinein. Ich hörte noch, wie sie »Hi« sagte, dann schloss sie die Tür, und obwohl ich mich in dem belebten Flur näher heranschlich, um zu lauschen, hörte ich nur gedämpftes Gemurmel.

Ich googelte den Namen. Arnold Winwood Beloroda war ein mehrfach ausgezeichneter Psychiater und emeritierter Professor, dessen Spezialgebiet die Gruppendynamik war. Er leitete etliche Seminare an der Universität. *Wie man ethische Entscheidungen trifft: Das Gute, das Böse und das Hässliche. Die Psychologie von Manipulation und Einverständnis. Die Fantasie vom freien Willen. Praxisseminar: Experimente in gesellschaftlicher Beeinflussung.* Er hatte dreizehn Sachbücher geschrieben und vor allem für eines aus den Neunzigerjahren – *Helden und Bösewichter* – etliche Preise bekommen. Laut dem *Wallstreet Journal* handelte es von der »Herrschaft/Knechtschaft-Dynamik in Konzentrationslagern« und anderen Situationen, in denen »eine große Bevölkerungsgruppe es zulässt, dass einige wenige sie beherrschen«.

Ich überflog Belorodas Aufsätze in der *Harvard Review*, dem *Economist* und dem *Scientific American*. Was war so faszinierend an ihm? Und warum machte Martha so ein Geheimnis daraus?

Dann begriff ich. Es fühlte sich an, als hätte sich ein Paar Hände um meinen Hals gelegt.

Während wir anderen Zeit damit verschwendet hatten, gegen die Tatsachen anzukämpfen, hatte Martha die Unendlichkeit der Niemalswelt dazu genutzt zu lernen.

Beloroda brachte ihr bei, wie sie uns manipulieren konnte, damit wir für sie stimmten.

Sie überlegte, wie sie gewinnen konnte.

Ich folgte Martha wieder und wieder. Und jedes Mal fuhr sie zum Gebäude für kognitive, linguistische und psychologische Studien der Brown University. Jedes Mal besuchte sie Beloroda. Sie blieb drei oder vier Stunden lang in seinem Büro. Offensichtlich hatte sie einen Weg gefunden, sein Interesse zu wecken, vielleicht eine ausgefeilte Frage zur Gruppendynamik oder ein Detail aus seinen Arbeiten, das wie ein Sesam-öffne-dich gewirkt und eine Begegnung Gleichgesinnter vorgetäuscht hatte. Wenn die beiden schließlich aus dem Büro kamen (Martha mit einem Stapel Bücher, die er ihr gegeben hatte, und einem Block voller Notizen unter dem Arm, Beloroda ein Männchen mit Stupsnase und einem schwarz gefärbten, ondulierten Bart, der aussah wie ein Rorschachtest), strahlte er Martha an, hingerissen von dieser begabten neuen Studentin, die da plötzlich aufgetaucht war.

Im Schutz eines Regenschirms schlenderten sie dann nach draußen, tief ins Gespräch versunken, und unterhielten sich noch weitere zwanzig Minuten auf dem Gehweg. Einmal schlich ich ihnen nach und versteckte mich hinter einem Mauervorsprung, wo ein paar Studenten unter dem Schutz einer Markise rauchten.

»Sie haben vollkommen recht«, sagte Beloroda. »Aber hier möchte ich die Philosophie von M. Scott Peck anführen, nach der es in allen Gruppen vier Entwicklungsphasen gibt: das Pseudo-Team, die Chaos-Phase, die Phase der Leere und das arbeitsfähige Team.«

»Könnten Sie mir mehr über das Milgram-Experiment erzählen?«

»Ah. Der blinde Gehorsam gegenüber Autoritätspersonen.« Beloroda lachte leise. »Das würde ich sehr gerne tun, aber leider bin ich mit meiner Frau zu einer Party eingeladen. Was halten Sie davon, wenn wir unser Gespräch morgen nach meiner Vorlesung zum Gruppenzusammenhalt fortsetzen?«

Er schloss sein Auto auf und stieg ein. »Es war mir eine Freude, Sie kennenzulernen, Miss Peters. Bis morgen?«

Er fuhr davon. Martha sah ihm noch einen Moment nach, dann verschwand das freundliche Lächeln abrupt aus ihrem Gesicht, sie zog sich die Kapuze über den Kopf und ging davon. Während der nächsten Stunden saß sie an einem Fensterplatz in einer griechischen Taverne, las konzentriert in den Büchern und machte sich Notizen. Als die Taverne schloss, setzte sie sich in ihren Honda und las dort weiter, im Schein der Innenbeleuchtung, den Sitz nach hinten gelehnt.

Je länger ich sie aus der Dunkelheit des Parks gegenüber beobachtete, desto stärker packte mich eine diffuse Angst, als würde die Niemalswelt sich immer enger um mich schließen.

Martha war hochintelligent. Martha verstand. Sie war Lichtjahre weiter als wir anderen. Sie hatte die niederschmetternde Realität der Niemalswelt offenkundig akzeptiert, und anstatt dagegen anzukämpfen, hatte sie ihre Zeit darauf verwendet, einen Weg zu finden, wie sie sie beherrschen konnte.

Ich wollte doch leben, oder? Ich wollte diejenige sein, die gewählt wurde. Doch während ich auf das fahle Licht in Marthas Auto starrte, brannten mir Tränen in den Augen, und ich ahnte, dass es zu spät war, dass ich verloren hatte.

Mit einem Mal bemerkte ich eine dunkle Gestalt, die mit

einer Schubkarre durch den Park auf mich zukam. Die Karre war mit schwarzem Kompost beladen.

Mittlerweile hätte ich mich eigentlich an das Auftauchen des Wächters gewöhnt haben müssen. Egal, wo ich war, ob nah oder fern – wenn ich am wenigsten damit rechnete, war er plötzlich da, wie ein schrecklicher Gedanke, wie der allgegenwärtige Weckruf der Niemalswelt, ihr Memento, ihr Glockengeläut.

Die Abstimmung. Die Abstimmung. *Die Abstimmung.*

Es war kälter geworden. Der Regen verwandelte sich wieder in Schnee.

Ich rannte zum Van der McKendricks, sprang hinein und fuhr so schwungvoll los, dass ich beinahe die Straßenlaterne gerammt hätte. Der Wächter blieb stehen und sah mir nach, eine Schaufel über der Schulter.

Für einen Moment sah ich sein Gesicht im Gewirbel der Schneeflocken, sein unheimliches Lächeln.

Ich wusste nicht, was Martha vorhatte. Doch was es auch sein mochte, bestimmt würde es so gut geplant und durchdacht sein, dass keiner von uns auch nur das Geringste ahnte.

Und genauso war es.

9

Wie verbrachte ich die nächsten Wachen?

Waren es Monate? Oder Jahre?

Ich war als Einzige übrig. Wincroft war mein Schloss, mein kleiner Heimatplanet. Die Einsamkeit war unbeschreiblich. Gandalf war zwar noch da, aber jedes Mal wenn ich ihn streicheln wollte, wich er zurück und bellte, als ob er merkte, dass ich irgendwie nicht echt war. Ich wanderte durch die knarzenden Flure und muffigen Räume, unterhielt mich mit ausgestopften Hirschen und Grizzlybären. Ich las jedes Buch in EZS Burts Bibliothek, ausgestreckt auf Sofas, Récamieren und Teppichen, Esstischen, Fenstersitzen und dem großen Flügel. Ich sah mir sämtliche Sendungen auf sämtlichen Kanälen zu jeder beliebigen Zeit an. Ich aß Schokolade. Ich spielte Scrabble und Schach gegen mich selbst und sang Popsongs. Ich malte alles, was mir einfiel – Augen, Gesichter, Landschaften, Schatten. Ich verfasste den Soundtrack zu einem erfundenen Vier-Stunden-Film über das Ende der Welt mit dem Titel *Ned Grombys allerletzter Tag* und kritzelte die verrückten Reime über Leben und Tod, Krieg und Frieden kreuz und quer auf die Wände, Decken und Fußböden von Wincroft. Wincroft war meine Unterführung, die ich mit Graffiti verzierte. Ich kniff die Augen zusammen, um die Stille auszusperren, und stöberte in Erinnerungen an mein altes Leben, als würde ich irgendwo darin den Schlüssel zu einer Tür finden, die mich hier rausführte.

Ich besuchte alte Leute. Die mochte ich am liebsten, weil sie auch in einer Niemalswelt eingesperrt waren, in unentrinnbaren Räumen aus Wiederholung und Einsamkeit. Ich klingelte bei ihnen an der Tür, unter dem Vorwand, ich würde für meine Kirche Adventskalender verkaufen. Ich aß ihren Obstkuchen und streichelte ihre alten Hunde, die aus dem Maul stanken. Ich trank seltsamen Tee und sah fern und atmete den säuerlichen Geruch der Häuser ein, den ihre Besitzer nicht zu bemerken schienen. Vor allem aber hörte ich mir ihre Geschichten an. Ich entwirrte das knorrige Geflecht aus Anekdoten und verschlungenen Geschichten über tote Ehemänner, gesundheitliche Beschwerden und Kindheiten voll Taft und Milch, die nur zehn Cent kostete.

Wenn ich für immer, bis ans Ende aller Zeiten, in der Niemalswelt bleiben würde, so stellte ich mir vor, würde ich wie eine uralte Reisende sein, die mit Schwielen auf Herz und Händen an der Straße entlangwanderte, gebeugt von all den Geschichten und Geheimnissen der Welt.

Immerhin wäre ich dann weise.

Jedes Mal, wenn ich da saß und mir die Geschichte der aufgelösten Verlobung, des toten Kindes oder der Katze anhörte, sah ich plötzlich den Verfall. Er kam wie aus dem Nichts und ließ mich zusammenzucken. Sämtliche Scheiben in sämtlichen Fenstern um mich herum bekamen lautlos Risse. Oder ein Familienfoto fiel unvermittelt mit einem Poltern von der Wand und entblößte ein hässliches Tapetenrechteck, das seit vierzig Jahren kein Tageslicht mehr gesehen hatte.

»Um Himmels willen, was ist denn jetzt los?«

Bei Mrs Kahn begann es mit einem ploppenden Geräusch.

»Der verdammte Waschbär hat sich wieder reingeschlichen«, brummte sie und stand ächzend auf. Als ich sie im Wohnzimmer schreien hörte, lief ich zu ihr und sah staunend, wie ihre geliebten Schneekugeln – Geschenke von Paul, einem einstigen Verehrer – eine nach der anderen explodierten und Wasser, Schnee, Glas, Eiffeltürme und Petersdome durch das Zimmer flogen.

Mrs Kahn hielt sich schützend die Hände vors Gesicht. »Der Tag des Jüngsten Gerichts ist gekommen!«

Ich hatte dieses Phänomen schon vorher bemerkt, erst bei uns zu Hause, dann im Café. Ich wusste nicht, was es damit auf sich hatte, aber sobald ich mich von Wincroft entfernte, begann die Welt um mich herum zu vermodern und sich aufzulösen.

Es jagte mir jedes Mal Angst ein. Ich stammelte irgendeinen Vorwand, versprach, am nächsten Tag wiederzukommen, und floh, während Mrs Kahn, Mr Appleton, Mrs Janowitz oder Miss Bellossi verwirrt den Schimmel, den Moder und die Risse inspizierten, die sich wie Skelettfinger über die Scheiben zogen. Ich rannte nach Wincroft zurück und suchte überall im Park nach dem Wächter. Ich wollte ihn zur Rede stellen und herausbekommen, was da los war.

Doch wenn ich wollte, dass er auftauchte, ließ er sich seltsamerweise nicht blicken.

Der Verfall schien stärker zu werden. Was hatte das zu bedeuten? Würde die Niemalswelt sich selbst verschlingen wie ein schwarzes Loch? Wurde die Zeit für unsere Abstimmung knapp? Hing das alles damit zusammen, was Jim zugestoßen war?

Der Gedanke traf mich wie ein elektrischer Schlag.

Jim. Es musste mit Jim zu tun haben.

....

Dann kam der Tag, an dem Wit nicht wegfuhr.

Ich fand sie oben in ihrem Zimmer unter einer dicken Decke vergraben, das Gesicht tränenverquollen. Sie hatte ihren Laptop auf den Knien und schaute *Heathers*. Ich starrte sie verdutzt an und kam mir vor wie die Überlebende eines Schiffsunglücks, die gerade entdeckt, dass noch jemand lebend auf ihre Insel gespült worden ist.

Sie warf mir einen wütenden Blick zu. »Lass mich in Ruhe, Bee.«

Da ich Angst hatte, sie zu verjagen, tat ich, was sie sagte. Ich kochte ihr einen Tee, stellte den Becher auf ihren Nachttisch und verschwand.

Zu meiner Erleichterung war sie auch bei der nächsten Wache da, nur dass sie diesmal *The Breakfast Club* sah; und bei der danach *Die Goonies.* Jedes Mal brachte ich ihr Tee. Einige Male später schlug sie schließlich die Decke zurück und sah mich mit einem traurigen Lächeln an.

»Willst du mit mir *Ferris macht blau* gucken?«

Irgendwann tauchte auch Cannon wieder auf. Wie sich herausstellte, machte Chaos und Verwüstung alleine nicht so viel Spaß. Er war genauso erschöpft wie Whitley und verschanzte sich in der Bibliothek, wo er seinen Laptop im DOS-Modus startete und irgendwelche mysteriösen Hackerbefehle eingab. Ich druckte einen obskuren Artikel von einem Stanford-Doktoranden aus, in dem es um die Zukunft der Internetsicherheit ging, und legte ihn neben seinen Laptop. Bei der nächsten Wache war es ein Essay über Steven Spielberg und Gehirnklonen von einem jungen Wissenschaftler in Harvard, dann ein Blogpost von irgendeinem hochbegabten sechzehnjährigen Cambridge-Studenten über die Zukunft der Robotertechnik.

»Wo treibst du diese Artikel bloß auf?«, fragte Cannon einmal, bevor ich wieder hinaushuschte.

Während all der freien Zeit in der Niemalswelt habe ich mich durch das komplette Internet gelesen. Zweimal.

»Die habe ich zufällig gefunden.«

Er lächelte. »Die sind echt cool. Danke, Bee.«

Kurz danach hörte auch Kip auf, per Anhalter zu fahren. Als er in Wincroft durch die Tür spaziert kam, konnte ich nicht anders, ich lief auf ihn zu und umarmte ihn.

»Schwester Bee, du brichst mir den Hals. Ich bin doch nicht Elvis, der von den Toten auferstanden ist, Kleine.«

Er löste sich von mir und ging ohne ein weiteres Wort nach oben, doch sein leises Lächeln verriet mir, dass er sich freute, mich zu sehen. An dem Abend kochte ich ihm Boudreaux's Stomp Shrimp Gumbo nach dem Rezept seines kleinen Lieblingsbistros in Moss Bluff und brachte ihm eine Portion davon in sein Zimmer, wo er sich verschanzt hatte und eine Sendung über Messies guckte.

»Wie bist du denn an Tante Mos Geheimrezept gekommen?«, rief er staunend aus.

Ich hatte eine Million Wachen Zeit, sie zu überzeugen, dass ich ihre verlorene Nichte bin.

»Hab ich einfach so zusammengekocht«, erwiderte ich mit einem Achselzucken.

Da waren sie also, drei wilde Tiere, die ich verzweifelt davon zu überzeugen versuchte, im Zoo zu bleiben, statt draußen in der Wildnis herumzustreifen.

Dann, eines Abends, als wir alle vier in der Bibliothek saßen und lasen, bemerkte ich, dass Kip immer wieder zu der Uhr auf dem Kaminsims schaute, als warte er auf etwas. Offenbar hatte Martha ihm etwas von einer Besprechung gesagt, denn als sie ein paar Minuten nach Mitternacht mit ihrer schweren schwarzen Tasche auftauchte und sich ohne ein Wort auf das Sofa setzte, wirkte er kein bisschen überrascht.

»Es ist Zeit«, verkündete Martha.

Whitley und Cannon sahen sie verdutzt an.

»Nett, dich zu sehen«, sagte Cannon.

Martha lächelte ihm unverbindlich zu und faltete die Hände wie eine Richterin.

»Wir sind wieder da, wo wir angefangen haben«, sagte sie. »Es ist, als wären die Wände der Niemalswelt glatt und schräg, sodass wir immer wieder zum Ausgangspunkt zurückrutschen. Ich nehme an, ihr seid auch ständig dem Wächter begegnet, vor allem dann, wenn ihr am wenigsten damit gerechnet habt?«

Ich nickte. Die anderen ebenfalls.

»Er ist unser Aufseher. Er kümmert sich um uns, sorgt dafür, dass wir gesund und am Leben bleiben und genug Kraft haben, aber er hält uns auch unter Kontrolle. Das bedeutet, dass er zu allem fähig ist. Er ist zugleich Führer und Zuchtmeister, Beschützer und Quälgeist. Mal lässt er dich in Ruhe oder er bietet dir seinen Rat an. Dann wieder jagt er dich und erinnert dich an genau die eine Sache, die du vergessen möchtest. Er kann alles sein, um dafür zu sorgen, dass du dich in eine bestimmte Richtung entwickelst. Vor allem aber verfolgt er einen großen Plan, den wir nicht sehen können.«

Keiner sagte etwas; wir lauschten alle gebannt. Martha saß ganz anders da, aufrecht und mit klarem, konzentriertem Blick. Sie war nicht mehr die stumme Außenseiterin, die in den unpassendsten Momenten schräge Bemerkungen vom Stapel ließ und sich lieber in einem abseitigen Fantasyroman vergrub, als in der wirklichen Welt zu leben. Das hier war eine neue Martha, eine, die bei Beloroda studiert hatte, voll ruhigem Selbstbewusstsein. Ich hatte keine Ahnung, worauf sie hinauswollte, aber sie hatte sich gründlich vorbereitet. Jedes Wort war so sorgfältig gewählt und auf Hochglanz poliert wie die Edelsteine in einem kostbaren Collier.

»Die Niemalswelt ist real«, sagte sie. »Um sie zu verstehen und zu beherrschen, müssen wir zuerst einander verstehen und beherrschen. Ich habe ausführlich darüber nachgedacht. Wir müssen die Frage, wer ins Leben zurückkehren soll, zurückstellen. Dafür sind wir noch nicht bereit. Weil wir erst ein anderes Geheimnis lösen müssen, das jeden von uns auf unterschiedliche Weise verfolgt, seit es passiert ist.«

»Wovon redest du?«, fragte Cannon stirnrunzelnd.

»Von Jim.«

Sein Name war wie ein schimmerndes Schwert, das durch die Luft flog und klirrend vor unseren Füßen landete.

»Es war Selbstmord«, flüsterte Whitley.

Martha musterte sie mit unbewegter Miene. »Das glaubst du doch selbst nicht.«

Wit schwieg betreten.

»Ich habe die Niemalswelt genau studiert«, fuhr Martha fort. »Sie macht uns, neben vielem anderen, zu sehr mächtigen Detektiven. Wir können unendlich viele Male an den Tatort zurückkehren. Wir können Passanten befragen. Zeugen. Die Polizei. Jeden Lehrer, Hausmeister und Schüler. Wir können unsere Fragen immer wieder anders stellen, wir können manipulieren, einschüchtern, erpressen. Es gibt keine Strafen und keine Regeln. Wir können endlich herausfinden, was wirklich mit Jim passiert ist.«

Bei den letzten Worten sah Martha mich mit ihren dunklen Augen an, und mich überlief ein Schauer.

»Aber der Fall war unlösbar«, wandte Cannon ein.

»Ja«, sagte Kip leise. »Die Bullen sind nicht weit gekommen.«

»Sie wurden von der Schulleitung unter Druck gesetzt, das Ganze so schnell wie möglich abzuschließen. Je eher alle an Selbstmord glaubten, desto eher konnte Darrow die blutigen Wände überstreichen. Das war der Wunsch unserer Eltern. Sie wollten den Skandal unter den Teppich kehren, es sollte aussehen wie das tragische Ende eines jungen Genies. Die Legende von Jim Mason würde nur eine weitere Geistergeschichte sein, die in den Fluren widerhallte.«

»Dann sind wir also für die nächste Zeit Sherlocks«, sagte Whitley.

Kipling zog eine Braue hoch. »Ich hatte schon immer eine Schwäche für Fischgrätmuster und Bluthunde.«

»Ich bin dabei«, sagte Cannon.

»Ich auch«, murmelte Whitley.

»Beatrice?«, fragte Martha.

Alle sahen mich an. Mir schlug das Herz bis zum Hals.

Nun passierte es also doch noch, nach all der Zeit: Wir ließen den Löwen aus dem Käfig. Hoben die *Titanic* vom Meeresboden. Gruben den Mann aus, den wir in jener Nacht, als wir uns auf die Suche nach dem Fass Amontillado machten, eingemauert hatten.

Wir würden herausfinden, was mit Jim passiert war.

Meinem Jim.

Das Katz-und-Maus-Spiel hatte begonnen.

ZWEITER TEIL

10

Die merkwürdigen Umstände von Jim Livingston Masons Tod waren mir immer unwirklich vorgekommen, obwohl ich sie hautnah miterlebt hatte.

Als ich nun zusammen mit meinen vier einstmals besten Freunden in dieser Bibliothek saß und an die Geschehnisse zurückdachte, war es, als versuchte ich, mich an die Regeln eines erfundenen Spiels aus meiner Kindheit zu erinnern.

Eine Woche vor den Abschlussprüfungen in der Zwölften verschwand mein Freund Jim.

Zwei Tage später wurde er tot in dem See am Steinbruch aufgefunden.

Er war meine erste Liebe, obwohl diese Worte nicht mal ansatzweise beschreiben, was er wirklich war. Er war der Mond. Die Stimme in meinem Kopf. Mein Blut. Auch wenn alle einem erzählen, dass junge Liebe niemals hält, dass ihre

Flamme viel schwächer ist, als es den Anschein hat – ich schwöre, bei mir und Jim war es anders.

Er war schön wie ein Held aus dem achtzehnten Jahrhundert, der auf seinem Pferd durchs Moor galoppiert: fast eins neunzig groß, honigbraune Augen, wildes schwarzes Haar, schiefes Lächeln. Aber das war es nicht allein. Er war unglaublich lebendig. Wenn die Lebenskraft ein Fluss ist, dann war Jims so stark, dass er einem die Finger abreißen konnte. Er stürmte durch einen ganz gewöhnlichen Montag, als hätte ihm jemand die Aufgabe erteilt, bis Dienstag ein äußerst wichtiges Geheimnis um die menschliche Existenz zu enthüllen. Er war ein Witzbold, der Großmeister des Ohrwurms, der Doppeldeutigkeit und der überraschenden romantischen Geste. Zum Beispiel hatte er mir, als wir uns gerade erst eine Woche kannten, eine antike, mit Diamanten besetzte Anstecknadel von Cartier geschenkt, in der Form einer Hummel. Er schrieb einen Song für mich, den er »Der Hals der Königin« nannte. Das Schlimmste an Jim war, dass seine intensive Art jeden anzog. Er war das Licht auf der abendlichen Veranda. Männer und Frauen, jung und alt, umschwirrten ihn, als wäre die Aufmerksamkeit von Jim Mason wie ein Bad in der Wunderquelle von Lourdes. Ich konnte es ihnen nicht verdenken. Er gab ihnen das Gefühl, wichtig und weniger allein zu sein.

Er nannte mich Amische und Konsortin und Hedy Lamarr. Er sagte, ich hätte etwas »Vergangenes« an mir, das er nie richtig zu fassen bekam, als wäre ich für eine längst vergessene, unschuldigere Zeit bestimmt gewesen.

»Du bist ein Percy-Island-Flughund«, erklärte er mir.

»*Was?*«

»Eine ausgestorbene Säugetierart, die nur anhand eines einzigen Exemplars belegt ist. Du wurdest einmal 1874 auf Percy Island vor der Küste von Queensland, Australien, gesichtet. Nie wurde ein weiteres Exemplar gefunden. Und doch bist du jetzt hier, versteckt in einer antiquierten, nicht sonderlich beeindruckenden Highschool in der Wildnis von Rhode Island. Und niemand außer mir weiß von dir.«

Er war analytisch, selbstquälerisch, schnell verletzt und konnte schlecht loslassen. Im Sommer vor dem Abschlussjahr machte er betrunken zusammen mit einem Freund eine Spritztour mit einem Schnellboot vor der Küste von Long Island. Sie stießen gegen eine Sandbank und kollidierten dabei mit dem Boot eines Fischers. Der Fischer und Jims Freund blieben zum Glück unverletzt, aber Jim erlitt einen Schädelbruch und war zwei Tage bewusstlos. Hinterher schrieb er sechs Songs, vier Gedichte und einen Rap-Song mit dem Titel »Auferstanden«, und in allen ging es um den Unfall. Er schwor, nie wieder Alkohol zu trinken. Einmal im Monat schrieb er dem Fischer einen Brief, als würde er einem Priester beichten.

So war Jim. Er sog sich voll. Er floss über. Er ertrank.

»Du musst dein Leben gestalten, als wäre es ein neues Amerika«, sagte er oft. Dann griff er nach seiner Gitarre und seine schwieligen Fingerspitzen tanzten über die Saiten. »Eine unentdeckte schöne neue Welt liegt vor dir. Jeden. Einzelnen. Tag. Was machst du daraus?«

Jetzt saßen Whitley, Cannon, Kipling und Martha da und sahen mich betreten an. Wir hatten noch nie miteinander über Jims Tod gesprochen. Das lag nicht nur an den Gefühlen, sondern auch am Timing. Bis die Polizei alle Fakten zusammengetragen und die Schulverwaltung eine Stellungnahme abgegeben hatte, waren die Prüfungen vorbei. Ich stand völlig unter Schock, konnte das Bett nicht verlassen und kaum sprechen, und so ließ ich zu, dass meine verzweifelten Eltern mich aus dem trügerischen Königreich von Darrow entführten und mich in den tröstlichen Schutz von Watch Hill zurückbrachten. Es dauerte Tage, bis ich aufhören konnte zu weinen, und Monate, bis ich mich auch nur halbwegs normal fühlte.

»Der Körper macht dicht, wenn er zu traurig ist«, sagte mein Vater.

....

»Wo fangen wir an?«, wollte ich wissen.

»Gute Frage«, sagte Martha. Sie sah mich an und ihre Augen funkelten hinter ihrer Brille. »Was glaubst *du*, was mit Jim passiert ist? Das wollte ich immer schon von dir hören.«

Da war sie, die Frage, die ich mir jeden Tag stellte. Und zwar so oft, dass sie mich in eine Art getarntes Monstrum verwandelt hatte, wie jemand, der jahrelang mit einer Kugel in seinem Kopf herumläuft, von außen ganz normal, von innen eine schaurige Absonderlichkeit.

Ich hätte ihnen liebend gerne meine Theorien dargelegt, all das, was ich wusste, von dem sie aber nicht wussten, dass ich es wusste. Das war schließlich der einzige Grund gewesen, weshalb ich nach Wincroft gekommen war. Aber in dieser schwindelerregenden Dynamik zwischen Leben und Tod, in der wir uns befanden, wäre das nicht besonders klug. Jedenfalls nicht, wenn ich leben wollte. Und dass Martha mich so ausdrücklich danach fragte, jagte mir einen eisigen Schauer über den Rücken.

»Ich weiß es nicht«, antwortete ich.

»Es war ein Unfall«, warf Kipling ein. »Kann doch gar nicht anders gewesen sein, oder? Nehmen wir mal an, Jim war draußen beim Steinbruch. Vielleicht hat er beschlossen, sich zu besaufen. Gut, nach dem Bootsunfall hat er keinen Tropfen mehr angerührt, aber vielleicht war er deprimiert. Gestresst wegen seinem Musical. Dachte, er kriegts nicht hin. Vielleicht ist er ausgerutscht. Die Jungs von der Schwimmmannschaft haben da doch überall ihre Biervorräte versteckt. Vielleicht ist er durchs hohe Gras gewandert – an einem windigen Abend kommt man sich da vor wie in der Waschanlage – und dann ist er versehentlich zu nah an den Rand gekommen und gestolpert?«

»Jim Mason ist doch nie gestolpert«, bemerkte Cannon.

Kipling zuckte die Achseln, legte den Kopf in den Nacken und sah zur Decke.

»Verhexter Zufall«, sagte er leise. »So nennt Momma Greer es, wenn Worst-Case-Szenarien tatsächlich eintreffen, und zwar in XXL. Sie sagt, all die großen Geheimnisse der Geschichte, wie Marilyns Tod, Kennedys Ermordung, die ›Schwarze Dahlie‹ oder die verlorene Kolonie sind Fälle von xtem Zufall.« Er nickte, als wollte er sich selbst überen, und machte eine träge Handbewegung. »Gegen jede Wahrscheinlichkeit. Zur falschen Zeit am falschen Ort, und dazu noch eine ordentliche Portion Pech. Eine bizarre Laune des Schicksals, die kein noch so schlauer Detektiv aufdröseln kann, weil es einfach zu absurd ist.« Er sah mich mit ernster Miene an. »Und genau das ist Jim zugestoßen, ein verhexter Zufall. Darauf verwette ich mein Leben.«

»Genau«, sagte Whitley achselzuckend. »Ich meine, es wusste doch keiner von uns, dass Jim an dem Abend zum Steinbruch wollte.«

Alle nickten und wechselten vorsichtige Blicke.

Ich war sicher, dass mindestens einer von ihnen log. Ich tat es ja auch.

Schließlich waren sie alle am Abend von Jims Tod nicht da gewesen, wo sie behauptet hatten.

Das wusste ich, weil ich sie gesucht hatte, jeden Einzelnen von ihnen.

Und ich hatte niemanden gefunden.

....

Vulcan Quarry war der stillgelegte Steinbruch anderthalb Kilometer vom Campus entfernt.

Wenn Darrow einen alles überdauernden Schauplatz für Legenden hatte, dann war es dieser Steinbruch. Dank seiner verlockenden Nähe zur Schule – das sieben Hektar große Gelände grenzte direkt an den Wald südwestlich von Darrow – war er das perfekte Verbotene Land für alle Schüler, wie geschaffen für Streiche, Initiationsriten, Knutschereien und was Teenager sonst so veranstalten.

Gerüchte über den Steinbruch – wie man dorthin kam, was mit den Schülern geschehen war, die sich dorthin geschlichen hatten (die meisten von ihnen waren längst fort, sodass sich die Geschichten nie überprüfen ließen) – gehörten in Darrow fest zum Alltag und zementierten seinen sagenumwobenen Ruf. Der Steinbruch war ebenso fest mit der Schule verwoben wie ihr offizielles Lied »Oh, Lord, Unbind My Heart«, ihr Motto »Wahrheit, Mitgefühl, Unternehmungsgeist« und die Marksman Library, die gotische Festung aus verwittertem grauem Stein, die einem wie ein drohender Stiefvater aus jedem Prospekt entgegenstarrte.

Nach dem Ersten Weltkrieg hatte die Vulcan Sandberg Corporation den Steinbruch eröffnet, um Granit abzubauen. In den Fünfzigerjahren ging die Firma dann bankrott und der Steinbruch blieb verlassen zurück. Im Lauf der Zeit füllte sich der Krater mit Wasser und bildete einen See, der siebzig Meter tief war. Das Gelände wurde von fast mannshohem Gras überwuchert. Der Vorarbeiterturm – ein hölzerner Ausguck, der aussah wie ein Saloon aus der Pionierzeit auf Stelzen und nur über eine schmale Leiter erreichbar war – neigte sich immer mehr zur Seite. Dann war da natürlich noch der eigentliche Steinbruch, ein Loch in der Erde, groß wie eine Kleinstadt, gähnend und unheilvoll, das den Blick magisch anzog. Es schien eine schreckliche Wahrheit über die Welt zu enthüllen, die die Erwachsenen vor uns verbergen wollten.

Darrows Footballmannschaft nutzte den Steinbruch für

die Blitzernacht, eine alljährliche Tradition, bei der die neuen Mitglieder nackt zum Steinbruch und zurück laufen mussten. Das Schwimmteam schwamm in den Nächten vor den Meisterschaften im See, weil das Glück bringen sollte. Paare gingen dorthin, um ihre Jungfräulichkeit zu verlieren, Wagemutige, um zu nachzudenken. Es kursierten Gerüchte, dass Vulcan Sandberg nur eine Scheinfirma der Regierung gewesen war und der Steinbruch in Wirklichkeit als Landeplatz für ein außerirdisches Raumschiff gedient hatte.

Für die Schulverwaltung von Darrow bedeutete der Steinbruch die ständige Gefahr, verklagt zu werden; er war ein Zauberwald, den sie am liebsten abholzen würde, um den dunklen Sagen, die daraus hervorwaberten, ein Ende zu bereiten. Ständig protestierte irgendein Mitglied des Schulausschusses, sammelte Unterschriften, um den Steinbruch zum Sicherheitsrisiko erklären zu lassen, und versuchte, Regierungsvertreter davon zu überzeugen, darauf ein Kulturzentrum, eine Jugendherberge oder eine Wohnanlage bauen zu lassen. Bis dahin müsste ein neuer Zaun gebaut und eine Rund-um-die-Uhr-Bewachung durch die Polizei organisiert werden. Die Stadtverwaltung von Warwick kam jedoch nicht in die Gänge – teils aus Ärger darüber, dass irgendwelche hochnäsigen Auswärtigen ihr vorschreiben wollten, was sie zu tun hatte, teils aus Unfähigkeit –, und solange ich in Darrow war, blieb der Zaun rund um den Steinbruch kaum mehr als eine Verlegenheitslösung, verrostet, voller Löcher und mit ein paar verblichenen, wenig überzeugenden ZUTRITT VERBOTEN-Schildern.

Doch nachdem Jim dort tot aufgefunden worden war, nutzte der Schulausschuss ihn als mahnendes Beispiel für seine Kampagne. Mein letzter Stand war, dass der Steinbruch in ein Wasserreservoir umgewandelt werden sollte, und mittlerweile war ein nagelneuer Hightechzaun aufgestellt worden.

Was die Schüler von Darrow natürlich trotzdem nicht fernhielt.

Selbst wenn die Leute von der Schulverwaltung herausbekämen, welchen Aufwand die Schüler betrieben, um sich nachts rauszuschleichen, zum Steinbruch oder sonst wo hin – Schlafräume, Sporthalle, Heizungsraum: Sie würden es nicht glauben. Es gab sogar ein geheimes Forum, AlbanzHax.biz, in dem jetzige und frühere Schüler anonym Tipps gaben, wie man überall rein- und wieder rauskam, ohne erwischt zu werden.

Schwarze Kleidung. Verandadach. Am Fenster von Mr Robertson vorbeischleichen, der mit einer Ausgabe von Poets & Writers *auf der Brust eingeschlafen ist. Wenn ihr an dem vorbei seid, ist alles gut.*

Wir sechs schlichen uns andauernd zum Steinbruch. Wir waren schon immer geübt darin gewesen, nach der Sperrstunde zu den Zimmern der anderen zu huschen, um über Jungs und Lehrer zu lästern und im Dunkeln eine zu rauchen, bevor wir dann wieder auf Zehenspitzen in unser eigenes Zimmer zurückkehrten. In der Zehnten entdeckte Cannon dann die Karte und die Wegbeschreibung, die in die Kacheln der alten Sporthalle eingeritzt war. Um Mitternacht schlichen wir uns aus unseren Zimmern und trafen uns am Eingang zum Philosopher's Walk. Von da aus folgten wir, kaum in der Lage, unser Lachen zu unterdrücken, dem Gewirr von unbefestigten Wegen, die zum Steinbruch führten.

Das waren die besten Nächte meines Lebens.

Ich könnte gar nicht genau sagen, warum – ich wusste nur, wenn ich dereinst als alte Frau an meine Jugend zurückdenken würde, kämen mir diese Nächte in den Sinn, als ich mit den anderen fünf in schwindelerregender Höhe auf der Fensterbank des Vorarbeiterturms saß und in den klaren blauen See tief unter uns blickte.

Dort entstand unsere Freundschaft. Uns dort zu treffen, schuf eine Verbindung zwischen uns; vor diesem weiten, ein wenig unheimlichen Hintergrund aus Felsen, Wasser und Himmel – ganz zu schweigen davon, dass wir heimlich und verbotenerweise dort waren. Es legte unser Innerstes bloß, die unausgesprochenen Fragen, die uns beschäftigten. Wir konnten spüren, wie das Leben uns verbrannte, und unsere Narben waren so wirklich wie der Wind, der uns ins Gesicht blies. Wir wussten, dass nichts je wieder so sein würde, dass dies die Jugend war und doch schon fast vorbei, dass die Liebe zerbrechlich war und der Tod eine Tatsache.

....

»Was ist mit dem Weißen Kaninchen?«, fragte Martha jetzt. »Ich fand das nie überzeugend. Es war zu einfach. Mit einem Mal stellt sich heraus, dass Jim das Weiße Kaninchen war, und zwar genau in dem Moment, als er tot ist?« Sie schüttelte den Kopf. »Das passt absolut nicht zu ihm.«

»Du glaubst, das war ein Vertuschungsversuch?«, fragte

Whitley. »Eine Verschwörung der Schulverwaltung, mit Jim als Sündenbock?«

»Ich weiß es nicht.«

»Du hast recht«, sagte ich zu Martha. »Er kann gar nicht das Weiße Kaninchen gewesen sein.«

»Woher weißt du das?«, fragte Cannon.

Ich weiß es einfach.

....

Das Weiße Kaninchen.

So nannten alle den Drogendealer in Darrow, einen Unbekannten, der sich so unsichtbar und gefährlich wie ein Virus unter den Schülern bewegte.

Während des größten Teils meiner Schulzeit war er eine Art Buhmann. Niemand hatte ihn je zu Gesicht bekommen – oder zumindest gab es niemand zu. Er wickelte seine Geschäfte in ausgefuchsten Schnitzeljagdverstecken rund um Darrow ab, zum Beispiel hinter dem Rahmen von *Landschaft Nr. 14* in der Kunstgalerie oder im aufgeschlitzten Polster von Sitz Nr. 104, Reihe E im Konzertsaal.

Als ich schließlich in der Zwölften war, hatte der Name einen solchen Kultstatus erreicht, dass jedes Mal, wenn etwas Merkwürdiges passierte, alle glaubten, es wäre das Weiße Kaninchen gewesen. Sogar die Lehrer kannten den Namen. Bestimmt hatten sie schon Sondersitzungen abgehalten, um herauszufinden, ob es den großen Unbekannten wirklich gab oder ob sich bloß ein paar Kids eine Art Keyser Söze ausgedacht hatten.

Den größten Skandal löste eine Schülerin aus der Neunten namens Veronica Beers aus. Sie warf ein paar Pillen ein und flippte während des Winterballs komplett aus, sodass sie die Treppe runterfiel und in die Notaufnahme gebracht werden musste. Hinterher gab sie zu, dass das Weiße Kaninchen ihr die Pillen verkauft hatte. Doch die Telefonnummer, die dann zurückverfolgt wurde, führte nur zu einem nicht mehr aktiven Prepaid-Handy.

War er ein Einzelgänger oder eine ganze Bande? Ein Schüler oder jemand von außerhalb?

Als die Polizei Jim fand, war er bereits seit zwei Tagen tot. Die Todesursache war Ertrinken, aber er wies auch Anzeichen eines Hirntraumas und mehrere Knochenbrüche an den Beinen und der Wirbelsäule auf, was nach Ansicht des Coroners durch den Aufprall aufs Wasser passiert war.

Als die Polizei Jims Zimmer durchsuchte, fanden sie in seiner Gibson-Gitarre einen Vorrat von Marihuana, Adderall, Ritalin und Kokain. Daraus schlossen sie, dass Jim der berüchtigte Dealer gewesen war und vermutlich Selbstmord begangen hatte, obwohl auch eine Auseinandersetzung mit anderen Kriminellen nicht ausgeschlossen werden konnte.

Die Nachricht verbreitete sich wie ein Lauffeuer.

Erst Jim Masons Verschwinden und Tod und nun auch noch die schockierende Wahrheit über sein Geheimleben – der perfekte Doppelschlag am Ende eines Teenie-Horrorfilms, der uns allen den Atem verschlug.

Na klar war Jim das Weiße Kaninchen, flüsterten alle. *Voll logisch.*

Der, den wir am meisten verehren, ist immer der, den wir am wenigsten kennen.

Schließlich war er Darrows Rockstar, das Herzensbrecher-Shakespeare-Musical-Genie, der Junge, der spontan drauflosrappen und -dichten und Tweedmützen tragen und trotzdem cool aussehen konnte (jede Eigenschaft für sich ein kleines Wunder), der Junge, den alle liebten, nach dem sie sich verzehrten, und den sie gleichzeitig am liebsten tot gesehen hätten.

Er hatte *es*. Ein eigenes Kraftfeld.

Er war wie ein riesiges erleuchtetes Fenster ohne Vorhänge in der Nacht. Man schaute unwillkürlich hinein, wenn man lautlos daran vorbeiging.

Ich habe die Geschichte nie geglaubt.

Jim konnte unmöglich das Weiße Kaninchen gewesen sein. Jemand musste ihm das Zeug untergeschoben haben. Seit dem Unfall mit dem Schnellboot hatte er nie wieder Alkohol oder Drogen angerührt. Und er hätte so etwas auch nie verkauft. Er war einer, der Vögel mit gebrochenen Flügeln rettete und Außenseiter, die beim Mittagessen allein dasaßen. Und er brauchte auch kein Geld. Sein Vater, Edgar Mason, hatte die Van-Gogh-Sneaker und das Poe-Hoodie erfunden, er war der Besitzer von Starving Artist, einer weltweit erfolgreichen Bekleidungsfirma, die er mit neunzehn auf der Ladefläche seines Jeeps gegründet hatte. Laut *Forbes* war Jims Familie fünf Milliarden schwer.

Ich hatte das ganze letzte Jahr damit zugebracht, meinen Glauben an Jims Unschuld anzuzweifeln. Wie eine Besessene hatte ich meine Theorie immer wieder auf Straßentauglichkeit geprüft, hatte gegen die Reifen getreten und versucht, die Türen zum Abfallen zu bringen. Ich dachte an all die Male, als Jim gesagt hatte, er könne abends nicht mit mir in die Cafeteria kommen, er habe gerade einen kreativen Schub und müsse in seinem Zimmer bleiben und schreiben. Ich fragte mich, ob er mich jedes Mal angelogen hatte, wenn er sagte, er arbeite an *Nowhere Man*, seinem Musical über John Lennon.

Mein Herz sagte Nein. Ganz bestimmt nicht. Er hatte mich bei anderen Sachen angelogen.

Aber nicht dabei.

....

»Ich weiß, wo wir anfangen können«, verkündete ich.

Die anderen waren in gedankenversunkenes Schweigen verfallen. Jetzt blickten sie beunruhigt auf.

»Bei Vida Joshua.«

»Kitten?«, rief Kipling überrascht aus.

»Sie weiß etwas über Jims Tod. Da bin ich mir sicher.«

»Wie kommst du darauf?«, fragte Whitley scharf.

»Erinnert ihr euch noch daran, wie merkwürdig Jim in seiner letzten Woche war?«

Kipling zog eine Braue hoch. »Ungefähr so, wie ich mich an einen heißen Sommer mit Wassermangel, verstopfter Kanalisation und kaputter Klimaanlage erinnere.«

»Er war nicht er selbst«, fuhr ich fort. »Er war launisch, ständig kurz vorm Explodieren.«

»Wegen seinem Musical«, sagte Whitley.

»Allmächtiger, ja, sein Musical«, stöhnte Kipling und zog eine Grimasse. »Das hat ihn fertiggemacht.«

»Ja, das hat ihn gestresst«, sagte ich. »Aber das war nicht alles. Da war noch etwas.«

Alle sahen mich gespannt an.

»Ich bin ziemlich sicher, dass er was mit Vida Joshua hatte.«

Keiner sagte etwas. Sie sahen mich nur verdutzt an.

»Am Tag, bevor er verschwand, war doch der erste Abend des Frühlingsfests.«

Sie nickten.

Das Frühlingsfest war eine Veranstaltung über zwei Abende am Ende des Schuljahrs, mit Parodien, Ansprachen und selbst geschriebenen Songs; in der Woche darauf folgten die Abschlussprüfungen.

Gegen fünf schickte Jim mir eine SMS, er habe Fieber und Schüttelfrost und sei auf dem Weg zur Krankenstation. Ich war geschockt. Schließlich sollte an dem Abend ein Medley von Songs aus *Nowhere Man* aufgeführt werden. Das war die Hauptattraktion des Frühlingsfests, das erste Mal, dass jemand die Stücke zu hören bekam, deshalb war es äußerst merkwürdig, dass Jim sich unmittelbar vor dem Debüt aus seinem großen Projekt herauszog. Selbst wenn er Lampenfieber hatte, würde er das niemals tun. Abends, als ich in der Bibliothek saß, merkte ich plötzlich, dass es schon nach acht war und ich zu spät in den Festsaal kommen würde. Ich lief los und nahm den Weg an der Rückseite der Cafeteria entlang, eine Abkürzung, die Jim und ich manchmal benutzten. Und da sah ich ihn. Auf der Laderampe. Kein bisschen krank, sondern putzmunter. Er saß da in Jeans und einem schwarzen T-Shirt, als warte er auf jemanden. Allein. Ich versteckte mich hinter einem Baum und schrieb ihm eine SMS.

Wie gehts dem Kranken?

39 Grad Fieber, schrieb er zurück, und dazu ein Kranken-Smiley. Ich *sah*, wie er das in sein Handy tippte, völlig ungerührt.

Ich komme dich besuchen, antwortete ich.

Nein, lass mal, ich muss schlafen.

Ich konnte es nicht fassen. Ich wollte ihn direkt zur Rede stellen, doch in dem Moment kam ein Auto herangerollt. Langsam. Ohne Licht. Offensichtlich darauf bedacht, nicht bemerkt zu werden. Jim sprang von der Rampe und stieg ein. Am Steuer saß Vida Joshua.

»Du hast sie gesehen?«, fragte Cannon.

Ich nickte. »Es war Mr Joshuas alter roter Nissan. Der, den er immer hinter dem Musiksaal stehen lässt, mit dem Zündschlüssel im Schloss und dem Zu-verkaufen-Schild hinten im Fenster, obwohl die Verwaltung ihm schon damit gedroht hat, ihn abschleppen zu lassen.«

»Armer Mr Joshua«, sagte Whitley. »Der würde noch seinen Kopf verlieren, wenn er nicht angewachsen wäre.«

»Hast du denn noch mit Jim darüber geredet, Kleine?«, fragte Kipling.

Ich nickte. »Am nächsten Tag. Zugegeben hat er nichts. Aber er war stinksauer.«

»Stinksauer? Auf dich?« Martha musterte mich skeptisch.

»Ja.«

Lass mich in Ruhe, Beatrice. Hör auf, mir nachzuspionieren. Du benimmst dich schon wie mein Vater!

Jims Reaktion hatte mir Angst gemacht. So hatte ich ihn noch nie erlebt: Seine Hände zitterten, er hatte Tränen in den Augen und der Zorn jagte ihm wie Gift durch die Adern, sodass er fauchte und spuckte und sein verzerrtes Gesicht nicht mehr wiederzuerkennen war. Er war seit Wochen angespannt, was ich auf den Druck zurückgeführt hatte, sein Musical bis zum Frühlingsfest fertig zu kriegen und das Demoband für den Produzenten aufzunehmen, den Mr Joshua organisiert hatte. *Ich will, dass es großartig wird, Bee. Ich will berühmt werden.* Er hatte sich schier verrückt gemacht vor lauter Angst, Selbstkritik und Verzweiflung. *Die Noten haben ihren Zauber verloren*, jammerte er. Was bisher wie eine bewegende Titelmelodie geklungen hatte, hörte sich für ihn plötzlich schrill an. Seine Songtexte strotzten vor Klischees. Ganz gleich, wie oft ich schwor, dass sie gut waren, er ließ sich einfach nicht überzeugen. Unsere Beziehung war brüchig geworden, bestand nur noch aus missglückten Gesprächen über Strophen und Rhythmus und einen besseren Reim auf *verlieren.*

Passieren? Genieren?, schlug ich vor.

Ach, vergiss es, fauchte Jim.

An dem Nachmittag hatte ich Jim Gelegenheit gegeben, mir das, was ich gesehen hatte, zu erklären, mir den harmlosen Grund dafür zu nennen, warum er an dem Abend in den Nissan der Vielseitigen Vida gestiegen war und mich angelogen hatte.

Aber er tat es nicht.

Willst du deswegen mit mir Schluss machen?, schrie er. *Gut. Ich hab genug von deiner Unsicherheit und deiner kindischen Art und deiner total nervigen Unfähigkeit, das Schlechte in den Leuten zu sehen. Manchmal ist die Welt einfach böse, okay? Manchmal steht das Kranke direkt vor dir.*

Ich konnte nichts tun als weglaufen, die Augen voll brennender Tränen. Als ich stehen blieb und mich umdrehte, sah ich überrascht, dass Jim mir nicht hinterherkam, wie ich angenommen hatte. Stattdessen stapfte er mit düsterer, entschlossener Miene davon.

Als wäre er schon über mich hinweg. Als wären wir wirklich miteinander fertig.

Das war das letzte Mal, dass ich mit Jim sprach.

Zwei Tage später war er tot.

»Am Tag, nachdem Direktor Trask verkündet hat, dass Jim tot aufgefunden worden war«, fuhr ich fort, »stand es überall in den Zeitungen. Und am gleichen Tag ist Vida verschwunden.«

»Wie, verschwunden?«, fragte Cannon.

»Sie hat sofort die Stadt verlassen, wisst ihr das nicht mehr? Sie haben es doch sogar offiziell verkündet.«

»Stimmt«, sagte Whitley und zog die Nase kraus. »Bei der Schlussversammlung. ›Und wie wir erfahren haben, hat Miss Joshua eine Stelle in der Stammzellenforschung der Universität Chicago angetreten.‹«

Kipling nickte skeptisch. »Das klang ungefähr so überzeugend, als hätten sie im Außenministerium einen Schimpansen angestellt.«

»Und du denkst, sie ist vor der Polizei geflüchtet?«, fragte Martha mich.

Ich nickte. »Das Timing war merkwürdig, als hätte sie vor irgendetwas Angst. Außerdem habe ich auf Facebook nachgesehen – sie wohnt wieder bei ihren Eltern und arbeitet als Küchenhilfe bei Angelo's Italian Palace. Ich habe mir immer gewünscht, ich hätte den Mut, sie zur Rede zu stellen. Jetzt werde ich es tun.«

Ich holte tief Luft und stand auf. »Wer kommt mit?«

Einer nach dem anderen hob mit beklommener Miene die Hand.

11

Vida Loretta Joshua war sieben Jahre älter als wir alle.

Sie war Mr Joshuas einziges Kind. Nach dem Abschluss in Darrow war sie an ein College in North Carolina gegangen, aber dort hatte sie eine Art Nervenzusammenbruch gehabt – was genau passiert war, wusste niemand – und war danach wieder nach Hause zurückgekommen.

Wenn man die Joshuas in ihrem bescheidenen Fachwerkhäuschen auf dem Campus von Darrow besuchte, kam es einem so vor, als lebten dort zwei gewöhnliche Leute mit einem Panther als Haustier. Das lag zum einen daran, das Vida Joshua atemberaubend schön war: schwarzes Haar, weit auseinanderstehende blaue Augen und sehr ausgeprägte Wangenknochen, und ihr Gesicht war so symmetrisch und faszinierend, wenn sie es einem zuwandte (worauf man meist eine ganze Weile warten musste), dass man das Gefühl hatte, eine Raubkatze vor sich zu haben, die von einem Felsvorsprung träge auf einen herabsah. Zum anderen schienen Mr und Mrs Joshua Angst vor ihrer Tochter zu haben. Sie sprachen nur leise mit ihr und schlichen auf Zehenspitzen (und ohne abrupte Bewegungen) um sie herum, während sie mit ungewaschenen Haaren und ausgeleiertem Jogginganzug auf dem Wohnzimmersofa lag, Grünkohlchips futterte und sich *Real Housewives of Atlanta* ansah. Offenbar hatten ihre Eltern zu viel Angst davor, Vida auf die Auswilderung (College) vorzubereiten oder sie in eine Wildtierauffangstation (Therapie) zu bringen. Also ließen sie sie in Ruhe, und Vida hing weiter herum.

Keiner wusste, was mit ihr los war.

Als wir in der Zehnten waren, überredete Mr Joshua irgendwen, Vida einen Job in Darrow zu geben. Erst landete sie im Zulassungsbüro, wo sie gähnend zwischen dem Kopierer und einem Computer hin und her schlurfte, dann schickte man sie in die Spanisch-Abteilung, danach sollte sie dem Trainer der Hockeymannschaft als Assistentin zur Hand gehen, und als das alles nicht funktionierte (offenbar arbeitete niemand gerne mit einer Raubkatze zusammen), steckten sie sie schließlich in den abgelegenen Außenposten der Kunstgalerie. Meistens ließ sie den Empfang unbesetzt und plauderte stattdessen hinten bei den Mülltonnen mit irgendwelchen Schülern, die zufällig vorbeikamen (immer Jungs). Es kursierten Gerüchte, dass sie als Schülerin den Spitznamen Vielseitige Vida gehabt hatte, dass sie mit der gesamten Ringermannschaft geschlafen hatte und dass sie sich am College in einen Professor verliebt und seine Frau gestalkt hatte, was zu einer Unterlassungsverfügung und in der Folge zu Vidas geheimnisvollem Zusammenbruch geführt hatte.

Das war alles, was ich über sie wusste, bevor sie an jenem Abend auftauchte. Doch als ich Jim und sie davonfahren sah, erschien mir Mr Joshuas Spitzname für seine Tochter – Kitten – doppelt treffend, denn was einst ein süßes kleines Kätzchen gewesen war, hatte sich mit einem Mal in ein gefährliches Raubtier verwandelt, das Pferde zum Frühstück riss und ohne Vorwarnung töten konnte.

Ich hatte nicht mal gewusst, dass sie und Jim befreundet waren. Er hatte sie nie erwähnt und sie hatte ihn von ihrem Platz auf dem Sofa nur mit minimal weniger Desinteresse gemustert als mich und die anderen. Doch nachdem man ihn tot aufgefunden hatte, war sie urplötzlich von ihrem Platz in der Kunstgalerie verschwunden. Ihr ergonomischer Bürostuhl, ihr Becher mit Stiften, der Papierstapel aus Preislisten, Künstlerbiografien, den Willkommensunterlagen eines Fitnessclubs und der Speisekarte eines Thai-Lieferservices – all das wartete in den Tagen nach seinem Tod da wie ein überdimensionales Fragezeichen.

Ich begann jeden einzelnen intimen Augenblick mit Jim infrage zu stellen wie ein Geizhals, der sich in seinem Zimmer einschließt, um die Geldbündel zu überprüfen, die er unter seiner Matratze gehortet hat, der die Scheine zum tausendsten Mal zählt und sich vergewissert, dass sie nicht gefälscht sind. Den Rest des Jahres behielt ich Vida im Blick. Ich verfolgte auf ihrem Instagram-Account ihre Campingtour in Wisconsin mit einer Freundin namens Jenni, die Bermudas trug; ihren demonstrativ zur Schau gestellten Umzug in eine neue Wohnung in Wicker Park *(Kann mir jemand ein gutes Umzugsunternehmen in Chicago empfehlen???)*; gefolgt von der kleinlauten Rückkehr nach Hause keine drei Monate später; ihre Anmeldung zu einer Ausbildung als Modedesignerin; ihr Interesse an Reflexzonenmassage und einer Heavy-Metal-Band namens Eisenhower. Ich studierte jeden einzelnen Eintrag minutiös und suchte nach Hinweisen auf ihre Beziehung zu Jim. Ab und zu wurde ich fündig. Einmal postete sie ein paar Zeilen aus einem Song, den Jim geschrieben hatte – »Carpe« –, zu einem verwackelten Foto von einem Frosch. *Einst sind wir bis zum Himmel geflogen. Für uns war es echt, kein Traum, nicht gelogen.* An seinem einjährigen Todestag postete sie eine Nachricht auf seiner Facebook-Seite, die mittlerweile zu einem lebenden Denkmal geworden war. *Ich vermiss dich, Mason.*

In meinen dunkleren Momente erwog ich, ihr eine Reihe anonymer Nachrichten zu schicken, nach dem Motto *Ich weiß, was du letzten Sommer getan hast*, um zu sehen, ob ich sie damit aus der Reserve locken und sie dazu kriegen könnte, die Karten auf den Tisch zu legen. Aber ich tat es nicht.

Ich wäre nie auf die Idee gekommen, dass Jim mich mit Vida betrog. Andererseits hatten wir nie Sex. Ein paarmal waren wir kurz davor, aber im letzten Moment sagte ich immer Nein. Dann rollte Jim sich auf den Rücken, verschränkte die Hände unter dem Kopf und starrte an die Decke.

»Wovor hast du Angst?«, fragte er mit ehrlicher Neugier.

Ich speiste ihn mit verschiedenen Versionen von »Ich bin

noch nicht so weit« ab, weil ich nicht den Mut hatte, ihm die Wahrheit zu sagen: dass ich Angst hatte, das letzte Stück Boden unter den Füßen zu verlieren. Ich liebte Jim, aber unsere Beziehung fühlte sich manchmal an wie ein Blackout. Ich ließ mich von ihm mitreißen, und Tage oder Wochen später blickte ich mich plötzlich erschrocken um und fragte mich, wo ich war und welchen Tag wir hatten.

»Willst du bis zu unserer Hochzeitsnacht warten? Meinetwegen«, zog er mich auf.

Kein Wunder, dass er nie mit mir Schluss gemacht hat, dachte ich später. *Er musste auf nichts verzichten.*

Er hatte ja Kitten.

....

Keiner von uns war seit damals wieder in Darrow gewesen, auch nicht in der Niemalswelt.

Dort anzukommen fühlte sich genauso an wie immer, als würden wir eine Zeitreise in eine ferne Vergangenheit machen, in der man beim Autofahren eine Schutzbrille brauchte, Telefone aussahen wie Kerzenleuchter und Leute in Tweedjacken Wörter wie *famos* und *alter Knabe* benutzten. Darrow war immer bewusst altmodisch gewesen und stolz darauf, als wäre es keine Schule, sondern ein Schutzgebiet für eine vom Aussterben bedrohte Vogelart. In den Klassenzimmern standen dieselben Holztische wie vor fünfzig Jahren, in der Kapelle dieselben Bänke. Die meisten Lehrer sahen aus wie wandelnde Daguerreotypien, mit steifem Hals und Mienen, die auf schwere Depressionen schließen ließen.

Ich blickte aus dem Fenster und versuchte, die Nervosität in meiner Magengrube zu ignorieren. Das ganze letzte Jahr hatte ich überlegt, was ich zu Vida sagen würde, falls ich je die Gelegenheit bekam, sie zur Rede zu stellen, doch jetzt erschienen mir alle Varianten armselig. *Was hast du an dem Abend mit Jim gemacht? Warum bist du nach seinem Tod plötzlich verschwunden? Hast du ihn geliebt? Hat er dich geliebt?*

Vor uns tauchte das alte weiße Holzschild auf, das im sintflutartigen Regen hin und her schwang. DARROW-HARKER SCHOOL. Daneben der Hirsch aus Bronze. Als wir daran vorbeifuhren, sah ich für einen kurzen Moment das Geweih und die Augen und im blutroten Schein der Rücklichter GEGRÜNDET 1887, dann verschluckte die Dunkelheit das Schild und den Hirsch.

»Keine Sorge, Bee«, murmelte Whitley und lehnte ihren Kopf an meine Schulter. »Ich kümmere mich um alles.«

»Jedes Mal, wenn du das sagst, Kleine, verliert jemand ein Auge«, bemerkte Kipling von vorne.

Sie lächelte spröde. »Ich übernehme keine Garantie für das Überleben von Leuten, die sich mit meinen besten Freunden anlegen. Wer Bee wehtut, bekommt es mit den Rachegöttern des Universums zu tun.«

»Na, Zeus, an deiner Stelle würde ich den Mund nicht ganz so voll nehmen«, spottete Cannon und bremste ab.

Vor uns lag das bewachte Torhaus.

»Was sollen wir sagen?«, fragte Martha.

»Ach, das Übliche. Wir sind Ehemalige, irgendwie tot und in einer kosmischen Katakombe gefangen.«

»Das klingt aber öde«, kicherte Whitley und drückte meine Hand.

Cannon hielt vor dem Tor und ließ die Seitenscheibe runter. Beklommen warteten wir, während Moses, Darrows berüchtigter Wachmann, in Ruhe eine Jacke überzog, seinen Hemdkragen zurechtrückte und einen Golfschirm aufspannte, bevor er hinaustrat. Er war griesgrämig und krumm wie ein Fragezeichen, als würde er schon seit dem Gründungsjahr an der Schule arbeiten. Er war überzeugter Christ, der es schaffte, in nahezu jedem Gespräch Gott unterzubringen, und trockener Alkoholiker. Jeden Mittwoch um Mitternacht verließ er heimlich seinen Posten, um zu einem Treffen der Anonymen Alkoholiker in der Sporthalle von St. Peter zu gehen, und das bedeutete, dass es zwei Stunden gab, in denen man den Campus verlassen konnte, ohne dabei erwischt zu werden, solange man rechtzeitig wieder zurück war.

»Guten Abend«, rief Moses förmlich durch den Regen. »Was kann ich für Sie tun?«

»Erkennen Sie uns nicht?«, fragte Cannon.

Moses beugte sich ein wenig vor und seine buschigen weißen Brauen zogen sich überrascht zusammen. »Na, so was. Cannon Beecham. Kipling St. John. Whitley. Beatrice. Und die kleine Martha. Was um alles in der Welt macht ihr denn bei dem Wetter hier?«

»Wir waren zufällig in der Nähe und wollten mal kurz vorbeischauen«, antwortete Cannon. »Dauert nicht lange.«

Moses runzelte die Stirn und schaute auf die Uhr. Der Gedanke schien ihm nicht zu behagen.

»Gut, meinetwegen«, sagte er zu Cannon. »Aber beeilt euch, und keine Fisimatenten, verstanden?«

Cannon nickte und winkte ihm kurz zu, während er das Fenster wieder schloss. Dann fuhren wir hinein.

»Zumindest keine Fisimatenten, an die du dich morgen noch erinnerst, alter Knabe«, murmelte er.

....

»Meine Güte. Das ist ja eine Überraschung.«

Wie er da in der Tür stand, sah Mr Joshua genauso aus wie früher: schlank, mit leuchtend blauen Augen, rosigen Wangen und so aufrecht, als hätte er einen Stock verschluckt. Und er trug wie immer einen Pullunder.

»Wie komme ich denn zu der Ehre? Rein mit euch, bevor ihr noch nasser werdet.«

Er strahlte uns voller Herzlichkeit an und ich hatte ein schlechtes Gewissen, als wir fünf in sein Haus traten.

»Wir wollten Vida besuchen«, sagte Whitley lächelnd. »Ist sie da?«

Wir hatten den roten Nissan in der Einfahrt stehen sehen und fast alle Fenster waren erleuchtet, somit kannten wir die Antwort darauf eigentlich schon.

Mr Joshua blinzelte überrascht. »Vida? Natürlich. Wir … äh … sind gerade beim Essen. Aber kommt ruhig rein.«

Wir folgten ihm durch ein verlassenes Wohnzimmer ins Esszimmer, wo Mrs Joshua, mit einer gelben Schürze bekleidet, Maiskolben auf drei Teller verteilte, während Vida am Kopfende des Tisches über ihr Handy gebeugt war.

Anscheinend hatte das Käfigdasein seine Spuren hinterlassen, denn sie sah weniger einschüchternd aus, als ich sie in Erinnerung hatte. Sie hatte zugenommen, dafür war ihr Haar dünner und spröder geworden. Obwohl wir uns alle fünf schweigend um sie scharten, schien sie uns nicht wahrzunehmen; sie blickte kurz auf und wandte sich dann wieder ihrem Handy zu. Sie war es gewohnt, dass Schüler ihren Vater zu allen möglichen Zeiten aufsuchten, zum Gitarrenunterricht oder zu irgendwelchen Proben.

»Peggy? Kitten? Das hier sind Freunde von Jim Mason. Ihr erinnert euch doch noch an Jim, meinen Schüler? Das Wunderkind? Einer der besten jungen Songwriter, die mir je untergekommen sind.« Mr Joshuas Augen leuchteten. »Er hätte es weit gebracht. Sein Musical über John Lennon war einfach großartig – ein wahres Kunstwerk aus Musik und Worten …« Er stieß einen traurigen Seufzer aus. Dann errötete er. »Nun ja. Was führt euch her?«

Ich hatte noch nie darüber nachgedacht, wie Mr Joshua Jims Tod aufgenommen hatte, bis jetzt, als wir in der abgewetzten, beige-braunen Bescheidenheit seines Hauses standen. Der Regen trommelte aufs Dach, es roch ein wenig nach Mottenkugeln und die Gitarren an der Wand erinnerten an ungespielte Songs. Schließlich war Mr Joshua Jims größter Vorkämpfer gewesen. Er hatte ihn zu Vorspielterminen im Umkreis und sogar am Broadway geschickt; er hatte Dutzende von Jims Demobändern auf Notenpapier transkribiert; er hatte Jim gedrängt, originellere Texte zu schreiben, die Figuren besser auszuformen, dem Ohr mehr Abwechslung zu geben, indem er mit ihm die genialen Worte und eigenwilligen Formulierungen von Stephen Sondheim, Lin-Manuel Miranda und Tennessee Williams analysiert hatte; und er hatte dafür gesorgt, dass ein bekannter New Yorker Produzent sich Jims Demoband mit Songs aus *Nowhere Man* anhörte. Dem Produzenten hatte es gefallen und kurz vor Jims Tod war ein Treffen zu einem gemeinsamen Mittagessen in New York verabredet worden.

Ich ertappte mich bei der Frage, ob Mr Joshua in Jim verliebt gewesen war. Oder war es etwas anderes? Hatte er sich an Jims aufsteigenden Stern gehängt – Jim als Fluchtmöglichkeit, als sein Partner, Lieblingsschüler und Goldesel – und nun, da Jim tot war, hatten sich all diese Träume und Hoffnungen in Luft aufgelöst?

»Vida erinnert sich ganz bestimmt an Jim«, sagte Whitley grinsend. Sie legte den Kopf schräg und zog die eine Braue hoch. »Kitten, Kleine, jetzt wäre der perfekte Moment, um deine Eltern zu bitten, das Zimmer zu verlassen – es sei denn, du möchtest, dass sie all die unappetitlichen Details mitkriegen.« Unbekümmert ließ sie sich auf einen freien Stuhl fallen, legte ein Bein über die Armlehne und nahm sich eine grüne Bohne. »Wir wollen alles wissen«, fuhr sie fort und biss ein Stückchen ab. »Wer hat angefangen? Wer hat Schluss gemacht? Wohin habt ihr beide euch an dem Abend verdrückt? Und warum bist du sofort abgehauen, als sich herausstellte, dass Jim tot war?«

Vida starrte sie nur mit offenem Mund an.

»Bitte beleidige unsere Intelligenz nicht, indem du es leugnest, Kleine«, mischte sich Kipling ein. »Erstens lügt Beatrice nie. Sie ist der netteste, ehrlichste Mensch, den man sich vorstellen kann. Sie ist sozusagen die gute Hexe des Nordens. Und zweitens ist unsere Geduld begrenzt. Wir erleben diesen Tag nämlich immer und immer wieder, und das macht uns alle ein wenig gereizt.«

»Und unberechenbar«, fügte Cannon hinzu.

»Was soll das?«, fragte Mrs Joshua. »Was geht hier vor? Paul? *Paul!*«

Mr Joshua, der neben ihr stand, sah so unentschlossen aus wie ein Zaunkönig, der nervös neben einer Parkbank hockt, von der gerade ein paar Brotkrümel heruntergefallen sind.

»Ihr spinnt ja«, sagte Vida heiser. »Ich weiß überhaupt nicht, wovon ihr redet.«

Lächelnd nahm Whitley einen Teller mit Essen und warf ihn durch die Luft wie eine Frisbeescheibe. Er segelte durch das Zimmer, verteilte großflächig Hühnchen, Gemüse und Reis und knallte dann gegen die Fensterscheibe.

Einen Moment lang waren alle zu geschockt, um zu reagieren. Dann stürzte Mrs Joshua zur Kommode, schnappte sich das Telefon und wählte den Notruf.

»Ich möchte einen Hausfriedensbruch melden.«

»Sag ihr, sie soll auflegen«, befahl Cannon Vida und kratzte sich an der Nase.

»Wir brauchen die Polizei. Sofort. Hier sind mehrere Jugendliche, die in unser Haus eingedrungen sind –«

»Sag ihr, sie soll auflegen, es sei denn, du stehst auf orange Overalls«, sagte Whitley.

Vida sah sie erschrocken an.

»Oder Gemeinschaftsduschen«, fügte Cannon hinzu und ließ sich ebenfalls auf einen Stuhl fallen.

»Sie terrorisieren uns. Ehemalige Schüler meines Mannes. Bitte kommen Sie sofort.«

»Leg auf, Mom«, sagte Vida.

»Wenn ich eins nicht ausstehen kann«, fuhr Whitley fort, »dann sind es Mädchen, die anderen den Freund ausspannen, als wäre er ein Probierhäppchen an der Käsetheke im Supermarkt. Das ist unverzeihlich. Und total out.«

»Wir wohnen auf dem Gelände der Darrow School –«

»Also, ich würde deine Mutter lieber zurückpfeifen«, riet Cannon.

»Mom«, sagte Vida scharf.

Mrs Joshua hörte sie nicht. »545 Entrance Drive. Bitte beeilen Sie sich.«

Vida sprang auf. Sie lief zu ihrer Mutter, riss ihr das Telefon aus der Hand und schleuderte es durchs Zimmer. Es knallte gegen ein kleines Bild mit einem Geige spielenden Fuchs, das prompt von der Wand fiel. Das Stück Tapete, das dahinter zum Vorschein kam, war von schwarzem Schimmel überzogen.

Alle schwiegen verdattert.

Vida starrte uns keuchend und mit weit aufgerissenen Augen an.

»Was hast du diesmal angestellt?«, fragte Mr Joshua.

....

»Wie oft soll ich das denn noch sagen«, maulte Vida. »Wir waren *Freunde*, sonst nichts. Er hat mich bloß gefragt, ob ich ihn rausschmuggeln kann. Er hat sich auf dem Rücksitz unter einer Decke versteckt, als ich an Moses vorbeigefahren bin. Das war alles, okay? Ich weiß überhaupt nicht, was das Theater soll. Ihr habt echt einen an der Waffel.«

»Wir glauben dir nicht«, sagte Cannon.

»Das ist euer Problem.«

»Wo bist du mit Jim hingefahren?«, fragte Martha.

»Das hab ich doch schon *gesagt*.«

»Dann sags uns noch mal.«

»Keine Ahnung. Zu irgendeinem Einkaufszentrum.«

»In Newport?«

»Ja.«

»Weißt du noch, wo das war? Oder wie es hieß?«

»Nein.«

»Woran erinnerst du dich denn noch?«, fragte Cannon.

Vida zuckte die Achseln. »Es war in einem runtergekommenen Viertel. Ein-Dollar-Läden. Eine Zoohandlung. Auf dem Parkplatz war ein Mann in einem Hühnerkostüm, der herzförmige Luftballons verteilt hat.«

»Und warum wollte Jim da hin?«, fragte Martha.

»Was weiß denn ich? Vielleicht wollte er Fried Chicken essen und sich einen Leguan kaufen.«

»Du musst doch irgendeine Theorie haben«, sagte Whitley.

Vida seufzte genervt. »Kann sein, dass er sich Gras besorgen wollte. Da auf dem Parkplatz hingen so ein paar Kiffertypen rum.«

»Um wie viel Uhr war das?«

»So gegen acht oder neun? Ich hab ihm angeboten, zu warten und ihn wieder zur Schule zurückzufahren, aber er meinte, er würde schon allein klarkommen. Das war alles, okay? Ich weiß echt nicht, warum ihr so einen Aufriss macht. Und ich hatte nichts mit seinem Tod zu tun, klar?«

Seit ungefähr zwanzig Minuten erzählte Vida, ganz die gekränkte Unschuld, immer wieder dieselbe Geschichte: Jim hatte sie an dem Abend nur gebeten, sie mitzunehmen. Das war alles. Sie waren kein Paar, sondern einfach nur Freunde. Davon war sie keinen Moment abgewichen. Und obwohl ich bereit war, ihr zu glauben, fühlte sich ihre Geschichte trotzdem an wie ein Messerstich ins Herz, denn selbst wenn nichts zwischen ihr und Jim gewesen war, hatte Jim mir nichts davon erzählt, was mit ihm los war und was er vorhatte, sondern war mir ausgewichen und hatte das alles hinter meinem Rücken gemacht. Und wenn er mich in dieser Sache angelogen hatte, stellte sich mir natürlich die Frage, wobei er mich sonst noch angelogen hatte.

»Ich finde es ziemlich unglaubwürdig, dass er dich um Hilfe gebeten hat, wenn ihr nur Freunde wart«, sagte Whitley.

Vida starrte sie wütend an. »Wie ich schon gesagt habe: Wir haben geredet. Ab und zu. Er hat mich ein paarmal in der Kunstgalerie besucht und mir einen Rat gegeben. Jim war ein echtes Genie. Er hatte Ahnung. Ich hab ihm von meinen Problemen erzählt und er hat mir in zehn Minuten mehr geholfen als Dr. Milton Yeskowitz in sechs Jahren, dieser Ätztyp mit seinem Ziegenbärtchen, den langen Fingernägeln und den Regalen voller Siebzigerjahre-Ratgeber von wegen *Liebe dich selbst.*«

Letzteres sagte sie mit einem giftigen Blick zu ihrem Vater, der sie ratlos ansah. Mr und Mrs Joshua hörten ihrer Tochter zu, als spräche sie einen seltsamen Dialekt, von dem sie nur jedes dritte Wort verstanden.

»Jim hat mich immer wieder daran erinnert, dass mein Leben lebendig ist und ich es nur zähmen muss. Deshalb habe ich mich entschieden, nach Chicago zu gehen. Ich habe ihm erzählt, dass ich ein Angebot bekommen hatte, ein Praktikum im Labor zu machen, und er meinte, ich sollte es tun. Ich sollte die Chance nutzen, auch wenn ich Angst hätte. Jim sagte, wenn sich vor dir auf dem Weg ein Spalt auftut und du Angst hast, dann musst du Anlauf nehmen und darauf vertrauen, dass du rüberspringen kannst. Er hat mir Kraft gegeben. Und ich habe ihm geholfen. Er war echt gestresst wegen seinem Musical. Er wollte, dass es großartig wird. In einer Liga mit *Oklahoma!* und *Rent*. Er wollte unbedingt berühmt werden, Geschichte schreiben. Und das hätte er auch. Er hat mir sein Notizbuch gezeigt, und da waren absolut *irre* Reime drin. Er war ein Genie.« Sie schüttelte den Kopf. »Es ist schrecklich, was mit ihm passiert ist. Aber so ist das Leben, oder? Alle richtig guten Leute sterben zu früh.«

»Wann hast du ihn das letzte Mal gesehen?«, fragte ich sie.

»Hört mir hier eigentlich keiner zu? Das hab ich doch *gesagt*. Als ich ihn am Einkaufszentrum abgesetzt habe.«

»Habt ihr an dem Abend nicht noch mal telefoniert? Hat er dir nicht gesagt, dass du zum Steinbruch kommen sollst?«

Sie runzelte die Stirn. »Was redest du denn da? Ich bin seit Urzeiten nicht mehr am Steinbruch gewesen.« Sie schnaubte und schüttelte den Kopf. »Aber als ich gehört habe, dass er nicht nur tot war, sondern auch ein Drogendealer sein sollte, da bin ich zur Polizei gegangen und habe denen gesagt, das ist Quatsch. Die Drogen, die sie in seinem Zimmer gefunden haben, gehörten nicht Jim.«

»Woher weißt du das?«, fragte ich.

»Er hat mir gesagt, wem sie gehören.«

»Was?!«, sagte Martha scharf und warf mir einen überraschten Blick zu.

»O ja.« Vida nickte. »Ein paar Wochen vor seinem Tod. Er konnte über gar nichts anderes reden. Er hatte rausgefunden, dass einer von seinen besten Freunden seit Jahren harte Drogen an Schüler verkauft.«

»Hat er gesagt, wer?«, fragte Kipling.

»Brauchte er gar nicht. Genau in dem Moment, als er mir davon erzählte, rief derjenige an. ›Wenn man vom Teufel spricht‹, sagte er. Ich hab den Namen auf dem Display gesehen.« Vida zog die Nase kraus. »Ziemlich seltsam, wahrscheinlich ein Spitzname.«

»Und wie lautete er?«, fragte Cannon.

»Shrieks.«

Sofort begann in meinem Kopf ein ganzer Chor von Stimmen zu rufen: *Nein. Unmöglich. Das kann nicht sein.*

Keiner rührte sich.

Whitley blickte mit ausdrucksloser Miene auf den Teppich.

»Ich habe der Polizei den Namen genannt«, fuhr Vida fort. »Hab denen gesagt, dass dieser Shrieks garantiert was mit Jims Tod zu tun hat. Wahrscheinlich hat er mitgekriegt, dass sein Geheimnis jeden Moment rauskommen könnte, und hat ihn zum Schweigen gebracht. Aber die Polizei interessierte das nicht. Oder sie waren zu faul, ihren Hintern aus dem Sessel zu schwingen und etwas zu tun, jedenfalls habe ich nie wieder etwas davon gehört. Hat mich nicht überrascht. Keiner tut mehr irgendwas. Nur Jim, der hat dauernd was getan, für alle möglichen Leute. Und jetzt ist er tot.«

Sie verstummte. Einen Moment lang herrschte unbehagliches Schweigen.

Dann sprang Whitley auf und rannte aus dem Haus.

12

Wir liefen hinter ihr her.

Während Cannon und die anderen in den Regen hinausstürzten, blieb ich in der Tür stehen und drehte mich noch mal zu den Joshuas um, die einander finster ansahen wie drei Fremde, die zusammen in U-Haft gelandet sind. Dann folgte ich den anderen.

Whitley rannte den Entrance Drive hinunter.

»Whitley!«, rief Kip.

»He!«, brüllte Cannon. »Wo willst du hin?«

Sie reagierte nicht, sondern bog von der Straße ab und floh den Hügel hinauf. Als ich oben ankam, waren die anderen schon weit unter mir – Whitley eine dunkle Gestalt, die an den Tennisplätzen und dem Fußballfeld vorbeilief, gefolgt von Martha, Cannon und Kip.

»Warte!«, schrie Martha.

»Lass uns doch reden!«

»Whitley Lansing! Bleib stehen!«

Ich rannte hinter ihnen her, so schnell ich konnte. Irgendwo hinter mir ertönten Polizeisirenen. *Whitley? Das Weiße Kaninchen?* Wie konnte das sein?

Der Regen trommelte mir wie Geschützfeuer auf Kopf und Arme. Ich konnte kaum sehen, wohin ich lief. Über mir knarzten und rauschten die Äste und es donnerte. Stolpernd und rutschend kämpfte ich mich den Hang hinunter und landete in einem Sumpf aus zähem, teerartigem Schlamm. Ich sank bis zum Knöchel ein. Ein gutes Stück vor mir sah ich, wie Wit und die anderen um die Wohnheime der Mädchen herumliefen: Slate Hall, Stonington Manor, der mächtige, dunkle Bogengang, bizarr geformte, lang gezogene Schatten im gelblichen Schein der Laternen. Als ich hinter Morley House in den Garten einbog, wäre ich um ein Haar über Martha gefallen. Offenbar war sie ausgerutscht und bäuchlings im Matsch gelandet.

»Alles in Ordnung?«, rief ich.

»Lauf«, keuchte sie und winkte mich vorbei.

Ich rannte weiter. Als ich zur Schwimmhalle kam, einem wuchtigen Klotz aus Glas und Schiefer, sah ich, dass eine der Glastüren mit einem Stein eingeworfen worden war. Ich öffnete die Tür und stürzte hinein. Irgendwo vor mir hallten Rufe und Schritte durch die Dunkelheit. Ich lief durch den dunklen Eingangsbereich, vorbei an den Vitrinen mit Pokalen, Medaillen und Schwarz-Weiß-Fotos von der Schwimmmannschaft, dann weiter den Gang entlang, wobei ich aufpassen musste, dass ich mit meinen schlammigen Turnschuhen nicht ausrutschte, und stieß die Doppeltür zur Halle mit dem 50-Meter-Becken auf.

Kipling und Cannon waren ebenfalls dort. Whitley war ins Wasser gesprungen und sie verfolgten ihre dunkle Gestalt am Rand, während sie unter Wasser zum tiefen Ende schwamm.

Nach einer Minute kam sie prustend wieder hoch.

»Was machst du?«, fragte Cannon. »Wir wollen doch nur mit dir reden.«

»Du entkommst uns nicht, Kleine«, sagte Kipling.

Sie warf ihnen nur einen wütenden Blick zu und tauchte wieder unter.

»Sie will zur Tür«, sagte Cannon und lief auf mich zu. Und tatsächlich kletterte Whitley die Leiter hoch und stieß mich so heftig zur Seite, dass ich gegen einen Stuhl fiel. Doch als sie die Tür aufriss, stand Martha vor ihr, von Kopf bis Fuß mit Schlamm bedeckt. Nach dem ersten Schreck versuchte Whitley, sich an ihr vorbeizudrängen, aber Martha hielt einen der Schwimmpokale in der Hand. Sie holte aus und schlug Whitley damit gegen die Schläfe. Mit einem Schmerzensschrei ging Whitley zu Boden.

»Darf ich vorstellen – das Weiße Kaninchen«, keuchte Martha.

Sie drückte die Tür zu und klemmte den Pokal zwischen die Griffe, sodass man sie nicht mehr öffnen konnte.

»Du warst das also!«, brüllte Cannon und starrte auf Whitley hinunter. »Wieso hast du mir nichts gesagt? Wie konntest du mich die ganze Zeit über anlügen? Ich fasse es nicht!«

»Eigentlich wollte ich es nur ein paar Mal machen«, murmelte sie. Sie richtete sich auf und rieb sich über die Schläfe. »Aber irgendwie wurde meine Nummer weitergegeben, dann ging die Geschichte mit dem Weißen Kaninchen los, und dann konnte ich nicht mehr aufhören.«

»Wie konntest du nur?«, sagte ich leise.

Whitley funkelte mich an. »Ja, Bee, wir wissen alle, dass du so was nie im Leben machen würdest. Dass du die Gute bist. Mit einem moralischen Kompass, der dich direkt zur Heiligsprechung führt. Aber das Glück haben wir anderen leider nicht.« Sie schniefte und starrte verdrossen zu Boden.

Wir standen schweigend da und die Reflexe des blauen Wasserbeckens tanzten über unsere Gesichter.

Ich war fassungslos. Jahrelang hatte sie uns angelogen. Ich wäre nie auf die Idee gekommen, dass sie es war. Cannon anscheinend auch nicht, so wütend, wie er aussah.

Und doch passte es auf verdrehte Weise zu ihr. Whitleys Mutter war die Chefin eines Pharma-Imperiums. Es kam öfter vor, dass Whitley geradezu ehrfürchtig über den Geschäftssinn ihrer Mutter sprach – wie sie, bewaffnet mit ihrem Nerzmantel, ihrer Do-it-yourself-Bildung und dem gesunden Menschenverstand eines Farmmädchens aus Missouri, Vorstandssitzungen und Aktionärsversammlungen in New York leiten und Bankmachos mit einem ihrer perfekt platzierten bissigen Kommentare auf ihren Platz verweisen konnte. *Wenn Dummheit fliegen könnte, wären Sie ein Airbus A350.* In

Wahrheit – und früher kamen mir die Tränen, wenn ich daran dachte, aber Wit hatte ich nie etwas davon gesagt – liebte Linda ihre Tochter nicht, zumindest nicht so, wie Whitley es bräuchte. Seit ihrer Geburt war Wit zwischen Ammen und Kindermädchen und Au-pairs, Sommercamps und Internaten und Fördergruppen hin und her geschoben worden wie ein verlorener Koffer. Irgendwie konnte ich es doch verstehen. Whitley war das Weiße Kaninchen geworden, um sich selbst und vielleicht auch ihrer Mutter zu beweisen, dass sie ihr ebenbürtig war.

Ich musste an Vidas Bemerkung denken, dass die Enthüllung der Identität des Weißen Kaninchens möglicherweise etwas mit Jims Tod zu tun hatte. *Ich hab denen gesagt, dass dieser Shrieks garantiert was mit Jims Tod zu tun hat. Wahrscheinlich hat er mitgekriegt, dass sein Geheimnis jeden Moment rauskommen könnte, und hat ihn zum Schweigen gebracht.* Die Sätze nagten an mir und sie hatten den unverkennbaren Schimmer der Wahrheit, aber ich wollte es nicht zugeben.

»Wie hat Jim rausgekriegt, dass du es bist?«, fragte ich sie.

Wit sah mich mürrisch an. »Er hat mich erwischt.«

»Wann?«

»Eine Woche vor den Abschlussprüfungen. Ich hab mich immer nachts um drei rausgeschlichen, um Stoff zu deponieren. Er kam gerade vom Steinbruch zurück und sah, wie ich in die Sternwarte ging. Er folgte mir in eine der Kuppeln und beobachtete, was ich tat. Und dann ist er total ausgerastet. Hat ein Riesentheater gemacht. Dabei waren wir doch quasi fertig mit der Schule. Das Weiße Kaninchen wäre sowieso bald Geschichte gewesen. Jim brüllte irgendwas von menschlicher Verantwortung, davon, das Richtige zu tun. Er bestand darauf, dass ich mich stelle.«

»Also hast du beschlossen, ihm die Schuld in die Schuhe zu schieben«, sagte Martha. »Du hast die Drogen in seiner Gitarre versteckt, damit er an deiner Stelle geschnappt wird.«

»Nein.« Whitley schüttelte energisch den Kopf. »Das war ein Versehen. Ich habe meine Vorräte immer hinter dem alten Schuppen am Ende vom Sportplatz vergraben. Ihr wisst schon, da, wo es angeblich spukt. Aber das ist Quatsch. Es ist nur ein dreckiger Kasten voll alter Schilder und Flaggen. Irgendwann sah ich, wie ein Bauunternehmer sich da umschaute. Ich bekam heraus, dass sie den Schuppen abreißen und stattdessen ein Treibhaus bauen wollten. An dem Abend habe ich mich während des Essens rausgeschlichen und meine Vorräte ausgegraben. Ich wollte sie eigentlich in mein Zimmer bringen, aber an dem Abend wurde der Flur gestrichen. Überall wimmelte es von Leuten. Ich wusste nicht, was ich tun sollte. Wenn mich jemand angehalten und gefragt hätte, was ich da in meiner Tasche hatte …« Sie erschauerte. »Also bin ich nach nebenan, zu Jims Zimmer. Ich wusste, dass er seinen Schlüssel immer unter den Teppich schob. Ich hab das Zeug in seine Gitarre gestopft. Natürlich wollte ich am nächsten Tag wieder hin und es da rausholen. Aber das war der Tag, an dem Jim vermisst gemeldet wurde. Als ich endlich Gelegenheit hatte, mich in sein Zimmer zu schleichen, war die Polizei schon da gewesen und hatte alles gefunden.«

Martha fixierte sie. »Jim wurde Donnerstagmorgen als vermisst gemeldet. Die Polizei fand ihn am späten Freitagabend tot auf. Also wann genau hast du die Drogen in seiner Gitarre versteckt?«

Whitley sah sie nervös an. »Mittwoch vielleicht?«

»Hör auf zu lügen«, sagte Martha.

»Ich lüge nicht.«

»Deine Geschichte hätte funktionieren können, aber es gibt da ein kleines Problem.«

»Nämlich?«

»Ich hatte Jims Gitarre.«

Wir starrten sie an.

»Er hatte sie mir geliehen, damit ich meinen Song für das Frühlingsfest üben konnte. Ich hatte sie zwei Wochen lang in meinem Zimmer. Am Donnerstagmorgen haben sie bekannt gegeben, dass Jim vermisst wurde. Am späten Donnerstagabend habe ich die Gitarre in sein Zimmer zurückgebracht. Das heißt, du wusstest, dass Jim verschwunden war, als du die Drogen in seiner Gitarre versteckt hast.« Martha musterte Wit mit unnachgiebiger Miene. »Du dachtest, sein Verschwinden wäre eine prima Gelegenheit, dich aus der Affäre zu ziehen. Also hast du ihm das Ganze in die Schuhe geschoben.«

Whitley sah sie wütend an.

»In der Nacht, als er gestorben ist«, fragte ich mit zittriger Stimme, »warst du da mit ihm im Steinbruch?«

»Nein.« Whitley schüttelte den Kopf. »Ich schwöre es, Bee. Wirklich. Ich hatte ihn genauso gern wie alle anderen.« Sie fing an zu weinen. »Also gut. Ja, ich habe das Zeug bei ihm versteckt, um ihn zu belasten. Ich hatte Angst. Ich dachte, er wäre schon bei der Schulleitung gewesen und hätte denen gesagt, dass ich das Weiße Kaninchen bin. Ich habs getan, um mich zu retten. Das war scheiße. Aber ich schwöre bei Gott, mit seinem Tod habe ich nichts zu tun.« Sie sah mich mit geröteten Augen an. »Das musst du mir glauben.«

Plötzlich klopfte jemand laut gegen die Tür.

»Cannon Beecham, bist du da drinnen?«

Es war Moses.

»Bitte«, wimmerte Wit. »Ich wusste nichts über Jims Tod. Ich weiß immer noch nichts. Das schwöre ich beim –«

»Macht auf. Ich habe die Polizei bei mir.«

»Hier ist die Polizei von Warwick! Sie sind widerrechtlich auf Privatgelände eingedrungen.«

Die Tür rappelte, ging aber nicht auf.

»Kommt, wir verschwinden«, sagte Martha.

Während weiter an die Tür gehämmert wurde, liefen wir zur anderen Seite des Schwimmbeckens. Whitley rappelte sich hoch und folgte uns. Dort waren die Tribünen und Umkleiden.

Aber kein Weg nach draußen.

Gerade als ich vorschlagen wollte, uns zu ergeben und den Rest der Wache auf dem Revier zu verbringen, packte Cannon den Hochsitz des Bademeisters und schleuderte ihn gegen die riesige Fensterscheibe. Doch das Glas bekam nur einen Sprung.

»Macht die Tür auf!«

Cannon hob den Sitz auf und schlug erneut damit gegen die Scheibe. Draußen tauchten Polizisten mit extrastarken Taschenlampen auf. Noch ein Schlag mit dem Sitz. Mit einem Mal zerbarst das Glas. Unter lautem Siegesheul liefen wir fünf hinaus in die Nacht und an den Polizisten vorbei, die uns mit ihren Taschenlampen blendeten.

»Stehen bleiben! Polizei!«

»Warriors!«, jubelte Kipling.

»Fahrt zur Hölle!«

Irgendwo hinter mir johlte Kip. Whitley ebenfalls. Cannon sang. Ich lief blindlings drauflos, ein verrücktes, überdrehtes Lachen in der Kehle, und hoffte, dass die Dunkelheit mich verschluckte. Ich sah, wie einer der Polizisten seine Waffe zog. Halb rechnete ich damit, dass er aus nackter Panik auf mich schoss, weil er das hier für den Beginn einer Zombie-Apokalypse hielt. Ich rannte auf den dunkelsten Bereich des Spielfelds zu, so schnell ich konnte, meine Lunge schmerzte vor Anstrengung und der Regen prasselte auf mich nieder. Als ich über die Schulter blickte, sah ich blinkende rote und blaue Lichter und lauter Gestalten, die auf die Schwimmhalle zuströmten.

Niemand war mir gefolgt. Ich war allein.

Ich lief langsamer und wechselte dann zum Gehen. Als ich am Waldrand ankam, sah ich einen Wanderweg und folgte ihm. Bald beruhigten sich meine Gedanken, und ich nahm nur noch meine Schritte und den Matsch wahr. Er war überall, zäh und schwarz wie Teer.

Jim.

Es war so dunkel, dass ich fast spüren konnte, wie er neben mir herging.

Wie gerne hätte ich ihn angebrüllt, mir die Wahrheit zu sagen. *Warum all die Heimlichtuerei?* Jim war für mich wie ein Gemälde, das ich immer für ein einmaliges Meisterstück gehalten hatte. Jetzt stellte sich heraus, dass es zahllose Versionen des Bildes gab, kleinere Aquarelle und hingeworfene Bleistiftskizzen, billige Posterdrucke, die man für neunundneunzig Cent im Souvenirladen am Flughafen kaufen konnte. Keine davon war so schön und so detailliert wie mein Gemälde, aber sie zeigten alle dasselbe Motiv und nahmen dadurch meinem Bild ein wenig das Besondere. Vida hatte ihre Version. Mr Joshua seine. Whitley hatte wiederum ihre. Und sogar Martha – es war etwas Irritierendes an der Art gewesen, wie sie verkündete: *Ich hatte Jims Gitarre.* Ihre Gefühle für Jim, stark und undefinierbar, schienen plötzlich mit Macht an die Oberfläche zu steigen und dann wieder in der Tiefe zu versinken.

Der Regen wurde noch stärker und es donnerte erneut.

Ich ging weiter. Ab und zu meinte ich, den Wächter in seinem Gärtneraufzug zwischen den Bäumen zu sehen, doch wann immer ich mit pochendem Herzen und voller Abscheu stehen blieb und in den Wald starrte, war da niemand.

Bald darauf spürte ich, wie der bleierne Sog der Niemalswelt mich ergriff, wie das mittlerweile vertraute Kribbeln in meinen Füßen begann und die Beine hochkletterte.

Der Weg hatte mich zu einer Lichtung geführt, auf der ein starker Wind wehte und überall riesige umgestürzte Bäume lagen. Nur wenige Meter vor mir begann eine mächtige Eiche zu schwanken und dann fiel sie plötzlich mit einem ohrenbetäubenden Krachen um.

Erschrocken blieb ich stehen.

Da ertönte direkt neben mir wieder ein Krachen. Ich drehte mich um und sah, dass noch eine Eiche umzustürzen drohte. Ich versuchte ihr auszuweichen, doch meine Füße steckten in dem zementartigen Schlamm fest. Irgendwie gelang es mir, sie herauszuziehen, und ich warf mich blindlings nach vorn. Im selben Moment donnerte der Baum auf die Erde, haarscharf an mir vorbei, und Äste brachen ab und schlugen gegen meinen Kopf.

Was war hier los?

Ich versuchte mich aufzurichten und weiterzugehen, doch ich fiel bäuchlings zurück in den Schlamm.

Der Blackout der Niemalswelt war gekommen. Die elf Komma zwei Stunden waren vorbei. Mühsam rollte ich mich auf den Rücken und blinzelte keuchend in den Himmel und den Regen. Es fühlte sich an, als würde ich unter einer Sintflut von Münzen begraben, mein Körper sank immer tiefer in den Schlamm. Bald würde ich spüren, wie meine Glieder auseinanderbrachen und sich auflösten.

Ein paar Meter von mir entfernt begann ein weiterer Baum zu fallen.

Mein letzter, panischer Gedanke war, dass ich hier sterben würde, ohne je die Lösung des Rätsels zu erfahren. Die Geständnisse von Vida Joshua und Whitley hatten mich nicht weitergebracht. Würde ich je herausfinden, was wirklich mit

Jim passiert war? Wie konnte ich die Abstimmung gewinnen und ins Leben zurückkehren?

In dem Moment bemerkte ich, dass eine dunkle Gestalt mit einem grausamen Gesichtsausdruck auf mich herabsah.

Der Wächter.

»Tief im Dunkeln wächst ein Baum. Du bist geschützt in deinem Traum. Wann hör ich auf, wann werd ich sehn, dass alles Gift ist, dass ich untergeh?«

Ich schrie, dann stürzte die Eiche auf mich und alles wurde schwarz.

13

Ich wachte keuchend auf dem Rücksitz des Jaguar auf, Martha und Kip neben mir. Mein Herz schlug immer noch wie wild von dem riesigen Baum, der mich unter sich begraben hatte, dem plötzlichen Auftauchen des Wächters und dem düsteren Reim, den er zitiert hatte.

Mir war übel, aber ich hatte keine Zeit nachzudenken. Martha und Kipling sprangen aus dem Wagen und liefen zum Haus. Ich folgte ihnen. Genau wie ich schienen sie sich Sorgen zu machen, dass Whitley nicht mehr da sein könnte; dass sie voller Scham weggelaufen war, weil sie das Weiße Kaninchen gewesen war, und vielleicht sogar aus Angst, dass wir glaubten, sie sei schuld an Jims Tod.

Doch wir fanden sie mit Cannon am Küchentisch vor. Ihr bedrücktes Schweigen ließ vermuten, dass sie über etwas Ernstes gesprochen, vielleicht sogar gestritten hatten.

Whitley hatte rote Augen und sah bockig aus, aber zugleich lag eine gewisse Erleichterung auf ihrem Gesicht.

»Whitley möchte euch etwas sagen«, verkündete Cannon.

Sie blickte mit schwachem Lächeln auf. »Es tut mir leid. Es tut mir leid, was ich Jim angetan habe. Und den anderen Schülern. Und dass ich euch angelogen habe. Das war abscheulich. Und dumm. Ich hätte mir mein ganzes Leben ruinieren können. Das habe ich auch beinahe. Aber ich schwöre bei allem, was mir heilig ist, dass ich nichts mit Jims Tod zu tun hatte. Ich verstehe, dass ihr mir im Moment vielleicht nicht glaubt. Aber wir werden rauskriegen, was in der Nacht mit ihm passiert ist, und dann wisst ihr, dass ich unschuldig bin.«

Kipling und Martha, die sie aufmerksam musterten, schienen ihr zu glauben. Sie nickten. Ich nickte ebenfalls.

Und trotzdem – so lange, wie Wit uns angelogen hatte, konnte es durchaus sein, dass sie immer noch log. Ich konnte mir zwar nicht vorstellen, dass sie eiskalt geplant hatte, Jim etwas anzutun, aber ich wusste, wozu sie bei einem Wutanfall fähig war, und außerdem hatte sie jetzt ein Motiv. Wenn Whitley geglaubt hatte, dass Jim sie verraten würde, dass die Schulleitung und, schlimmer noch, ihre Mutter erfahren würden, was sie getan hatte, hätte sie bestimmt alles versucht, um das zu verhindern.

Auf einmal merkte ich, dass alle mich ansahen.

»Was ist?«

»Wir haben uns gefragt, was du von Vidas Geständnis hältst«, sagte Martha.

Ich zuckte die Achseln. »Ich tendiere dazu, ihr zu glauben.«

»Ich auch«, sagte Kipling mit spöttischem Lächeln. »Ein Mädchen wie Vida kann nicht gut lügen. Wie viele Male hat sie Jim als Genie bezeichnet? Ich bin überrascht, dass sie nicht behauptet hat, er wäre von den Toten auferstanden wie Jesus.« Er sah zu mir. »Ich weiß, du hast Jim wirklich geliebt. Aber die Art, wie er Bewunderer gesammelt hat, konnte einem schon auf die Nerven gehen. Sein Ego war wie ein unersättliches kleines Kind.«

»Er hat das nicht absichtlich gemacht«, widersprach ich. »Die Leute fühlten sich einfach zu ihm hingezogen.«

»›Nicht absichtlich‹«, spottete Kip. »Na klar. Das ist ungefähr so, als würde ich mich bei Gewitter mit einem Eisenstab auf ein Footballfeld stellen und sagen, war nicht meine Schuld, dass ich vom Blitz getroffen wurde.«

»Vida war vor allem von Jims Texten für sein Musical beeindruckt«, sagte Martha.

»Ah ja. Der plötzliche Geniestreich. Das war schon interessant. Dabei hat er doch dauernd rumgejammert, dass er seit Wochen nichts geschrieben hätte, außer ein paar lahmen Zeilen à la MC Hammer. Was hat er uns die Ohren vollgeheult, er wär am Ende, würde nichts mehr auf die Reihe kriegen. Und dann, wie aus dem Nichts, ein Meisterwerk.« Kipling machte eine lässige Handbewegung. »Textzeilen wie Perlen, eine nach der anderen. Alle über die unermessliche Qual, jung und lebendig zu sein.«

»Die Texte waren unglaublich«, sagte Whitley.

»Die Aufführung beim Frühlingsfest war ein Volltreffer«,

fügte Cannon nachdenklich hinzu. »Der Producer aus New York, den Mr Joshua aufgetan hatte, war begeistert vom Demoband. Jim stand kurz vor dem großen Durchbruch, wie er es sich immer erträumt hatte. Also was ist passiert?«

»Das Leben«, antwortete Kipling trocken.

»Oder«, sagte Martha, »es hatte etwas damit zu tun, wo Vida Joshua ihn hingefahren hat.« Sie kaute an ihrem Daumennagel. »Ich frage mich, ob wir dieses Einkaufszentrum finden können.«

»Die einzigen Hinweise, die Vida uns gegeben hat, waren eine Zoohandlung und ein Fast-Food-Imbiss«, sagte Wit.

»Wann hast du das letzte Mal mit Jim gesprochen?«, fragte Martha mich plötzlich mit zusammengekniffenen Augen.

»Dienstagnachmittag.« Ich räusperte mich. »Am zweiten Tag des Frühlingsfests. Ich habe ihn zur Rede gestellt, weil er mich am Abend vorher angelogen hatte.«

»Das heißt, du hast am nächsten Tag gar nicht mehr mit ihm geredet? An dem Tag, als er verschwunden ist?«

Ich schüttelte den Kopf.

Alle schwiegen. Wahrscheinlich dachten sie daran, wie tragisch es für mich gewesen sein musste, dass unser letztes Gespräch ausgerechnet der Streit wegen Vida Joshua gewesen war.

An dem Mittwoch hatte ich mich in der Bibliothek verkrochen, oben im Dachgeschoss in der Abteilung für südamerikanische Geschichte, in die sich nur selten jemand verirrte. Dort roch es muffig und in den dunklen Ecken schienen sich abartig große Motten häuslich niedergelassen zu haben. Den ganzen Tag über hockte ich mit meinen Büchern über europäische Geschichte und englische Literatur vor dem einzigen, pottdreckigen Fenster, den Soundtrack zu *Suicide Squad* auf den Ohren, und versuchte mich auf die Französische Revolution, den Zweiten Weltkrieg und *Wem die Stunde schlägt* zu konzentrieren. Das Handy ließ ich den ganzen Tag über ausgeschaltet, weil ich mich nicht mit Jim befassen wollte. Der einzige Moment, in dem ich mich dem restlichen Campus aussetzte, war gegen elf Uhr abends, während der vier Minuten, die ich brauchte, um von der Bibliothek zu meinem Zimmer zu kommen.

Erst als ich meinen Schlafanzug anhatte und unter die Decke gekrochen war, schaltete ich das Handy wieder ein. Sofort brach eine Flut von Nachrichten über mich herein. Ein paar waren von Kipling, Cannon und Wit. Die restlichen siebenundzwanzig waren von Jim. Es war um acht Uhr morgens losgegangen, angefangen mit einem *?* über *komm schon, was soll das* bis hin zu diversen Sprachnachrichten, mal scherzhaft, mal verzweifelt, mal wütend, die alle umso verrückter und herzzerreißender klangen, je öfter ich sie abspielte.

Ruf mich an.

Ruf mich an, Bumblebee.

Wir müssen reden.

Wenn du noch ein Fitzelchen Liebe in deinem Herzen hast, ruf mich an.

Warum tust du das?

Ich brauche dich. Du weißt, dass ich ohne dich nicht leben kann.

Ich hasse dich. Ich hasse dich unendlich. Weil ich dich liebe.

Tu mir das nicht an.

Und dann noch eine SMS:

Ich fahre zum Steinbruch. Kommst du?

Das war die letzte Nachricht, die ich je von ihm bekommen habe. Eingegangen um 23.29 Uhr.

Ich löschte sie. Alle.

Als sie Jim zwei Tage später tot auffanden, rechnete ich damit, dass die Polizei mich wegen der Nachrichten befragen würde. Ich würde ihnen sagen, dass ich die ganze Nacht in meinem Zimmer gewesen war.

Aber sie fragten mich nicht. Niemand fragte mich irgendwas.

Ich überlegte, ob ich den anderen sagen sollte, dass ich von Jims Fahrt zum Steinbruch wusste. Aber was, wenn sie mir nicht glaubten, dass ich in meinem Zimmer geblieben war?

Dann würde ich für immer in der Niemalswelt festsitzen. Ich hätte keine Chance – nicht die *geringste* –, jemals lebend hier rauszukommen.

»Und wenn wir jetzt zur Polizei gehen?«, sagte Cannon leise.

»Was?« Whitley sah ihn überrascht an.

»Wir könnten zur Polizei in Warwick gehen und nach Jim fragen. Vielleicht können wir seine Akte einsehen. Sie müssen doch eine Datenliste von seinem Handy haben. Die könnte aufschlussreich sein. Damit erfahren wir eine Menge über seine letzten Tage – wohin er gegangen ist und mit wem er zusammen war.«

»Die Polizei hat nie irgendwelche Hinweise darauf gefunden, dass Jims Tod kein Selbstmord war«, sagte Martha.

»Oder die Schule hat sie gezwungen, ihre Funde für sich zu behalten«, bemerkte Whitley.

»Oder seine Familie«, fügte Kipling hinzu. »Wenn Edgar Mason die Befürchtung gehabt hätte, dass irgendwas Negatives über seinen geliebten toten Sohn bekannt werden könnte, seinen Augapfel, dann hätte er das verhindert. Erinnert ihr euch noch an den Bunker?«

Wir schwiegen alle, in Gedanken versunken.

In den Weihnachtsferien vor dem Abschluss hatte Jim uns alle in das Haus seiner Eltern in Water Mill eingeladen und wir waren geschockt über die extremen Sicherheitsmaßnahmen, mit denen seine Familie tagtäglich lebte.

Edgar Mason war schon immer paranoid gewesen. Jim hatte seinem Vater den Spitznamen Hoover gegeben, nach

Edgar J. Hoover, dem fanatischen Telefonabhörer und Gründer des FBI. Jahrelang hatte Edgar Mason eine private Sicherheitsfirma namens Torchlight Security engagiert, um seine Familie zu beschützen. Das bedeutete, dass Jim immer zwei bewaffnete ehemalige Navy SEALs im Gefolge gehabt hatte, sobald er das Haus verließ, und alle anderen Familienmitglieder ebenso.

Bei dem Weihnachtsbesuch zeigte sich dann, dass Edgars Besessenheit einen neuen Level erreicht hatte. Jeder Quadratzentimeter von jedem Haus, das die Masons überall auf der Welt hatten, wurde in HD überwacht, und zwar von einem Kontrollraum im Keller aus, dem sogenannten »Auge«. Außerdem war in Washington ein Team für Internetsicherheit rund um die Uhr damit beschäftigt, die Server der Familie zu überwachen.

Und dann gab es noch den Bunker.

»Für Invasionen, Terroranschläge und atomare Angriffe«, sagte Jim und zeigte auf den niedrigen schwarzen Kasten am Ende des Grundstücks, der wie ein Krokodil über den Hügel lugte. »Er hat Stromgeneratoren, eine eigene Wasserversorgung und eine abhörsichere Telefonleitung, mit der man innerhalb von drei Sekunden den Chef des Ministeriums für Innere Sicherheit anrufen kann. Wenn das Ende der Welt kommt, treffen wir uns hier.«

Das Lächeln verschwand aus seinem Gesicht, da ihm natürlich klar war, wie einsam das Dasein in so einem Ding sein würde. Mehr schien er dazu nicht sagen zu wollen. Schließlich hing der Sicherheitswahn seines Vaters direkt mit ihm zusammen. Edgar Mason war schon immer vorsichtig gewesen, aber erst Jims Bootsunfall im Sommer davor hatte seinen Spleen in dieses Extrem getrieben.

»Ich schlage vor, wir gehen mal hin«, sagte Cannon. »Fragen ein bisschen rum. Schauen, was die Polizei weiß.«

»Oder zu vergessen versucht«, sagte Whitley.

»Bee?« Martha sah mich fragend an.

Alle wandten sich zu mir und warteten auf meine Antwort.

Ich schwieg.

Wenn sie Einblick in Jims Polizeiakte bekamen, würden seine letzten Nachrichten ans Licht kommen. Ich würde einiges erklären müssen. Aber was war sonst noch in der Akte?

Die Entscheidung war eigentlich klar.

14

»Kann ich Ihnen helfen?«, fragte der Polizeibeamte. POLK stand auf seinem Namensschild.

»Wir würden gerne mit Detective Calhoun sprechen«, sagte Whitley liebenswürdig.

Calhoun war der leitende Ermittler bei Jims Tod gewesen. Er hatte die wenigen öffentlichen Erklärungen abgegeben. Wir hatten beschlossen, mit ihm anzufangen. Mit seinem grauen Bart und den kleinen, huschenden Augen, die nervös in die Kameras geblinzelt hatten, während sich auf seinem Hals eine hektische Röte ausbreitete, hatte man ihm deutlich angemerkt, dass er so schnell wie möglich aus dem Scheinwerferlicht eines so aufsehenerregenden Falles verschwinden und sich wieder alltäglichen Vergehen wie der Beschädigung von Parkbänken widmen wollte.

»Was wollen Sie denn von Calhoun?«, fragte ein anderer

Polizist, der dazukam. Laut seinem Namensschild hieß er McANDRESS.

»Wir möchten ihn nach einem Fall fragen, an dem er gearbeitet hat«, sagte Martha.

»Und welcher ist das?«

»Der Tod von Jim Mason«, antwortete ich.

»Der Fall ist abgeschlossen«, sagte ein dritter Polizist.

Nach zehn weiteren Minuten feindseliger Befragung – sie schienen Leute von auswärts nicht zu mögen – wurden wir endlich zu Calhouns Büro gebracht. Der Detective hockte hinter einem Schreibtisch, auf dem sich die Akten türmten. Er sah aus wie ein riesiger Ochsenfrosch in seinem Sumpf.

Ich weiß nicht, was ich erwartet hatte – vielleicht die klassische Filmszene, wo der ergraute Ermittler nach einem alten Fall befragt wird, der ihn immer noch verfolgt, und anfängt zu erzählen.

Doch Detective Calhoun war wie eine Betonwand.

»Der Fall Mason ist abgeschlossen. Selbstmord«, knurrte er.

»Wie sind Sie zu dem Urteil Selbstmord gekommen?«, fragte Martha mit gerunzelter Stirn. »Bei Selbstmördern gibt es doch in der Regel ein Ritual oder irgendwelche Vorbereitungen vor der Tat. Einen Abschiedsbrief. Die Brille, die abgenommen wird. Schuhe und Socken, die ausgezogen werden. Gab es bei Jim irgendetwas in der Art?«

Calhoun setzte ein Grinsen auf, das eher wie ein Zähnefletschen aussah.

»Der Fall ist abgeschlossen.«

....

Der Fall ist abgeschlossen.

Die Polizeiwache in Warwick, die direkt am Highway lag, war ein altmodischer bananengelber Bungalow mit weißen Fensterläden und einem Schild an der Pinnwand, auf dem stand: MIT KAFFEE IST DAS LEBEN SCHÖNER.

Kaum die richtige Umgebung für Verbrechensaufklärung, eher für den Verkauf selbst gebackener Muffins.

Da ahnten wir noch nicht, was auf uns zukam. Dass unsere Zeit bei der Polizei von Warwick die pure Hölle sein würde.

Anders konnte man es nicht nennen.

Wir versuchten es mit verschiedenen Taktiken: freundlich, herrisch, nervös, sexy (Wit, die sich in einem tief ausgeschnittenen Kleid auf den Schreibtisch setzte). Wir versuchten es mit Überrumpelung. Wir tauchten dreist bei Calhoun zu Hause auf, nachdem seine Frau zu Bett gegangen war und er mit Bier und Gummibärchen auf dem Sofa saß und *Better Call Saul* guckte. Doch ganz gleich, was wir sagten und wann, wo und wie wir es sagten, Calhoun weigerte sich, mit uns über Jims Fall zu reden.

»Da kann ich euch nicht helfen.«

»Verschwindet, ihr Hobbydetektive.«

»Wie könnt ihr es wagen, mich zu Hause zu belästigen!«

»Wenn ihr nicht auf der Stelle verschwindet, sorge ich dafür, dass ihr für den Rest eures Lebens in der nächsten Imbissbude Plastikburger wendet und wässrige Milchshakes in Pappbecher gießt, denn zu mehr werdet ihr nicht mehr in der Lage sein, wenn ich mit euch fertig bin. VERSTANDEN?«

Wir beschlossen, Calhoun abzuhaken und stattdessen Frederica, die Sekretärin, zu bestechen.

Wir warteten, bis sie in Sportklamotten aus der Wache kam, und sahen zu, wie sie nass wurde, als ein Windstoß ihren Schirm umklappte. Während sie den Schlüssel ihres Kia aus der Tasche fummelte, lief Canon zu ihr, bewaffnet mit einem Golfschirm und einem breiten Lächeln.

Vom Mercedes aus verfolgten wir, wie er seinen Spruch aufsagte: Zehntausend Dollar bar auf die Hand, wenn sie noch mal reinging und die Akte von Jim Mason mitgehen ließ. Frederica errötete, nickte und marschierte wieder in die Wache.

Cannon drehte sich grinsend zu uns um und hielt den Daumen hoch. Dann kam Frederica mit der gesamten Polizeibelegschaft wieder raus, die sich sofort auf Cannon stürzte.

»Auf die Knie! Polizei!«

Mit einem Aufschrei setzte Whitley zurück und jagte dann auf Cannon zu, der um sein Leben rannte und sich auf den Rücksitz warf. Wir schlitterten durchs Gras und über den Bordstein und eine rote Ampel auf eine sechsspurige Kreuzung. Reifen quietschten und um ein Haar wären wir mit einem Zementlaster zusammengestoßen.

»Fahr!«, schrie Cannon. *»Fahr!«*

....

Die nächsten Wachen verbrachten wir in der Schießanlage in Roscoe, um schießen zu lernen und unseren neuen Plan auszuarbeiten. Wir würden die Polizeiwache in Warwick überfallen. Wir bezahlten dem Besitzer eines heruntergekommenen Pfandleihhauses fünfzig Dollar für den Namen eines Typen, der Waffen unter der Hand verkaufte. Er nannte sich Big Bobby. Bei ihm erstanden wir zwei Ruger LC9 Striker und eine 45er von Heckler & Koch.

Der Überfall sollte abends um Viertel nach elf stattfinden, wenn alle außer Polk und McAndress nach Hause gegangen waren. Wir würden die beiden überraschen und in der Waffenkammer einsperren. Dann hatten wir die Wache für uns und konnten Jims Akte suchen.

Bei unserem ersten Versuch verpasste McAndress – der offenbar eine erfolgreiche Zweitkarriere in diversen Kampfkünsten verfolgte – Kip einen knackigen Aufwärtshaken ins Gesicht, rammte Wit den Ellbogen in die Rippen und trat Cannon dann mit einer schnellen Drehung in den Magen. Gleichzeitig warf Polk mich zu Boden und hielt mich mit seinem Fuß dort fest, während er Martha mit Klebeband an einen Stuhl fesselte.

»Die Typen in Warwick sind gar keine Polizisten«, sagte Kipling mit rückhaltloser Bewunderung bei der nächsten Wache. »Das sind Ausgeburten des Teufels.«

Das war kein Scherz.

Wie oft stürmten wir fünf um Mitternacht, um eins, um zwei, um drei Uhr nachts diese Wache? Waren es hundert Mal? Oder zehntausend?

Wie viele verschiedene Angriffsformationen probierten wir aus, nachdem wir im Internet das Ausbildungshandbuch für die U.S. Marines gefunden hatten?

In einfacher Reihe, in doppelter Reihe, in flexibler Reihe, durch den Vordereingang, durch den Hintereingang, durch die gesicherten Fenster, über die Feuerleiter, die Regenfallrohre, benachbarte Dächer. Wir luden uns *Verbrechen für Fortgeschrittene* aus dem Deepnet runter, ein handgetipptes, schlecht kopiertes Handbuch von einem anonymen Autor, in dem genau beschrieben wurde, wie man bei einem Raubüberfall Leute ausschaltet, die aggressiv, hysterisch oder von einem Superman-Wahn befallen sind. Wie viele gruselige Masken probierten wir aus (Clowns, Schweine, *Uhrwerk Orange*-Fratzen)? Wie viele Kugeln jagten wir in die Decke? Wie viele Drohungen und Warnungen brüllten wir?

Eigentlich hätte es ganz leicht sein müssen, eine einzige lächerliche Akte in unsere Finger zu kriegen.

Im Lauf der Wachen verwandelten wir uns von einer Handvoll desorganisierter Teenager, die *Mission: Impossible* spielten, in ein echtes Einsatzkommando. Wir lernten, lautlos vorzurücken und uns nur mit einem Blick zu verständigen.

Doch jedes Mal scheiterten wir.

Das lag nicht an Polk und McAndress, sondern an ihrem Joker, Officer Victoria Channing von der Verkehrssicherheit. Sie war stets im Frauenwaschraum und stürzte sich wie aus dem Nichts auf uns, mit einer geradezu psychotischen Lust am Töten.

»Ich mach euch fertig, ihr kleinen Scheißer!«, kreischte sie.

Sie jagte uns Angst ein, obwohl wir unsterblich waren.

Cannon und Whitley hatten gelernt, Polk und McAndress auszuschalten, aber Channing entkam ihnen jedes Mal. Sie konnte wie ein Geist über die vordere oder hintere Treppe und sogar durch eine Deckenklappe schleichen und schoss mit ihrer Glock ohne Vorwarnung in Cannons Brust.

Oder Kips Magen.

Oder Whitleys Stirn.

Als sie Martha in die Schläfe schoss – so locker, als würde sie den Hebel eines Kaugummiautomaten drehen –, blieb ich wie erstarrt stehen und sah auf meine Freunde hinunter, die alle auf dem Teppich der Polizeiwache lagen. Das Blut lief aus ihren Körpern wie Wasser aus einem Gartenschlauch.

»Hände hoch, oder du landest auch in der Hölle!«, schrie Officer Channing, die Waffe auf mich gerichtet.

....

»Der Tod fühlt sich an, als würde man in einer warmen Badewanne liegen«, sagte Martha bei der nächsten Wache.

Ich war immer die Einzige, die am Leben blieb. Das lag daran, dass ich von Natur aus keine Kämpferin war. Statt zu handeln, erstarrte ich. Deshalb hatte Cannon entschieden, dass meine Aufgabe darin bestand, Jims Akte zu finden.

Finde Jims Akte. Das war alles, was ich tun musste.

Die abgeschlossenen Todesfälle befanden sich im Keller, einem unheimlichen, heruntergekommenen Raum, in dem man sich vorkam wie in einem Aquarium: summende grüne Neonröhren, Schimmelgeruch und gurgelnde Heizungsrohre. Wo man hinsah, endlose Reihen von Metallregalen, vom Boden bis zur Decke, vollgepackt mit Pappkartons. Auf jedem Karton stand der Name des Opfers.

Appleton, Janice
Avery, Jennifer
Azella, Robert P.

Bei jedem Überfall rannte ich sofort zur hinteren Treppe und hinunter in den Keller, ganz gleich, was sich sonst abspielte. Ich stieß die Holztür mit der Aufschrift ARCHIV auf und lief mit quietschenden Sohlen zwischen den Regalreihen entlang, hektisch auf der Suche nach dem Buchstaben M. Doch jedes Mal erwischte Channing mich und ich verbrachte den Rest der Wache in einer Zelle, während sie ihren Kollegen die Geschichte auftischte, dass sie die anderen in Notwehr erschießen musste.

Doch während meine Freunde mit dem Chaos oben zu kämpfen hatten, erlebte ich dort unten in dem gurgelnden grünen Keller meine ganz eigene Prüfung, die nichts mit Officer Channing zu tun hatte.

Es fing an, als ich versehentlich gegen einen Karton aus einem der untersten Regale stieß.

Hendrews, Holly

Der Karton kippte um und eine Plastiktüte mit der Aufschrift *Beweismittel* segelte über den Boden. Darin lag ein blutverkrusteter Schal mit einem Muster aus Schneemännern und

Rentieren, aber was mich zusammenfahren ließ, war, dass die Tüte von schwarzem Schimmel überzogen war.

Und der Karton leckte.

Ich trat näher und beugte mich darüber. In den Ecken hatte sich eine dunkle Flüssigkeit gesammelt, als wäre eine der Beweismitteltüten ausgelaufen. Als ich mich wieder aufrichtete, sah ich überrascht, dass es nicht nur dieser Karton war. Bei mindestens vier oder fünf weiteren Kartons tropfte dieselbe schwärzliche Flüssigkeit heraus, wie Tinte.

Und dann die Regale.

Sie waren solide und aus Metall. Aber manchmal, wenn ich bei meiner panischen Suche nach MASON, JIM daran vorbeilief, genügte die leiseste Berührung meiner Schulter, und eines der schweren Regale kippte um, als wäre es aus Pappe. Es stieß mit einem ohrenbetäubenden Scheppern gegen das nächste Regal, das ebenfalls umfiel, und immer so weiter, wie bei einem riesigen Dominospiel, und Hunderte von Kartons krachten zu Boden. Ich konnte nichts anderes tun, als zur Seite zu springen, mich an die Wand zu drücken und zu beten, dass ich nicht getroffen wurde.

Wenn alles vorbei war, suchte ich in dem Durcheinander weiter nach Jims Karton, bis Channing mich, wie immer, *in flagranti* ertappte.

Den anderen erzählte ich nie, was passiert war. Es war mir zu unheimlich.

»Wie läufts denn im Keller?«, fragte Cannon mich. »Meinst du, du findest Jims Akte bald? Beim letzten Mal habe ich ziemlich viel Krach von unten gehört.«

»Da ist unglaublich viel durchzusehen«, antwortete ich. »Aber ich bin nah dran.«

Wie sich zeigte, bestand der Trick darin, so schnell wie möglich zwischen den Regalen durchzurennen und sie einfach hinter mir umfallen zu lassen, bis ich zur Reihe mit dem Buchstaben M kam, ganz hinten an der Rückwand. Gerade als ich den optimalen Weg durch das Labyrinth gefunden hatte, war ich zu schnell und lief versehentlich an der richtigen Reihe vorbei, sodass ich umkehren musste. Um das Regal beim Umdrehen nicht zu berühren, blieb ich keuchend stehen und bewegte mich ganz langsam. Normalerweise hörte man von oben immer Lärm und Schreie, aber diesmal war es still.

Zu still.

Machinsky, Tina D.
Mahmoodi, Wafaa
Malvo, Jed

Da entdeckte ich Jims Karton, ganz hinten auf dem obersten Regal. Ungläubig lief ich darauf zu, stellte mich auf die Zehenspitzen und versuchte, ihn runterzunehmen, ohne dass das ganze Regal umkippte.

Mason, Jim Livingston

»Hab ich dich, du kleine Ratte«, zischte eine Frauenstimme. »Hände hoch und umdrehen, aber schön langsam.«

Channing trat hinter einem Regal hervor und kam auf mich zu, die Glock direkt auf meinen Kopf gerichtet.

»Bitte nicht schießen.«

Ihr Gesicht war gerötet. Ihre Lippen zuckten. Dann drückte sie ab.

Das hatte sie noch nie getan.

Ein riesiges Streichholz entzündete den Docht meines Gehirns. Ich fiel rücklings zu Boden, wobei ich unwillkürlich die Arme zur Seite warf. Einer schlug gegen das Regal, das prompt umkippte.

»Was zum ...?«, rief Channing entgeistert.

Während ein Regal nach dem anderen umfiel, blinzelte ich in die Neonröhren, grüne Bänder, die in einem geheimnisvollen Morsecode flackerten. Der Schmerz war so stark, dass er in jeden Winkel ausstrahlte, dann löste er sich auf.

Zu sterben war nicht so verheerend, wie ich gedacht hatte. Denn obwohl ich der Niemalswelt angehörte, reagierten mein Körper und mein Verstand genauso wie im normalen Leben.

Da war kein helles Licht. Und auch kein Tunnel.

Stattdessen verspürte ich, während um mich herum die Regale zu Boden krachten, ein warmes Gefühl des Staunens, als würde in dem Moment, als mein Leben von der Erde losgerissen wurde wie ein Blatt von einem Zweig, alles Greifbare, Wirkliche, Dauerhafte – alles, was ich für die Wahrheit hielt – in sein Gegenteil umgekehrt.

Mein letztes Gefühl war nicht Bedauern oder Schmerz. Es war Freude.

Das war das Erschreckendste von allem.

Jetzt sehe ich Jim wieder. Das war alles, was ich dachte, bevor das Licht ausging.

Wenn ich tot bin, sehe ich Jim wieder.

....

»Heut ist mir gar nicht danach, 'ne Kugel in den Kopf zu kriegen«, verkündete Kipling fröhlich, als wir zu Beginn der nächsten Wache Wincroft betraten. »Wir wärs, wenn wir uns zur Abwechslung mal an Momma Greers Handbuch für ein gutes Leben halten?«

»Was meinst du damit?«, fragte Cannon.

»Du schaffst es nicht, deinen Todfeind zu erledigen?« Er zuckte die Achseln. »Dann schmeiß ihm 'ne Party.«

Und so kam es, dass wir nicht mit unseren üblichen Waffen in der Polizeiwache in Warwick aufkreuzten, sondern mit fünf identischen Clownskostümen vom Gobbledygook-Halloween-Kostümverleih.

»Kann ich Ihnen helfen?«, fragte Frederica am Empfang.

»Wir sind vom Big Apple Partyservice«, sagte ich lächelnd. »Wo soll die Überraschungsparty stattfinden?«

»Welche Überraschungsparty?«

»Zu Detective Art Calhouns Sechzigstem.«

Frederica sah verdutzt aus. Genau wie ihre Kollegen Polk, McAndress, Cunningham, Leech, Ives und Mapleton sowie Art Calhoun selbst, der mit misstrauischer Miene aus seinem Büro kam. Aber wir waren schnell. Der schnurlose Lautsprecher spielte bereits »Margaritaville«. Wit hatte drei Dutzend Cupcakes, Schüsseln mit Gummibärchen und Weihnachtsbaumschmuck in Form von Pistolen auf den Tresen gestellt. Cannon und Kip standen auf Klappstühlen und tackerten den bunten »Happy Birthday«-Schriftzug an die Decke, während Martha Bierflaschen in einen Kühlbehälter packte.

»Moment mal. Ich …« Calhoun verstummte, als sein Blick auf das Bier fiel.

»Was soll das denn werden?«, fragte Polk.

Ich blickte mit gerunzelter Stirn auf mein angebliches Auftragsformular, das in Wirklichkeit der Beleg von unseren geliehenen Kostümen war.

»Wir sind von Elizabeth Calhoun beauftragt«, erklärte ich.

»Lizzy hat das gemacht?«, fragte Calhoun ungläubig.

Liz Calhoun war seine Tochter, die in San Diego lebte. Sie hatte seit drei Jahren kein Wort mehr mit ihrem Vater gesprochen, somit war die Gefahr gering, dass sie an den Apparat ging, als er sie anrief, um sich für die Überraschungsparty zu bedanken, obwohl sein sechzigster Geburtstag erst in drei Wochen war.

Das bedeutete, ich hatte Zeit, Jims Akte zu holen.

»Geht doch nichts über Cupcakes«, sagte Officer Channing grinsend und nahm sich einen.

»Und jetzt, meine Freunde, geht der Spaß los!«, rief Kipling und verbeugte sich so tief, dass seine rote Clownsnase abfiel und unter einen Schreibtisch rollte. »Stellen Sie sich im Kreis auf und fassen Sie sich an den Händen. Nicht so schüchtern!«

Das war mein Stichwort.

Ich verdrückte mich zur Hintertreppe, lief die Stufen zum

Keller hinunter, stieß die Holztür auf und sprintete durch das Regallabyrinth.

Ich lief an der Wand entlang, an einem Aktenschrank und einem Kopierer vorbei, dann im Zickzack durch die Gs, Js und Ls, wobei ich sorgsam darauf achtete, kein Regal zu berühren – was mit der weiten Clownshose und den viel zu großen Schuhen nicht gerade einfach war.

Achte Reihe. Ganz hinten. Oberstes Regal. MASON, JIM LIVINGSTON.

Da war der Karton. Mit wild pochendem Herzen musste ich dreimal hochspringen, um ihn aus dem Regal zu bekommen, ohne dass das ganze Ding umkippte. Dann stellte ich ihn auf dem Boden ab.

»Hast du die Akte gefunden?«

Ich fuhr erschrocken herum. Martha kam auf mich zugelaufen.

Sie war noch nie hier unten aufgetaucht. Ihr wissender, fast ängstlicher Gesichtsausdruck deutete darauf hin, dass sie gekommen war, weil sie mir nicht traute, weil sie mich nicht mit dem Karton allein lassen wollte. Oder hatte sie gehofft, dass ich ihn gar nicht finden würde?

Ich riss das Klebeband ab und öffnete den Deckel.

Dann starrte ich fassungslos hinein. Ich brachte kein Wort heraus.

Nein. Nein. Das kann nicht sein.

»Soll das ein Witz sein?«, flüsterte Martha geschockt, als sie über meine Schulter blickte. »Nach dem ganzen Theater? Nachdem sie uns tausend Mal erschossen haben?«

Kopfschüttelnd zog sie einen anderen Karton aus dem Regal.

»Vielleicht ist Jims Akte falsch einsortiert worden«, murmelte sie.

Ich starrte immer noch in den Karton.

Er war leer.

Das Einzige, was darin lag, war ein Fünf-Dollar-Gutschein von Honey Love Fried Chicken.

Von oben klang Singen und Klatschen herunter. *»For he's a jolly good fellow …«*

Martha warf wie eine Wahnsinnige einen Karton nach dem anderen auf den Boden und riss die Deckel ab. Alle waren randvoll mit Unterlagen, Beweismitteltüten und schwarzer Tinte.

Die schwarze Flüssigkeit war wieder da und troff durch die Ecken.

»Wie soll hier irgendjemand was finden? Was für eine Sauerei. Da ist irgendwo ein Leck.«

Martha musterte die Tinte zwischen ihren Fingern und rümpfte die Nase. Dann sah sie mich mit wissender Miene an. Mir wurde eiskalt.

Wir suchten noch zehn Minuten lang in anderen Kartons, weil Martha meinte, die Akte müsse hier irgendwo sein.

Der einzige leere Karton war der von Jim.

Martha wusste etwas, so viel war klar. Aber ich hatte keine Ahnung, was.

15

»Dahinter stecken Edgar Mason und Torchlight Security«, sagte Cannon, als wir wieder in Wincroft waren, verteilt auf die Sofas in der Bibliothek. »Wer sonst könnte eine komplette Fallakte einfach so verschwinden lassen?«

»Sie haben alles vernichtet«, meinte auch Kipling. »Das erklärt auch, warum Calhoun und seine Leute so zickig reagiert haben, als wir die Akte sehen wollten. Die sind bezahlt worden.«

»Aber warum?«, fragte ich.

»Verstehst du denn nicht?«, sagte Cannon. »Da war irgendwas Belastendes über Jim drin.«

»Genau.« Wit nickte. »Seine Familie wollte nicht, dass das rauskommt. Also haben sie einen von ihren Security-Spezis in die Wache geschickt, und der hat die Akte mitgehen lassen.«

»Was bedeutet, dass die Masons wissen, was wirklich passiert ist«, sagte Kipling.

»Und«, fuhr Cannon fort, »wenn sie damit nicht rausgerückt sind, um den Schuldigen dranzukriegen, dann muss das, was sie entdeckt haben, gefährlich für die Familie sein.«

Nachdenkliches Schweigen breitete sich aus. Mein Blick kreuzte Marthas.

Sie wirkte skeptisch oder war mit ihren Gedanken woanders. Ich musste immer wieder daran denken, wie sie plötzlich im Keller aufgetaucht war und wie sie mich angesehen hatte, als sie die Tinte entdeckt hatte. Ich fragte mich, ob sie mich irgendwie verdächtigte, ob sie von Jims Nachrichten wusste, davon, dass er mich an dem Abend am Steinbruch treffen wollte.

»Bee«, sagte sie unvermittelt. »Du hast von uns allen doch am meisten Zeit mit den Masons verbracht. Haben sie dir gegenüber je erwähnt, was ihrer Meinung nach mit Jim passiert ist?«

Ich schüttelte den Kopf. »Wir haben überhaupt keinen Kontakt mehr.«

Zahllose Male hatte ich mich während des vergangenen Jahrs gefragt, wie die Masons Jims Tod verkraftet hatten. Ich erfuhr es nie. Ich war nicht mal bei Jims Beerdigung gewesen. Meine Eltern, die Angst hatten, ich würde den Verstand verlieren, hatten mich angefleht, nicht hinzugehen. Und während einige Schüler aus Darrow – darunter auch Whitley, Cannon und Kip – eine Sondererlaubnis bekommen hatten, mit dem Zug nach New York zu fahren, hatte ich beschlossen, zu Hause zu bleiben. Ich wusste, für die anderen würde meine Abwesenheit eine Erleichterung sein. Seine Eltern hatten ihre Sammlung moderner Kunst sehr viel mehr geschätzt als mich. Gloria, Jims Mutter, – eine Frau wie eine Champagnerflöte, sehr schlank und langgliedrig, mit weißblondem Haar und tiefer Stimme – hatte mich immer angesehen wie ein Fenster, das auf einen Lichtschacht hinausgeht. Jims Vater musste ich dreimal vorgestellt werden, bevor er sich daran erinnerte, wer ich war, und dann hatte er mich Barbara genannt.

»Ich schlage vor, wir statten den Masons einen Überraschungsbesuch ab«, sagte Whitley.

»Wahrscheinlich müssen wir sie foltern, um etwas aus ihnen rauszukriegen«, meinte Kipling. »Aber ich bin dabei.«

»Da gibts ein Problem«, wandte ich ein.

»Nämlich?«, fragte Martha.

»Die Wache.«

»Was ist damit?«

»Sie dauert nur elf Komma zwei Stunden. Das reicht nicht.«

»Wie kommst du denn darauf?« Kip runzelte die Stirn. »Wenn wir nach East Hampton fliegen, sind wir in nicht mal zwei Stunden beim Anwesen der Masons in Water Mills.«

»Sie sind aber nicht in Water Mills. Die Masons verbringen jeden Sommer auf Amorgos, einer Insel in der Ägäis. Der Flug dorthin dauert elf Stunden. Plus drei Stunden mit dem Boot. Und dann muss man noch einen Berg hoch, um zu dem Haus zu kommen.«

Da mich alle skeptisch ansahen, rief ich in der Wohnung

der Masons in der Fifth Avenue an. Die Haushälterin, die abnahm, bestätigte, dass die Familie verreist war.

»Sind sie in der Villa Anna Sophia auf Amorgos?«, fragte ich.

»Ganz recht. Möchten Sie eine Nachricht für Mr und Mrs Mason hinterlassen?«

Jim hatte das Haus seiner Eltern in Griechenland immer den »Milchshake« genannt, weil es von der Klippe über dem Meer herunterzutropfen schien. Sehr zum Missmut meiner Eltern hatte ich in den Ferien vor dem Beginn der elften Klasse mit Jim fünf Tage dort verbracht. Obwohl die Zeit wie in einem Wirbel aus sonnenüberfluteten weißen Stränden, Festessen unter dem Sternenhimmel, abendlichen Bootsausflügen und griechischer Volksmusik vorübergeflogen war und Jim unablässig an seinem Musical gearbeitet hatte, war diese Insel mit dem schwindelerregenden Sommerhaus der Masons einer der unwirklichsten und schönsten Orte, die ich je gesehen hatte.

»Wir könnten versuchen, mit ihnen zu skypen«, schlug Kipling vor. »Hi, wir sind Jims alte Freunde und wir rufen aus dem Fegefeuer an. Sie erzählen uns jetzt sofort alles über den Tod Ihres Sohns.«

»Tja, das wars dann wohl«, seufzte Whitley.

»Nicht ganz«, sagte Martha.

Ich sah sie an. Mir schwante nichts Gutes.

»Es wird Zeit, dass ihr die Wahrheit erfahrt.«

»Wovon redest du?«, fragte Whitley.

Martha räusperte sich.

»Die Niemalswelt ist komplexer, als ihr denkt. Ich meine, ist denn keinem von euch etwas Merkwürdiges aufgefallen?«

»Ach wo, ist doch alles völlig normal«, spöttelte Kipling.

»Was meinst du damit?«, fragte ich.

»Eigentümliche Erscheinungen. Magnetismus. Instabilität.«

Sofort dachte ich an den Schimmel, die Tapete, die sich von der Wand löste, die umfallenden Bäume und Regale, die explodierenden Schneekugeln, die schwarze Tinte, die aus allen Kartons leckte.

Martha schien zu wissen, was das war, was es bedeutete. Sie kramte in ihrer schweren Umhängetasche und holte ein kleines Notizbuch heraus.

Es war das, was sie in der ersten Zeit in der Niemalswelt bei ihren Spaziergängen ständig mit sich herumgetragen und in dem sie immer wieder etwas notiert hatte.

»›18.39 Uhr‹«, las sie vor. »›Seltsame Eule mit purpurroten Federn auf einem Ahorn gesichtet, Art unbekannt.‹« Sie blätterte um. »›Diverse Songs von The Cure aus den Achtzigern aus jedem vorbeifahrenden Auto und jedem Haus in der Umgebung zu hören.‹«

Martha klappte das Notizbuch zu und sah uns an.

»Wisst ihr noch, was der Wächter gesagt hat? ›Stellt euch vor, jemand packt den Verstand von euch fünfen in einen Mixer und stellt ihn auf die höchste Stufe. Der Smoothie, der dabei herauskommt, ist dieser Augenblick.‹«

»Und weiter?«, sagte Whitley nervös.

»Er bezog sich damit auf die Physik der Niemalswelt. Faszinierenderweise beruht sie zum Teil auf dem bahnbrechenden Meisterwerk von J. C. Gossamer Madwick. Und ich bin schuld daran.«

»Was faselst du denn da?«, fragte Cannon.

»Ich habe eine zweihundert Seiten lange Abhandlung über das Buch geschrieben. Ich habe sämtliche Sekundärliteratur darüber gelesen und jeden noch so obskuren Blog. Ich habe Professoren, Experten und Wissenschaftler befragt. Ich war sogar bei Madwicks Tochter auf Bello Costa Island in den Florida Keys und bin durch eine abgelegene Bucht, in der es nur so von Alligatoren wimmelte, zu ihrer winzigen, halb verfallenen Strandhütte gerudert. Sie hat mir erlaubt, Madwicks Notizbücher zu studieren, die noch nie jemand außerhalb der Familie zu Gesicht bekommen hat, nicht mal die Leute in Harvard, die sie schon lange unter Druck setzen, ihnen die Notizbücher fürs Archiv zu überlassen. Ich habe alle elf Bände gelesen und sie aus dem Lurroskript übersetzt, der Sprache, die Madwick erfunden hat.«

Sie hielt in ihrem verrückten Vortrag inne, um Luft zu holen.

Ich begriff, dass sie über *Das dunkle Haus* sprach, den Fantasyroman, von dem sie besessen war und von dem außer ihr und ein paar abgedrehten Fans aus dem Internet noch nie jemand gehört hatte.

»Weil ich mich so eingehend mit dem Buch befasst habe, beeinflusst es unsere Wirklichkeit. Es ist quasi ein Teil von mir. Und jetzt ist es ein Teil der Niemalswelt.«

»Aber was heißt das denn nun, Kleine?« Kiplings Stimme

klang ein wenig schrill. »Schweben wir demnächst raus ins All? Werden wir Androiden?«

Martha legte den Kopf schräg und grinste. Ihre Brillengläster funkelten im Licht.

Mir wurde mulmig. Egal, was sie uns gleich sagen würde – ich konnte ihr nicht trauen.

Und ich ahnte, dass sich in dieser Welt, in der sich doch eigentlich alles wiederholte, alles, was wir wussten, ändern würde.

16

»Nun, das heißt zum Beispiel«, sagte Martha aufgeregt, »dass wir nicht unbedingt hier in Wincroft aufwachen müssen. Wir können überall in der Vergangenheit, Gegenwart oder Zukunft aufwachen.«

»Und wie stellen wir das an?«, fragte Cannon.

»Wir klettern aus dem offenen Fenster.«

Wir starrten sie nur verständnislos an.

Sie seufzte. »Okay. Schon gut. Fangen wir vorne an.«

Ungeduldig holte sie Luft.

»Lektion eins. J. C. Gossamer Madwick war ein Science-Fiction-Autor. Er hat nur ein Buch geschrieben, mit dem Titel *Das dunkle Haus an der Anderswokurve*. Oder einfach nur *Das dunkle Haus*. Es ist eine unglaubliche Abenteuergeschichte in einer anderen Welt, vollkommen anders als alles, was ihr je gelesen habt. Das Buch wurde lange nicht veröffentlicht, nur immer wieder fotokopiert, mithilfe eines Lochers und langer Plastikschnüre gebunden und von Hand zu Hand weitergegeben, meist von Leuten auf Reisen. Die Regel lautete: Wenn du das Buch zu Ende gelesen hast, unterschreibst du auf der Widmungsseite und legst es für den nächsten Glücklichen auf eine Parkbank, ein Jugendherbergsbett, einen Flugzeugsitz oder in ein Zugabteil. Eine Ewigkeit lang gab es nur ein paar Exemplare in alten Antiquariaten oder bei eBay, einige davon mit über hunderttausend Unterschriften. Die mit den berühmten Namen wie Marilyn Monroe oder Leonard Bernstein gingen für vier- oder fünftausend über den Tisch. Mittlerweile ist das Buch ein offizieller Kultklassiker, der regelmäßig nachgedruckt wird, und sogar Leute wie EZS Burt haben ein Exemplar.«

Zu meiner Überraschung lief Martha zu einem der Regale und zog einen wuchtigen, in Silber gebundenen Klotz heraus. Dann kam sie zurück und gab ihn mir. Auf dem Cover war eine Collage aus Vogelkäfigen, Dampflokomotiven, Männern mit Zylindern und Frauen mit Schmuckmasken wie im viktorianischen England.

Das dunkle Haus an der Anderswokurve
von J. C. Gossamer Madwick
Die legendäre Kultsaga von zukünftigen
Vergangenheiten, gegenwärtigen Geheimnissen und
einer unsterblichen Liebe am Ende der Welt

Ich drehte das Buch um und betrachtete das Autorenfoto auf der Umschlaginnenseite.

Es war körnig und schwarz-weiß. Madwick war ein Mann in einem zerknitterten Anzug, dem kaum jemand einen zweiten Blick schenken würde: ein Gesicht wie ein Basset, bizarre Ohren und hochgezogene Schultern, als würde er lieber unauffällig aus einem Raum verschwinden als ihn betreten.

Jeremiah Chester Gossamer Madwick (2. Dezember 1891–18. März 1944) war ein amerikanischer Schriftsteller aus Key West, Florida. Sein einziges Werk, der posthum veröffentlichte Roman Das dunkle Haus an der Anderswokurve, *wurde 1968 mit dem Gilmer-Hecht-Preis für Fantasy ausgezeichnet. Siebenunddreißig Jahre lang arbeitete Madwick tagsüber als Busfahrer für die Verkehrsgesellschaft in Key West und brachte Passagiere nach Stock Island und zurück, und nachts schrieb er sein Meisterwerk von 1397 Seiten mit der Hand auf Hotelnotizblöcke. Im Alter von dreiundfünfzig Jahren fand man ihn tot im Eingang zum Hasty Retreat Saloon, mit einer Mundharmonika, einer Tabakdose und dem letzten Absatz seines Romans in der Tasche.*

»Madwick starb mittellos und unbekannt«, sagte Martha. »Heute gilt er als einer der größten Fantasy-Autoren aller Zeiten. In Harvard gibt es ein ganzes Seminar über ihn: *Landstreicher, Fremde und Vagabunden – die Literatur von Madwick.* Dank seiner Theorie der Zeit hat er sogar eine Fangemeinde unter den Physikern.«

Sie hielt kurz inne, um etwas in ihr Notizbuch zu kritzeln. Es war eine Skizze von einem Zug.

»Womit wir bei Lektion zwei wären«, fuhr sie fort. »Zeitreise. Madwick betrachtete die Zeit nicht als Linie oder Pfeil und auch nicht als Gewebe wie Einstein. Für ihn war sie wie eine Lokomotive. Wer in *Das dunkle Haus* durch die Zeit reisen will, klettert aus dem Fenster und aufs Dach des fahrenden Zugs, wie ein Bandit in einem alten Western. Dann geht er vorsichtig zur *Spitze* des Zugs, sprich: in die Zukunft, oder zum *Ende* des Zugs, also in die Vergangenheit. Dabei ist es sehr wichtig, nicht zu schnell zu gehen, sonst kommt es zu Instabilitäten. Dann springt der Zug aus dem Gleis, kracht irgendwo gegen oder trennt sich in der Mitte, oder er biegt plötzlich auf ein falsches Gleis ab und fährt in die entgegengesetzte Richtung.«

Bei dieser Vorstellung erschauerte sie, offenbar vor Entsetzen. Dann holte sie tief Luft und fuhr fort.

»Wenn eine solche Katastrophe eintritt, ist der Zeitreisende verloren, denn es wird ihm nicht gelingen, den Zug wieder auf das ursprüngliche Gleis zu manövrieren, schon gar nicht an denselben Punkt, und er wird auch nicht wieder in das Abteil zurückklettern können, in dem er gestartet ist. Obwohl man theoretisch den Rest seines Lebens in der Vergangenheit oder Zukunft verbringen kann, gehört man in den Wagen, in dem man geboren wurde, also seine eigentliche Gegenwart. *Immer*. Dort ist die Reise am ruhigsten. Die Dinge laufen so, wie man möchte, und die Liebe ist dauerhaft. Aber ein Leben, das in irgendeiner anderen Zeit gelebt wird, ist rastlos, mühsam und steht unter einem schlechten Stern. Man kann in die Vergangenheit und die Zukunft reisen, aber man kann nicht dort bleiben. Jedenfalls nicht, wenn man eine Chance haben will, glücklich zu sein.«

»Was hat das mit der Niemalswelt zu tun?«, fragte Cannon beklommen.

»Nun, wenn wir Jims Eltern befragen wollen, müssen wir nur einen Tag in der nahen Vergangenheit oder Zukunft wählen, an dem wir sie in den elf Komma zwei Stunden der Wache erreichen können. Dann suchen wir das offene Fenster in unserem Zug und klettern hinaus. Und dieses offene Fenster« – sie knabberte an ihrem Fingernagel – »ist irgendwo hier. Ich weiß noch nicht, wo, aber es ist an einem Punkt, wo Leben und Tod zusammentreffen. In *Das dunkle Haus* entdeckt der Protagonist es durch Zufall im ersten Kapitel, als er versucht, Selbstmord zu begehen. Von uns hat das außer Kip am Anfang noch keiner versucht, oder?«

Ich schüttelte den Kopf. Whitley und Cannon ebenfalls.

»Dennoch, bei ihm hat es ja nicht geklappt«, sagte Martha mit einem Seufzer. »Vielleicht müssen bestimmte Bedingungen erfüllt sein, damit man das Fenster findet. Womit wir bei Lektion drei wären.«

Sie räusperte sich. »Die Niemalswelt ist nicht nur von mir erschaffen worden, sondern von uns allen. Mein größter Beitrag ist Madwicks Roman. Aber was ist mit euch? Je genauer ihr die Niemalswelt studiert, desto mehr von euch selbst werdet ihr finden. Eure dunkelsten Geheimnisse. Eure schlimmsten Albträume. Eure Ängste und Hoffnungen. Die peinlichen

Momente, von denen nie jemand etwas erfahren soll. Das ist alles irgendwo hier vorhanden, wenn ihr genau hinschaut.«

Mir lief ein kalter Schauer über den Rücken.

In der Art, wie sie das sagte, lag etwas Bedrohliches. Die anderen sahen auch beklommen aus. Whitley saß reglos auf dem Sofa. Kipling war blass. Cannon starrte zu Boden.

Martha warf einen Blick in ihr Notizbuch und lächelte. »Kipling. Was ich dich fragen wollte.« Sie hielt das aufgeklappte Notizbuch hoch; auf der Seite war die Zeichnung eines roten Falters. »Der scharlachrote Bärenspinner. Endemisch in Louisiana. Ich habe drei davon in Wincroft gesehen. Zwei kamen aus der Abstellkammer oben, der dritte aus einer Heizung. So weit im Norden kommen sie normalerweise nicht vor. Sagt dir das irgendwas?«

»Woher weißt du …?«, entfuhr es Kipling. Dann lachte er nervös. »Momma Greer hat sie immer mit Weckgläsern gefangen und sie überall im Haus verteilt. Rostteufel hat sie sie genannt. Sie hat gesagt, ihr Biss wäre tödlich und sie würde sie im Schlaf auf mich setzen, wenn ich in der Kirche nicht stillsitze.«

Martha wirkte nicht überrascht, sie nickte nur und blätterte weiter.

»Cannon, du hast doch sicher die ganzen japanischen Lärchen bemerkt, oder?«

Nervös blickte er auf. »Die … was?«

»Die japanischen Lärchen und die Hängebirken, die hier auf dem Grundstück stehen. Wenn du genauer hinschaust, siehst du, dass sie abgestorben sind. Lauter hohe, dürre schwarze Stämme, die aus dem Boden ragen. Diese Bäume gehören nicht nach Rhode Island. Sie stammen aus Japan, aus den Regionen Chubu und Kanto. Wenn du unter einem davon ungefähr eine Spatentiefe weit gräbst, sammelt sich dort milchig blaues Wasser.« Sie lächelte. »Du ahnst, worauf ich hinauswill?«

Cannon starrte sie nur an.

»›Blue Pond‹? Cannon's Birdcage? Der Bug, den du in der Zehnten in Apples Betriebssystem OS X entdeckt hast? Die zufällige Tastenkombination, die dazu führt, dass sich die Festplatte aufhängt und auf dem Bildschirm das Hintergrundbild ›Blue Pond‹ erscheint? Das Foto zeigt ein geradezu surreales Bild von einem leuchtend blauen See, aus dem tote, schneebedeckte Bäume aufragen.«

»Okay«, sagte er verwirrt. »Was ist damit?«

»Das Bild ist in die Landschaft der Niemalswelt eingebettet. Überall.«

Cannon stand wortlos auf, trat ans Fenster und starrte hinaus.

»Und Whitley«, fuhr Martha fort. »Deinetwegen spielt das Wetter in der Niemalswelt so verrückt.«

»*Was?*«, rief Wit.

»Orkanartige Böen. Unablässiger Regen, Blitz und Donner. Das sind deine Launen.«

Whitley funkelte sie wütend an.

»In der Nacht, als wir nach Darrow gefahren sind und die Polizei uns verfolgt hat, habe ich gesehen, wie der Wind sämtliche Autos auf dem Parkplatz umgewirbelt hat. Das kam von deinem Geständnis, dass du das Weiße Kaninchen bist.«

Whitley protestierte mit einem Schnauben, aber ihr Blick wanderte unruhig zum Fenster.

»Solche Dinge lassen sich für jeden von uns finden«, fuhr Martha fort. »Je näher wir der Wahrheit kommen, dem Ursprung dessen, was wir sind, desto instabiler wird diese Welt. Und das bringt mich zu Beatrice.«

Sie wandte sich mit undurchdringlicher Miene zu mir. Alle sahen mich an und mein Herz begann wild zu pochen.

»Dein Anteil ist auch hier. Irgendwo. Aber ich habe noch nicht herausgefunden, was es ist.«

Ich schluckte. Was hatte Martha vor? Wollte sie mich einschüchtern? Mir Angst einjagen? Wenn ja, dann war es ihr gelungen.

Sie seufzte. »Eins weiß ich aber mit Sicherheit: Wenn wir versuchen, die Zeit der Wache zu verändern, müssen wir zusammenhalten.«

»Und warum?«, fragte Cannon.

»Wir wissen nicht, wie wir reagieren werden. Die Vergangenheit packt dich wie eine Droge. Die Zukunft durchfährt dich wie ein elektrischer Schlag. Erinnerungen erneut zu erleben kann quälend sein, das gilt nicht nur für schlimme, sondern vor allem auch für schöne. Sie machen süchtig. Die Zeitreisen in *Das dunkle Haus* sind sehr gefährlich und in der Niemalswelt gibt es Elemente, die wir nicht einschätzen können – nämlich das, was jeder von euch dazu beiträgt. Wir wissen nicht, was passiert, wenn wir es versuchen.« Ihre

Stimme bebte mit einem Mal vor Emotionen, wie bei einem fundamental-christlichen Prediger im Radio, der seiner gebannt lauschenden Gemeinde das Ende der Welt verkündet. »Es kann total schiefgehen. Es kann sein, dass wir in unterschiedlichen Abteilen von unterschiedlichen Zügen landen, die in unterschiedliche Richtungen fahren. Das würde bedeuten, dass wir nie wieder hierher zurückfinden. Nach Wincroft. Gemeinsam. Um abzustimmen. Dann hängen wir für immer fest.«

Wir wechselten alarmierte Blicke. Niemand sagte etwas.

Ich sah hinunter auf den dicken Wälzer, der auf meinem Schoß lag. Ich konnte kaum atmen.

Was hatte sie vor? Wollte Martha uns wirklich helfen? Oder waren diese neuen Enthüllungen nur sorgfältig ausgeklügelte Züge auf ihrem Schachbrett, eine raffinierte Falle, in die wir tapsen würden und die dazu führte, dass wir alle für sie stimmten?

Eins war mir jedoch klar – zumindest hatte ich die starke Vermutung –, nämlich dass sie sehr wohl wusste, was mein Beitrag zur Niemalswelt war. Das verrieten mir die Art, wie sie mich ansah, und ihre wenig glaubwürdige Behauptung, sie hätte es noch nicht herausgefunden.

Martha fand immer alles heraus. Aber aus irgendeinem Grund hatte sie beschlossen, diese Information für sich zu behalten.

Vorerst.

17

Während der nächsten paar Wachen blieben wir in der Bibliothek von Wincroft und studierten *Das dunkle Haus an der Anderswokurve.* Wir wollten verstehen, was Martha uns erzählt hatte.

Wir luden das Audiobook herunter und hörten uns, unter Mohairdecken gekuschelt und mit reichlich Tee, die gesamten 1397 Seiten an, vorgelesen von einem jungen britischen Schauspieler der Royal Shakespeare Company mit einem Opernbariton, der die geradezu schizophrene Fähigkeit besaß, wie lauter völlig verschiedene Menschen zu klingen, Männer und Frauen, jung und alt, arm und aristokratisch. Es war eine der fesselndsten Geschichten, die ich je gehört hatte, ein unglaublich spannendes Abenteuer mit lauter faszinierenden und erschreckenden Wendungen, die jedes Mal völlig überraschend kamen.

Die Geschichte spielte in einer fernen Zukunft. Der Protagonist, Jonathan Elster, war ein schusseliger Professor für Philosophie an der Universität für Ausgestoßene in Alteerde. Er unterrichtete ein beliebtes Seminar, »Einführung ins Unbekannte«, in dem es unter anderem um die Praxis der Zeitreise ging. Seit Jahren schwärmte Elster aus der Ferne für eine geheimnisvolle Frau namens Anastasia Bent, die an der Fakultät für Geschichte unterrichtete. Als sie zufällig auf ein Komplott stieß, das die Geschichte des Universums vertuschen wollte, und verschwand – ein Fischer, der sie oben an den Klippen gesehen hatte, vermutete Selbstmord, obwohl ihr Leichnam nie gefunden wurde –, machte sich Jonathan auf eine gefahrvolle Reise durch Raum und Zeit, um sie zu finden.

Wir alle waren still und in uns gekehrt, während wir der Geschichte lauschten. Die Aktion in der Polizeiwache von Warwick hatte uns wieder zusammengebracht; hatte die abgesperrten Räume in der prächtigen, weiträumigen Villa, die unsere Freundschaft einst gewesen war, geöffnet, die Schutzbezüge von den Möbeln gezogen und das Licht eingeschaltet. Nun schien es so, als hätten Marthas Eröffnungen uns erneut zu Einzelgängern gemacht, die gewundene Treppen erklommen und sich in ihren Zimmern verschanzten, für die anderen nur durch ein gelegentliches Knarzen der Dielen wahrnehmbar.

Ich weiß nicht, was die anderen umtrieb. Sie erzählten mir nichts, und einander offenbar auch nicht.

Meine eigene Unruhe hing mit Martha zusammen. Seit

sie diese Bomben gezündet hatte – J. C. Gossamer Madwick und der Zusammenhang zwischen den Phänomenen der Niemalswelt und jedem Einzelnen von uns –, verfolgte ich jeden Blick und jede Bemerkung von ihr noch aufmerksamer als zuvor. Erschrocken merkte ich, dass sie unsere Gruppe ganz unauffällig unter ihre Kontrolle gebracht hatte, seit ich sie an der Brown University mit Professor Beloroda gesehen hatte. All die Jahre davor war sie eine Randfigur gewesen, eine Freundin von Jim, die bei allem so mitlief und eher dadurch auffiel, dass sie Werbespots der Tierrechtsorganisation PETA zynisch als Propaganda abtat oder am Ende einer Romantikkomödie, wenn die beiden Hauptfiguren sich endlich fanden, spöttisch bemerkte: »Wieder so ein Horrorfilm mit lauter Leichen.« Martha hatte uns immer dazu gebracht, die Augen zu verdrehen und zu lachen. Jetzt war sie bizarrerweise auf einmal diejenige, von der die anderen sich Aufklärung, Trost und Anleitung erhofften. Ein paarmal hatte ich versucht, mit Kip, Whitley und Cannon zu reden, ihnen zu sagen, dass ich Martha und dieser neuen Richtung, in die sie uns drängte, nicht traute, aber sie verstanden mein Unbehagen nicht.

»Was meinst du damit, sie führt irgendwas im Schilde?«, fragte Kipling mich und runzelte die Stirn.

»Ich weiß es nicht. Es ist nur so ein Gefühl.«

»Aber das ist doch unsere gute alte Martha. Rain Man. Sie ist nicht hinterhältig. Dazu ist sie viel zu ehrlich und zu harmlos.«

»Das sehe ich anders.«

»Ach, komm schon.«

»Ich meine es ernst. Sie weiß mehr, als sie zugibt.«

»Ist das denn so wichtig?«, fragte Kipling. »Was sollen wir denn sonst tun, Bee? Ich weiß ja nicht, wie es dir geht, aber ich bin heilfroh, wenn sich etwas ändert. Egal was. Selbst wenn es bedeutet, dass …«

»Dass was?«

Er zuckte mit trübsinniger Miene die Achseln, und es war klar, wie der unbeendete Satz weiterging.

Selbst wenn es bedeutet, dass wir nie wieder hier rauskommen.

……

Unsere Abende verbrachten wir mit hitzigen Diskussionen darüber, wie wir den Zeitraum der Wache verlegen und zu den Masons gelangen könnten.

In *Das dunkle Haus* entdeckt Jonathan Elster den Einstieg in die Zeitreise zufällig, als er sich auf die Suche nach der verschwundenen Anastasia Bent macht, die angeblich Selbstmord begangen hat, indem sie von der Klippe gesprungen ist. Als Jonathan es ihr gleichtut und genau an derselben Stelle von der Klippe springt, landet er nicht auf den meerumtosten Felsen, sondern in der Londoner Themse im Jahr 2122.

»Das Zugfenster für die Zeitreise öffnet sich immer am Rand des Todes, an einer Stelle, wo bereits jemand gestorben ist«, sagte Martha. »Deshalb finden es nur so wenige Leute. Man muss überzeugt sein, in den Tod zu gehen, um dorthin zu kommen, und es muss die richtige Stelle sein. Doch wie sollen wir das hier in der Niemalswelt anstellen? Ich weiß, ich habe euch das schon gefragt, aber von euch hat es außer Kip noch niemand versucht, oder?«

Wieder schüttelten alle den Kopf.

Diese Reaktion schien Martha zu überraschen, aber sie sagte nichts weiter, sondern knabberte nur nachdenklich an ihrem Daumennagel.

Ein weiterer entscheidender Punkt war, dass wir, um alle zur gleichen Zeit am gleichen Ort zu landen – also im gleichen Zugabteil in der Vergangenheit oder Zukunft –, an der Schwelle zum Tod an genau diesen Ort und nichts anderes denken mussten.

»Unser Ziel ist die Villa Anna Sophia auf der Insel Amorgos, einen Tag in der Vergangenheit«, verkündete Martha. »Also gestern. Der 29. August. Dort beginnen wir.«

»Warum in der Vergangenheit und nicht in der Zukunft?«, fragte Cannon.

»Weil du nie weißt, was morgen kommt. Die Zukunft könnte eine Naturkatastrophe, ein Terrorattentat oder eine Invasion von Außerirdischen bringen. Die Vergangenheit ist bereits geschehen, da wissen wir also, was uns erwartet.«

»Aber wenn wir schon in die Vergangenheit reisen«, fragte ich, »warum gehen wir dann nicht einfach direkt zum Steinbruch, in der Nacht, als Jim gestorben ist? Dann wissen wir alles.«

»Sie hat recht«, sagte Cannon.

»Nein.« Martha schüttelte den Kopf. »Auf keinen Fall. Dafür sind wir noch nicht bereit. In *Das dunkle Haus* wird der Zug mit jedem Zeitsprung kürzer. Das bedeutet, unsere Wache wird ebenfalls kürzer. Das löst zu viel Instabilität aus. Es kann sein, dass wir dann nicht mehr genug Zeit haben, um gemeinsam abzustimmen. Wir müssen langsam anfangen.«

Ich glaubte ihr kein Wort – sie hatte es zu eilig, meinen Vorschlag abzuwimmeln –, aber die anderen schienen ihre Antwort zu akzeptieren. Also beschloss ich, sie nicht herauszufordern. Noch nicht.

Außer mir war keiner je auf Amorgos gewesen, ich hatte Jim in dem Sommer ja alleine besucht. Damit die anderen sich Ort und Zeit möglichst gut vorstellen konnten, zeigte ich ihnen Fotos von der Reise, die ich auf meinem Handy hatte, und erzählte ihnen, woran ich mich noch erinnerte: die gleißende Helligkeit der Insel; die offenen Jeeps, mit denen die Masons über die Insel fuhren und die unbefestigten Straßen hinunterjagten wie eine Besatzungsarmee; Edgar Mason, der sich stundenlang in seinem raumschiffartigen Büro einschloss und dann unvermittelt herauskam wie Zeus, der den Olymp verließ (sofern Zeus braun wie Whiskey war, eine Igelfrisur hatte und jeden Morgen um vier aufstand, um Ashtanga-Yoga zu praktizieren und dabei in sein Headset zu murmeln); Jims jüngere Geschwister und ihre jeweiligen Freunde, die wie eine Antilopenherde die Treppen rauf- und runterrannten. Jim hatte zwei jüngere Schwestern, Zwillinge, Gloriana und Florence, und zwei Adoptivbrüder aus Uganda, Cal und Niles. Zu meiner großen Überraschung lebte ein Hauslehrer bei ihnen, der sie auf Suaheli unterrichtete (»Ein Kulturattaché«, wie Jim sagte). Jim und ich hatten unsere Zeit überwiegend allein verbracht, uns gegenseitig aus Biografien über John Lennon vorgelesen, gebadet und in einem blauen Ruderboot namens *Little Bird* die Küste erkundet. Wir schnorchelten und aßen gegrillten Fisch mit Zitronensaft, der mir in die Augen spritzte und brannte. Wir fütterten die herrenlosen Hunde, die abends wie Banden durch die Straßen patrouillierten, mit Brot und saßen satt und angeschickert mit Jims Familie bis in die frühen Morgenstunden an den improvisierten Tischen und schauten an den gelben Lampions vorbei in den samtigen Nachthimmel.

Jim hatte mich eingeladen, den ganzen Sommer mit ihnen zu verbringen, aber meine Eltern hatten sich nur auf fünf Tage eingelassen – und selbst dazu waren diplomatische Überredungskünste nötig gewesen. Die fünf Tage vergingen wie im Flug, in einen blendenden, nahezu unwirklichen Glanz getaucht, der mich zugleich fasziniert und eingeschüchtert hatte. Jims Welt war so bunt und so fremd. Doch so plötzlich, wie ich hineingeraten war, wurde ich auch wieder hinausgeworfen, und dann hockte ich wieder im verschlafenen Watch Hill und half meinen Eltern im Café. Ich war unkonzentriert und missmutig, ließ die Milchshakes zu lange im Mixer und bereitete Sandwiches mit Eiersalat zu, obwohl die Gäste Truthahn und Käse bestellt hatten. Ich sehnte mich zurück nach Amorgos wie Wendy nach dem Nimmerland und Peter Pan. Den Rest des Sommers brachte ich damit zu, im Kopf die sieben Stunden Zeitverschiebung auszurechnen und mir vorzustellen, was Jim wohl gerade tat, und wenn er anrief, stürmte ich durchs Haus wie ein eingesperrter Löwe, dem man gerade einen Fleischbatzen zugeworfen hatte.

Auf Marthas Anweisung beschrieb ich, so gut ich konnte, einen einzigen Raum in der Villa – das große Wohnzimmer mit seinen hauchzarten, durchscheinenden Vorhängen, den weiß lasierten Möbeln und dem flirrenden Blick auf die Ägäis. So hatten die anderen das Gefühl, sie wären auch dort gewesen, und konnten sich den Ort im Moment an der Schwelle zum Tod vorstellen – wie immer der aussehen mochte.

....

Wenn wir fünf nicht in der Bibliothek hockten und über *Das dunkle Haus* diskutierten, schnappte ich mir einen Schirm und drehte draußen im strömenden Regen allein meine Runden.

Im Gehen hörte ich immer wieder Marthas Stimme, ihre beunruhigende Bemerkung *Dein Anteil ist auch hier. Irgendwo.*

Während eines solchen einsamen Spaziergangs bemerkte ich, als ich die steilen Stufen zum Anleger hinunterging, dass die Bäume sich ungewöhnlich stark bewegten. Das Meer war aufgewühlt, das tintige Wasser mit Schaumkronen gesprenkelt. Die Segelboote, die draußen in der Bucht vor Anker lagen, tanzten auf den Wellen und schlugen gegeneinander. Taue hatten sich gelöst und peitschten wie Schlangen durch die Luft. Irgendwo in der Ferne stieß eine Boje ihren Warnruf aus, klagend und unheilvoll.

Plötzlich hörte ich eine Frau schreien.

Der Wind war so laut, dass ich zunächst dachte, ich hätte es mir eingebildet.

Doch dann hörte ich wieder Geschrei, diesmal von einem Mann.

Zwei Leute stritten miteinander. Da die Stimmen von hinter mir zu kommen schienen, klappte ich meinen Schirm zu und versteckte mich in dem schmalen Hohlraum zwischen dem Ufer und den Holzstufen, die zum Anleger führten.

Kurz darauf hörte ich die Stimmen erneut. Doch nun merkte ich, dass sie gar nicht von Wincroft kamen, sondern von einem Segelboot, das unweit vom Anleger des Nachbargrundstücks ankerte. Auf dem Deck liefen dunkle Gestalten herum.

Das Boot hieß *Andiamo*.

Ich erinnerte mich, dass Whitley mal erwähnt hatte, das Boot gehöre ihrem Stiefvater. Vorne am Bug schien ein kleines goldenes Licht.

Dann wieder ein Schrei.

Ich wartete. Ein paar Minuten später hörte ich das Tuckern eines Motors. Ein Skiff näherte sich dem Anleger. Ich spähte zwischen den Stufen hindurch. Whitley saß darin. Allein. Sie machte das kleine Boot hastig fest, kletterte auf den Anleger und lief die Stufen hinauf. Ich sah kurz ihr Gesicht, als sie an mir vorbeirannte. Sie sah wütend aus.

Ich wartete noch eine Weile, doch es war nichts mehr zu hören und so kehrte ich zum Haus zurück. Ich klopfte kurz an die Tür der Bibliothek, und als ich hineinging, sah ich

Whitley klatschnass neben Martha auf dem Sofa sitzen. Beide zuckten erschrocken zusammen, als ich hereinkam, wie zwei Teenager, die heimlich im Wohnzimmer einen Joint rauchten und von ihren Eltern erwischt wurden.

»Was ist denn los?«, fragte ich.

»Nichts«, sagte Whitley.

Martha lächelte. »Könntest du uns einen Moment allein lassen, Bee?«

Ich starrte Whitley an. Bisher hatte sie sich immer mir anvertraut, niemals Martha. War unsere Freundschaft durch diese Zeit in der Niemalswelt nicht wieder aufgelebt? Waren wir nicht wieder Freundinnen? Doch sie starrte nur bockig zurück.

Mit einem unguten Gefühl im Magen machte ich kehrt und schloss die Tür hinter mir.

Sofort hörte ich, wie Whitley zu sprechen begann, aber so leise, dass ich nichts verstehen konnte.

Was zum Teufel war hier los?

Ich ging nach oben und schaute in die Zimmer von Cannon und Kipling, doch die beiden waren nicht da. Die Vermutung lag nahe, dass sie ebenfalls an Bord des Segelbootes gewesen waren. Hatten sie hinter meinem Rücken ein Treffen abgehalten? Wenn ja, warum? Was hatten sie vor? Ich schnappte mir den Schirm und lief wieder hinunter zum Anleger.

An Bord des Segelbootes rührte sich nichts und es waren auch keine Stimmen zu hören.

Ich blieb noch eine Stunde dort und beobachtete das Boot,

doch alles blieb ruhig. Schließlich beschloss ich, wieder reinzugehen. Als ich die Stufen zum Haus hinauflief, entdeckte ich den Wächter.

Sofort schnürte es mir die Kehle zu. Das letzte Mal hatte ich ihn im Wald von Darrow gesehen. Offenbar hatte er sich eine Zeit lang zurückgezogen. Jetzt war er wieder da, eine dunkle Gestalt in einem schwarzen Regenmantel, tropfnass, vornübergebeugt. Er grub mit großem Einsatz, sein ganzer Körper bewegte sich mit jeder Schaufel Erde, die er zur Seite schleuderte.

Ich verließ den Weg, um ihm nicht zu begegnen, und lief zwischen den Bäumen hindurch. Als ich beim Haus ankam, konnte ich es mir nicht verkneifen, noch einmal zu ihm zurückzuschauen.

Er hatte mich nicht bemerkt und grub immer noch wie ein Besessener. Vor ihm gähnten vier schlammige Löcher in der Erde. Vier Gräber.

Aber das war noch nicht das Seltsamste.

Er trug eine Brille mit schwarzen Gläsern, wie ein Blinder.

....

Ich hatte keine Zeit, darüber nachzudenken, was der Wächter da getan hatte und was es bedeuten sollte, denn während der nächsten Wache lüftete sich das Geheimnis um den Streit auf dem Segelboot und Whitleys privates Gespräch mit Martha.

»Kipling hat uns etwas zu sagen«, verkündete Martha, als wir alle in der Bibliothek versammelt waren. »Whitley hat mich gegen Ende der letzten Wache ins Vertrauen gezogen, und ich glaube, es könnte uns helfen.«

»Das ist nicht wahr, oder?«, fuhr Cannon Whitley an.

»Ich musste es tun«, erwiderte sie.

Er starrte sie wütend an.

»Ach, komm schon, jetzt spiel hier nicht den Polizisten. Du willst doch hier rauskommen, oder? Und du willst doch auch wissen, was wirklich mit Jim passiert ist?«

»Du hattest kein Recht, es auszuplaudern«, fauchte er.

»Wenn es unsere Möglichkeiten beeinflusst, die Wache zu verändern, dann schon!«

»Es ist okay«, sagte Martha und legte ihre Hand auf Cannons Schulter. »Dann erzähl du es uns.«

Erst jetzt bemerkte ich, dass Kipling weinte. Und zwar richtig, wie ich es bei ihm noch nie erlebt hatte – es zerriss ihn regelrecht. Er saß auf dem Sofa, den Kopf in den Händen vergraben, und Tränen tropften von seinem Kinn.

»Ich nenne es den Schwarzfußindianer-Teppich«, stieß er plötzlich hervor, den Blick zu Boden gerichtet. »Es ist eine Art der Selbstverletzung. ›Ein unangemessener Versuch, zwischenmenschliche Probleme zu lösen.‹ So nennen es die Psychofuzzis. Erfunden hat es Momma Greer. Der Name kommt von einem kreischbunten Teppich, den sie aus einem Antiquitätenladen geklaut hatte. Wir haben es zusammen gemacht, als so eine Art Mutter-Sohn-Bonding. Manchmal mehrmals in der Woche. Abends, wenn nichts Gescheites im Fernsehen lief, fuhr sie mit mir raus auf irgendeine Landstraße. Beim ersten Mal war ich fünf. Wir legten uns nebeneinander auf die Fahrbahn, hielten uns an der Hand und warteten darauf, dass ein Auto kam. ›Wenn ich Bingo sage‹, erklärte sie mir, ›rollst du dich zur Seite. Mal schauen, ob Gott uns mag. Ob er will, dass wir weiterleben. Ich sag nämlich nur Bingo, wenn Gott es mir aufträgt. Das ist der Deal.‹« Kipling erschauerte. »Ich hatte solche Angst, dass ich mir in die Hose gemacht hab. Ich hatte nämlich nicht gebetet. Meine Güte. Wusste Gott überhaupt, dass es mich gab? Mochte Er mich? So richtig wohl nicht, sonst hätte Er mir nicht dieses Gesicht gegeben. Und diesen Körper. Ich klammerte mich an Momma Greers Hand. Sie war mein Rettungsanker. Dann kam das Auto. Als Erstes spürte ich es immer unter mir im Asphalt. Es dauerte ewig, bis Momma Greer Bingo rief. Aber sie tat es immer. Ich kniff die Augen zu und rollte mich zur Seite. Die Reifen verpassten mich nur um Zentimeter. Als ich die Augen wieder aufmachte, tanzte Momma Greer am Straßenrand, schrie und jubelte und riss sich die Kleider vom Leib. ›Siehst du? Gott liebt uns. Er liebt uns doch.‹ Danach war sie immer guter Laune. Wenn ich Glück hatte, hielt es eine Woche an.«

Er schwieg eine Weile und rieb sich die Augen. Ich starrte ihn nur sprachlos an. Ich hatte zwar gewusst, dass Momma Greer gefährlich war, aber das hier war mit Abstand die furchtbarste Geschichte, die ich je über sie gehört hatte.

»Es wurde zur Sucht«, fuhr Kipling fort. »Dieser Kick. Ich konnte es einfach nicht lassen. Alle paar Monate, wenn irgendwas schieflief oder ich nicht weiterwusste, machte ich den Schwarzfußindianer-Teppich. Ich schlich mich vom

Campus und hinterher ging es mir sofort besser. In der Elften habe ich es richtig drauf angelegt, direkt vor den Weihnachtsferien, als Direktor Trask mir eröffnete, dass ich im neuen Jahr nicht zurückzukommen brauchte. Sie hatten mich rausgeschmissen. Ich war angeblich einer von den Schülern, die – wie hat er sich noch ausgedrückt? – eine Umgebung ›mit weniger strengen Anforderungen‹ brauchten. Im Grunde meinte er wohl, ich gehörte nach Sing-Sing. Bei dem Schwarzfußindianer-Teppich danach hätte ein Kaffeelaster von Folgers fast Rührei aus mir gemacht.« Mit schiefem Grinsen blickte er auf. »Das hätte ihrem Slogan ›Die beste Art aufzuwachen‹ eine ganz neue Bedeutung verliehen.«

Ich wusste nicht, was ich sagen sollte. Kipling war immer ein schlechter Schüler gewesen. Jedes Schuljahr hatte seine Versetzung am seidenen Faden gehangen. Aber ich hatte keine Ahnung, dass er wirklich mal von der Schule geflogen war. In der Zwölften hatten sich seine Noten dann gebessert, weil er es endlich geschafft hatte, sich aufs Lernen zu konzentrieren. Sein Abschluss war sogar ziemlich gut gewesen.

»Cannon hat mich damals gerettet«, sagte Kip mit schwachem Lächeln. »Er hat erkannt, was ich unbedingt verbergen wollte.«

»Das war nicht so schwer«, bemerkte Cannon grinsend. »Du hast gehumpelt und bist jedes Mal zusammengezuckt, wenn du dich hingesetzt hast.«

Kipling sah mich an. »Weißt du noch, wie ich mal zwei Monate nicht in der Schule war, angeblich wegen eines familiären Notfalls?«

Ich nickte. Ich erinnerte mich dunkel, wie er mir lang und breit von den Herzproblemen seiner Tante erzählt hatte.

»Das war gelogen. Ich war in einer Klinik in Providence und hab Tai-Chi gemacht, Schalen mit Obst gemalt und gelernt, meine wild umhergaloppierenden Gedankenmuster zu zügeln. Es war Cannon, der mir den Platz besorgt und mich regelmäßig besucht hat. Der sich mit den Psychologen über meine Fortschritte ausgetauscht und in Darrow ein gutes Wort für mich eingelegt hat, damit sie mir noch mal eine Chance geben. Er hat mir beim Büffeln geholfen. Die Unterlagen für meine College-Bewerbungen zusammengesucht. Die ganze Nacht mit mir an meinem Aufsatz über Momma Greer gearbeitet. ›Mama Bipolar, oder Wie man als Pflegekind einer Durchgeknallten überlebt‹. Damit bin ich ans Louisiana State College gekommen. Wenn Cannon nicht gewesen wäre, würde ich jetzt im Reifenprofil eines Lasters kleben.«

In meinem Kopf wirbelte alles durcheinander. Ich dachte an das letzte Schuljahr zurück, und obwohl ich mich in der Tat daran erinnerte, dass Cannon viel unterwegs gewesen war, immer mit seinem Rucksack und einem Stapel Bücher unter dem Arm, wäre ich nie darauf gekommen, was dahintersteckte. Aber es passte. Er war der stille Problemlöser. »Das stete Rinnsal, das immer einen Weg findet«, hatte Whitley mal gesagt. Trotzdem war ich verletzt, weil sie mich damals nicht eingeweiht hatten, weil sich da direkt vor meinen Augen eine ganze Geschichte abgespielt hatte, von der ich nichts ahnte.

»Warum hast du nie was gesagt?«, fragte ich Kipling.

Ich sah, wie er kurz einen Blick mit Cannon wechselte, ein rascher, wortloser Austausch.

Dann zuckte er die Achseln. »Irgendwann kommst du an den Punkt, wo dein persönlicher Misthaufen einfach zu viel wird. Selbst für deine besten Freunde.«

»Das ist aber noch nicht die ganze Wahrheit«, sagte Whitley und neigte erwartungsvoll den Kopf.

»Na ja.« Kipling räusperte sich verlegen. »Die plötzlichen guten Noten auf den letzten Metern, die es so aussehen ließen, als wäre ich eigentlich doch ganz clever – das stimmt so nicht.«

»Wovon redest du?«, fragte ich.

Er zögerte.

»Cannon hat sich für ihn in Darrows Netzwerk eingehackt«, platzte es aus Whitley heraus. »Das ganze letzte Jahr lang. Kipling hatte sämtliche Klausuren von allen Lehrern vorab. Auch die von der Zwischen- und der Abschlussprüfung.«

»Nicht von allen Lehrern«, wandte Cannon ein.

Sie funkelte ihn wütend an. »Trotzdem war es Betrug.«

»Ich habe einem guten Freund geholfen«, erwiderte er mühsam beherrscht.

Whitley schnaubte. »Dann könnte man dasselbe über mich und meine Rolle als Weißes Kaninchen sagen. Über *mich* regen sich alle auf, aber was ist mit euch beiden?«

Cannon sagte nichts. Jahrelang hatte er in Darrows hoffnungslos veralteter IT-Abteilung ausgeholfen. Es war öfter vorgekommen, dass er aus dem Unterricht geholt wurde, um sich um einen Virus oder ein Netzwerkproblem zu kümmern. Und obwohl er Whitley ärgerlich anfunkelte, schien er keinerlei schlechtes Gewissen zu haben.

»Wie hast du das gemacht?«, fragte ich ihn.

Cannon zuckte die Achseln. »Social Engineering. Die schwächste Komponente in jedem Netzwerk ist immer der Mensch. Ich habe eine Mail an die gesamte Lehrerschaft geschickt, weil für Darrows Intranet angeblich ein Update notwendig war. Bei Kiplings Lehrern fügte ich einen Trojaner mit einer Fernwartungssoftware hinzu. Sie luden ihn herunter, und so hatte ich freien Zugang zu ihren Rechnern. Ein Kinderspiel.«

Als er mein ungläubiges Gesicht sah, runzelte er die Stirn.

»Komm schon, Schwester Bee. Gerade du müsstest das doch verstehen. Darrow-Harker war das Hindernis auf Kiplings Weg in eine glorreiche Zukunft. Wenn sie ihn in der Elften wirklich rausgeworfen hätten, hätte er in irgendeiner zweitklassigen Schule von vorne anfangen müssen. Ohne uns. Das hätte auf seinem Lebenslauf ziemlich scheiße ausgesehen. Außerdem kann man Kipling nicht nach so etwas Banalem wie Schulnoten bemessen. Nein. Kipling ist eine Erfahrung. Ich musste ihm helfen, so gut es ging. Auf der einen Seite gibt es die Regeln dieser Welt, und auf der anderen Seite gibt es das, was du tust, wenn dein Leben dir um die Ohren fliegt.«

Cannon musterte mich mit einem so durchdringenden Blick, dass ich spürte, wie mir eine Gänsehaut die Arme hinunterkroch. Ich hatte vergessen, was für eine starke Präsenz er manchmal hatte. Wenn er sich ganz auf etwas konzentrierte, schien er nicht mehr aus Fleisch und Blut zu bestehen, sondern aus geballter Energie.

»Das wars«, seufzte Kipling. »Das ist das zweiköpfige Ungeheuer in meinem Keller, das nicht aufhören kann zu sabbern.«

»Die Frage ist«, sagte Martha leise, »kann dein Geheimnis uns helfen, die Wache zu verändern?«

Sie saß still da, die Stirn krausgezogen, ganz in Gedanken versunken. Eine Weile herrschte Schweigen.

Das war typisch Martha – sie ließ eine Frage minuten- oder sogar stundenlang in der Luft hängen und platzte dann, wenn alle anderen sie längst vergessen hatten, mit der Antwort heraus.

»Ich habe eine Idee«, sagte sie.

18

Und so kam es, dass wir um 4.47 Uhr, vier Minuten vor dem Ende der Wache, neben den Dünenrosen an der verlassenen Küstenstraße parkten.

Genau gegenüber, auf der anderen Seite der Straße, war die Stelle, wo wir den Unfall gehabt hatten – wo laut der Aussage des Wächters ein gewisser Mr Howard Heyward, achtundfünfzig, wohnhaft 281 Admiral Road, South Kingstown, mit seinem Abschleppwagen in unser Auto gerast war und uns in die Niemalswelt katapultiert hatte. Und wo wir in einer realeren Zeitdimension als dieser in einem völlig zerknautschten Wagen lagen, gefangen in einer Sekunde, die darauf wartete, freigegeben zu werden.

Martha kannte die genaue Stelle, eine Haarnadelkurve, die sich durch dichten Fichtenwald wand. Sie gab zu, dass sie bereits hierher zurückgekehrt war, um sie sich anzusehen.

Wie war es passiert? Ich konnte mich kaum daran erinnern. Grelle Scheinwerfer. Dünenrosen, die in dem sintflutartigen Regen bebten. Scheibenwischer, die hektisch hin und her fegten, als wollten sie uns warnen. Nässe überall. Unser betrunkenes Lachen. Hupen. Der Wagen, der ins Rutschen geriet, von der Fahrbahn abkam und in die Dunkelheit schoss. Die Schwerkraft, die plötzlich aufgehoben wurde.

»Er ist ein Säufer«, sagte Martha. »Er sitzt im Raccoon and Hound Saloon in Warwick und trinkt zwölf Coors Light. *Zwölf*. Dann steigt er in seinen Wagen. Er kann kaum die Augen offen halten. Kracht beinahe gegen einen Telefonmast. In der Niemalswelt fährt er einfach an der Stelle vorbei, wo er mit uns zusammenstößt. Und genau das markiert das Ende der elf Komma zwei Stunden unserer Wache.«

Regen trommelte aufs Dach. Die Scheiben waren beschlagen. Es kam mir vor, als hockten wir in einem U-Boot am Meeresgrund. Das Radio stotterte klassische Musik.

Bisher war nur ein Auto an uns vorbeigefahren, ein blauer Pick-up. Als der Fahrer uns da am Straßenrand stehen sah, bremste er und rollte ein Stück zurück. Martha ließ die Seitenscheibe herunter.

»Habt ihr einen Platten?«, fragte der Mann. Er war um die vierzig und trug eine Jägerweste. »Braucht ihr Hilfe?«

»Nein, danke«, sagte Martha. »Alles in Ordnung. Wir suchen nur unseren Hund.«

Er sah uns verdutzt an, fünf Teenager in grünen Regenumhängen mit Kapuze, die ihn steif anlächelten. Dann zuckte er die Achseln und fuhr weiter.

»Noch drei Minuten«, sagte Martha mit einem Blick auf die Uhr.

Mir war flau im Magen. Kiplings und Cannons schockierende Eröffnungen hatten mehr Fragen als Antworten gebracht. Alle verhielten sich merkwürdig, obwohl ich nicht mal genau sagen konnte, inwiefern. Sie waren gereizt und mit den Gedanken woanders. Zweimal bekam ich mit, wie Kipling und Cannon lange, wissende Blicke wechselten, die mich beunruhigten. Was war los? Was hatten sie vor?

Und obwohl Martha uns vorbereitet und uns versichert hatte, alles würde glattgehen – *29. August, 9.35 Uhr, Villa Anna Sophia, Amorgos, Griechenland, das ist alles, woran ihr denken müsst, okay?* –, machte die Tatsache, dass ausgerechnet sie die Operation leitete, das Ganze noch schlimmer. Was hatte sie vor? Drängte sie uns, in die Fußstapfen der Figuren aus *Das dunkle Haus* zu treten, damit sie uns irgendwie loswerden, uns in einem Abteil des Zeitzugs einsperren konnte? Oder ging es ihr nur darum, dass wir für sie stimmten?

Die Abstimmung. Die Abstimmung. *Die Abstimmung.*

Während ich neben Whitley auf dem Rücksitz saß, spürte ich, wie das Ende der Wache kam, diese mittlerweile vertraute Kraft, wie eine riesige Welle, die mich niederdrückte, sich in meine Knochen grub. Das Radio fing an zu knistern und zu rauschen, dann ertönte plötzlich »Boys Don't Cry« von The Cure.

Der Regen wurde lauter, als hätte jemand am Regler gedreht.

»Mir ist nicht gut«, ächzte Kip und fasste sich an die Kehle.

Martha drehte sich zu ihm. »Ich merke es auch. Und das ist nicht nur das Ende der Wache. Das ist das offene Fenster. Es passiert wirklich.«

Sie vibrierte vor Aufregung – soweit jemand, der so nüchtern war wie Martha, überhaupt aufgeregt sein konnte.

»Spürst du es auch, Bee?«

Ja, das tat ich. Meine Hände fühlten sich an wie unter Strom, als wäre ich gerade in Acrylsocken über einen dicken Teppich gegangen. Ich hielt eine Hand mit etwas Abstand vor die beschlagene Scheibe. Sie hinterließ einen Abdruck. Ich bewegte sie hin und her, und sie wischte wie durch Zauberei die Scheibe sauber. Dann hielt ich meine Hand in die Nähe von Whitleys Haaren, die aus der Kapuze heraushingen, und die blonden Strähnen flogen gegen meine Handfläche wie die Tentakel eines seltsamen Meereslebewesens.

»Noch zwei Minuten«, sagte Martha. »Los.«

Sie nickte uns zu und stieg aus. Cannon und Kipling folgten ihr wortlos. Als ich die Tür öffnete, wurde ich sofort von einer Regenbö durchnässt. Whitley hielt mich am Arm fest.

»Ich packe das nicht, Bee«, wimmerte sie. »Ich krieg das einfach nicht hin.«

»Was denn?«

Sie weinte. Ich hatte sie noch nie so ängstlich erlebt.

»Ich werde in der Vergangenheit verloren gehen. Ich weiß es.«

»Nein, das wirst du nicht.« Ich packte sie bei den Schultern. »Hör mir zu. 29. August, 9.35 Uhr, Villa Anna Sophia. Sag es.«

»Villa Anna Sophia.«

»Denk an das Meer. Den Himmel. Das makellose Weiß. Die Vorhänge. Den Duft von Orangen.«

»Orangen. Gut.«

»Du schaffst das.«

Sie sah mich unsicher an. Ich reichte ihr meine Hand, und sie nahm sie. Dann stiegen wir beide aus dem Auto.

Ich hatte nicht damit gerechnet, wie chaotisch es sein würde. Der Regen fühlte sich an wie Nadeln. Ein mächtiger Sog zerrte uns mit aller Kraft zurück zum Wagen. Meine Gedanken verflüssigten sich und schwappten von innen gegen meine Schädeldecke. Wir mussten nichts weiter tun als zu der Unfallstelle gehen und uns, wie Kipling es uns erzählt hatte, als Schwarzfußindianer-Teppich auf die Straße legen. Doch bis jetzt hatte es nur Martha geschafft. Sie lag auf dem Rücken neben der abgefahrenen gelben Linie. Ich versuchte, auf sie zuzusteuern und Whitley hinter mir herzuziehen, aber mir war schwindelig und jeder Schritt fühlte sich an, als hätte ich riesige Felsblöcke an den Füßen. Kip stand auf der Straße und wirbelte um sich selbst wie ein Korken in der Klospülung und Cannon versuchte, auf allen vieren vorwärtszukriechen. Ich zwang meine Gedanken, sich zu verlangsamen, und machte große Schritte, einen nach dem anderen, ohne Whitleys Hand loszulassen. Schließlich schafften wir es zu der Stelle und legten uns neben Martha. Kurz darauf kam Cannon mit Kipling.

Ich blinzelte gegen den Regen an, der mir ins Gesicht prasselte, gab dann jedoch auf und schloss die Augen. Der Sog der Wache drückte mich in den Asphalt.

29. August, 9.35 Uhr.

Ich sah die felsigen, steilen Klippen vor mir, das moderne weiße Haus, das wie ein Adlernest darauf thronte, die Fenster, in denen sich das Meer spiegelte.

»Noch fünfzig Sekunden!«, rief Martha.

Villa Anna Sophia.

»Ich kann das nicht!«, schrie Whitley.

Jemand zerkratzte mir das Gesicht. Ich hob den Arm, um meine Augen zu schützen, und merkte, dass es ein riesiger Eichenast war, den der Sturm herabgerissen hatte. Er rollte über uns hinweg und trudelte die Straße hinunter.

Whitley versuchte schluchzend aufzustehen, doch Cannon hielt sie fest.

»Bleib hier!«, brüllte er.

»Lass mich los! Ich kann das nicht!«

»Reiß dich zusammen!«, fuhr Martha sie an.

»Ich kann nicht! Ich denke ständig an andere Sachen! Ich kann meine Gedanken nicht stoppen!«

Ich hörte das Brummen eines Motors. Howard Heyward, achtundfünfzig, betrunken und halb eingeschlafen, war nur noch Sekunden von uns entfernt. Ich zitterte am ganzen Körper. Ich kniff die Augen zusammen und krallte die Finger in den Asphalt, als könnte ich mich daran festhalten.

Amorgos, Griechenland.

Wieder schrie jemand. Diesmal Kipling.

»Nein! Nein!«

»Begreift ihr denn nicht? Wir werden uns verlieren!«

»Das ist ein Trick! Eine Falle!«

Donner explodierte wie eine Bombe. Mir platzten die Trommelfelle, ein merkwürdiges Kreischen und Jaulen hallte durch meinen Kopf. Der Sog hatte jetzt mein Herz erreicht und zerrte mit solcher Kraft daran, dass ich einen Moment brauchte, bis ich merkte, dass mich etwas schmerzhaft in den Hals stach. Ich tastete mit meinen kalten, tauben Fingern herum, bis ich etwas Kleines, Hartes fand. Mit einem Schmerzensschrei zog ich es heraus.

Es war die Anstecknadel mit der Hummel, die Jim mir geschenkt hatte und die mir gestohlen worden war.

Dann geschah alles auf einmal. Scheinwerfer schnitten durch mich hindurch. Der Abschleppwagen hupte und schlingerte auf uns zu. Regentropfen fielen wie in Zeitlupe. Das schrille Quietschen von Bremsen. Irgendjemand schrie. Ich öffnete die Augen und sah gerade noch, wie eine Gestalt in einem grünen Regenumhang davonrannte und im Wald verschwand. Ächzendes Metall. Der Abschleppwagen schlitterte mit seinen wuchtigen, nassen Rädern direkt auf meinen Kopf zu. Der Geruch nach verschmortem Gummi. Und Hölle.

Eins … zwei …

Hummelnadel.

Jim.

DRITTER TEIL

19

Als ich die Augen aufmachte, war es heller Tag.

Ich lag bäuchlings im Gras. Mein Herz hämmerte. Als ich den Kopf hob, überkam mich eine Woge von Übelkeit. Ich übergab mich so heftig, dass es meinen ganzen Körper schüttelte. Danach brauchte ich eine Weile, bis ich wieder zu Atem kam. Ich wischte mir über den Mund und blickte mich um. Das Licht stach mir in die Augen.

Ich war nicht auf einer Küstenstraße. Ich wurde nicht von Howard Heywards Abschleppwagen überfahren – oder zumindest nicht mehr. Ich hatte keine Schmerzen.

Ich war auch nicht auf dem Rücksitz des Jaguar. Zum ersten Mal seit einer Ewigkeit regnete es nicht. Die Sonne schien. Ich lag auf der Erde – Gras, herabgefallenes Laub, drum herum Bäume. Es war kühl, die Luft klar, der Himmel blau. Ich blickte auf meine Hände und öffnete sie.

Nichts.

Die Hummelnadel. Wo ist sie?

Ich sah mich um. Ich war eindeutig nicht in der Villa Anna Sophia oder auf irgendeiner griechischen Insel.

Ich war in einem Wald. Und ich trug andere Sachen.

Den dunkelroten Wollmantel von Ann Taylor, den meine Mutter vor Jahren in einem Secondhandladen entdeckt hatte. Schwarze Strumpfhose. Schwarzes Wollkleid. Abgetragene schwarze Lederpumps.

Verwirrt rappelte ich mich hoch. Die Schuhe waren mir zu eng und das Kleid kratzte. Mit wackeligen Beinen machte ich ein paar Schritte. Hinter den Bäumen konnte ich eine offene Grasfläche sehen und einen See, auf dem lauter kleine weiße Segelboote schwammen. Am Ufer liefen Leute herum. Schwankend ging ich darauf zu. Wahrscheinlich sah ich aus wie eine Verrückte. Doch als ich aus dem Wald trat und zum Ufer hinunterging, beachtete mich niemand. Auf dem See waren mindestens zwanzig kleine Segelboote, die von Kindern und ein paar Jugendlichen per Fernsteuerung bewegt wurden.

Ich begriff, wo ich war: im Central Park. Am Conservatory Lake. Vor langer Zeit war ich mal mit Jim hier gewesen.

»Da bist du ja.«

Als ich seine Stimme hörte, war es, als zöge mir jemand den Boden unter den Füßen weg. Ich bekam keine Luft mehr. Ich schloss die Augen. Mein Kopf fühlte sich an wie Wackelpudding. Ich fiel durch ein endloses Loch.

»Wo warst du denn? Willst du mich schon loswerden?«

Er lebte. Er war direkt hinter mir, seine Hand auf meiner

Schulter. Er roch wie immer, nach Pfefferminzseife, Wind und frischer Wäsche.

»Als Kind war ich ständig hier. Einmal fiel die Fernbedienung aus und mein Boot schwamm mitten auf dem See. Als ich anfing zu weinen, sagte mein Vater: ›Wenn du es wiederhaben willst, dann hol es dir.‹ Ich musste durch den halben See waten, um das Ding zurückzubekommen. Bestimmt war das irgend so ein *Nur die Harten kommen in den Garten*-Charaktertest, den er an der Business School gelernt hat, und ... He, was ist denn?«

Er drehte mich zu sich herum.

Was ist? Wo soll ich anfangen?

»Sieh mich an.«

Ich öffnete die Augen wieder.

Der Anblick von Jim Mason, der direkt vor mir stand – hinter ihm die strahlende Sonne –, war so unfassbar, dass mir ganz schwummrig wurde.

Das konnte nicht echt sein. Unmöglich.

Aber es war echt. Es war Jim. Derselbe Jim und auch wieder nicht. Während ich ihn ansah, erkannte ich plötzlich, dass nie jemand einen anderen Menschen wirklich sieht. Das Gedächtnis ist ein Faulpelz, immer darauf aus, so wenig wie möglich tun zu müssen. Solange der andere lebt und ständig da ist, macht es sich nicht die Mühe, alle Einzelheiten abzuspeichern, und wenn derjenige tot ist, schickt es dir die Kopie einer Kopie einer Kopie, sodass die Feinheiten verloren gehen: die Sommersprossen, das schiefe Lächeln, die Fältchen um die Augen.

»Komm«, sagte Jim. »Wir müssen los.«

Er schob meine Hand in seine Armbeuge. Ich hatte ganz vergessen, dass er das immer tat. So eingehakt gingen wir den Weg entlang, vorbei an einem Mann mit einem Einkaufswagen voller Plastikflaschen und Frauen, die Kinderwagen vor sich herschoben – und Jim alle mehr oder weniger bewundernde Blicke zuwarfen.

Offenbar hatte mich die Wache zu einem der Tage zurückgebracht, als ich bei Jims Familie in New York gewesen war.

Weihnachten war es nicht. Und für die Frühjahrsferien war es zu kalt.

Wann also war es?

Ich hätte ihn fragen können, zu was wir losmussten, aber ich traute meiner Stimme nicht. Jedes Mal, wenn ich Jim ansah, durchzuckte mich ungläubiges Staunen. Ich wollte mir alles an ihm merken, jedes Blinzeln, jedes Schniefen, jedes schiefe Lächeln. Und zugleich hatte ich Angst. In meiner Kehle steckte ein Kloß wie ein dicker Kaugummiklumpen, der jeden Moment verrutschen konnte. Und dann würde ich losheulen oder wirres Zeug über die Niemalswelt faseln und darüber, dass er jetzt tot war.

Du bist tot, mein Liebster. Dir bleibt nur noch so wenig Zeit.

Ich biss mir auf die Unterlippe und ließ mich von ihm über die Fifth Avenue führen. Wir liefen in das Haus, in dem er wohnte – *944 Fifth Avenue* stand in eleganter Schrift auf dem grünen Vordach – und in der Lobby empfing uns der Duft des gewaltigen Blumenarrangements aus Rosen und

Hortensien, das auf dem Tisch prangte wie ein Asteroid. Jim winkte dem Portier im Vorbeigehen zu.

»Hola, Murdoch.«

Dann waren wir allein im Fahrstuhl. Jim lehnte sich an die Holzverkleidung und betrachtete mich. Ich hatte vergessen, dass er Menschen oft ansah, als wären sie kostbare Kunstwerke.

»Du brauchst nicht nervös zu sein«, sagte er.

Dann nahm er meine Hand, streifte mit den Lippen meine Fingerknöchel und zog mich rückwärtsgehend in das Apartment seiner Familie. Die riesigen Räume, in denen es hallte wie in einem Museum, voller Eisenskulpturen von Vögeln, Ölgemälde mit starren Gesichtern und spilleriger Stühle, die wie überdimensionale Gottesanbeterinnen aussahen und nicht wie brauchbare Sitzgelegenheiten. Als ich an mir hinunterschaute, sah ich die Kratzer auf meinen Riemchenpumps und die Wollfussel an meiner alten Strumpfhose und merkte, wie mich die altbekannte Scham packte. Während wir zwischen den Leuten hindurch ins Wohnzimmer gingen, fiel mir auf, dass alle Schwarz trugen – schwarze Kleider und Anzüge, schwarze, weiße und rote Seidenschals, blaue Krawatten –, und da wusste ich, wo ich war.

Das erste Jahr in Darrow. Vor fünf Jahren. Ein Wochenende Ende September. Jim hatte mich eingeladen, ihn zur Beerdigung seines Großonkels Carl zu begleiten. Damals kannte ich Jim noch kaum.

Er hatte sich mir erst eine Woche davor vorgestellt.

....

»Jim Mason.«

Er saß in Englisch hinter mir und zog seinen Stuhl zu mir rüber, so nah, dass ich seinen Pfefferminzatem auf meiner Wange spürte, während ich versuchte, einen Reim für einen Song zu finden, an dem ich schrieb.

»Was machst du denn da?« Er blickte fragend auf das Notizbuch, in das ich kritzelte. »*Der Untergang von Fenfangs chinesischer Wäscherei:* Original Soundtrack – was ist das?«

Verlegen schob ich das Notizbuch unter meinen Laptop.

»Nichts.«

»Wie nichts sah das aber nicht aus.«

Ich räusperte mich. Es klang wie ein Sumpf.

»Ich denke mir Soundtracks zu Filmen aus, die es gar nicht gibt. Das mache ich öfter. Frag mich nicht, warum.«

»Verstehe.« Er nickte, ohne eine Miene zu verziehen. »Und wann kommen die Männer mit der Zwangsjacke? Nächste Woche? Nächstes Jahr?«

Ich lachte.

Er streckte mir die Hand hin. »Jim Mason. Freut mich sehr, deine Bekanntschaft zu machen, bevor sie dich in die Gummizelle sperren.«

»Beatrice Hartley.«

Er zwinkerte mir zu. »Ich bin auch ein verrückter Dichter.«

Ich lächelte. Dann breitete sich verlegenes Schweigen aus, während Jim einfach nur dasaß und mich betrachtete. Ich beugte mich über meinen Laptop, um zu verbergen, dass ich rot wurde, und tat so, als würde ich irgendwas Wichtiges tippen. Ich baute darauf, dass er an seinen Tisch zurückkehren und mich in Ruhe lassen würde.

Stattdessen fing er an zu rappen und versuchte nicht mal, den Coolen zu mimen.

»Da ist ein Mädchen, das verdreht mir den Kopf/ Scheu wie ein Vogel, trotz keckem Zopf/ Sie hat Klasse, glaubt mir, wenn ich's sag/ Sie verdient glatt 'nen eignen Nationalfeiertag.«

In der Klasse wurde es vollkommen still. Ein Junge hinter mir kicherte.

Da ahnte ich noch nicht, dass es immer so sein würde, dass der Moment, wenn Jim mir seine Aufmerksamkeit schenkte, sich anfühlte, als würde direkt vor meiner Nase eine Bombe hochgehen: unerwartet, schockierend und gefolgt von einem Fallout beliebter Mädchen, die plötzlich mit langen, schwingenden Meerjungfrauenhaaren und skeptischen Blicken auf mich zukamen.

»Woher kennst du denn Jim Mason?«

»Kommst du etwa aus New York?«

»Warst du auf der Spence School?«

»Nein, ich komme aus Watch Hill, und ich war auf der Watch Hill East. Ich – ich kenne Jim gar nicht.«

So hatte ich auch Whitley kennengelernt. Sie hatte sich auf irgendeinem exklusiven Indianercamp in den Blue Ridge Mountains mit Jim angefreundet.

»Jim Mason ist in dich verknallt.« Das war das Erste, was sie zu mir sagte.

Ich lief den Flur entlang und klammerte mich an den Träger meines Rucksacks, als wäre er mein Rettungsring und ich kurz vorm Ertrinken.

»Ist er nicht.«

»Ist er wohl.« Sie musterte mich mit gerunzelter Stirn. »Er sagt, du würdest ihn nicht mehr loslassen. Du wärst altmodisch. Und unschuldig. Als würdest du aus den 1940ern stammen und wärst mit einer Zeitmaschine hierherkatapultiert worden.«

»Besten Dank auch.«

»Das ist ein Kompliment.«

Am nächsten Tag schlenderte Jim neben mir zum Sportplatz. Mein Herz zappelte wie ein frisch gefangener Fisch.

»Bist du auf einer Amish-Farm aufgewachsen und hast bei Sonnenaufgang Kühe gemolken?«

»Äh, nein.«

»Du siehst aber so aus.«

»Okay.«

»Hast du Lust, Sonntag mit zu mir zu kommen?«

Er fragte so, als würde er mir ein Stück von seinem Sandwich anbieten.

Ich lehnte ab. An dem Sonntag war Familiensonntag, das heißt, die Schüler von Darrow fuhren entweder nach Hause oder nahmen an einem Museumsausflug teil. Ich hatte meine Eltern seit vier Wochen nicht mehr gesehen und sie hatten ein großes Lasagne-Essen geplant. In Wirklichkeit sagte ich natürlich Nein, weil mir Jims Aufmerksamkeit Angst machte; sie war wie ein greller Scheinwerfer, der mich blendete und zugleich alle Blicke auf mich zog.

Da wusste ich noch nicht, dass ein Nein für Jim einfach nur ein Ja war, das noch ein bisschen Zeit brauchte.

»Beatrice!«, rappte er ohne jede Verlegenheit zu Beginn der Englischstunde, sodass Mrs Henderson mir einen irritierten Blick zuwarf. »Sie ist riesig. Keineswegs beliebig. Sie triezt mich so, das gibts nicht. Und ich hoff nur, sie sieht mich. Oh, Beatrice.«

Er legte mir Zettel in den Spind. *Sag Ja (spring mit mir von den Klippen)*. Er nahm einen Song über mich auf, der anschließend in der ganzen Schule kursierte.

»›Der Hals der Königin‹? Echt jetzt?«, hörte ich ein Mädchen während des Schulgottesdienstes flüstern.

»Sag Ja!«, rief Jim, wenn er mir auf dem Flur begegnete. (»Ja wozu? Mit ihm Babys zu machen?«, bemerkte die Volleyball-Kapitänin spöttisch zu ihren Freundinnen.) Er rief bei meinen Eltern an, um sich ihnen vorzustellen, über Zugverbindungen zu sprechen und ihnen sein Wort zu geben, dass ich bei ihm in sicheren Händen und er ein Gentleman war.

Diese sintflutartige Aufmerksamkeit wäre bei jedem anderen zu viel gewesen, aber nicht bei Jim Livingston Mason, Jim mit den dichten schwarzen Locken, den Schokoladenaugen und dem schiefen Lächeln.

»Er klingt ganz reizend und irgendwie skurril«, meinte Mom.

Damals hatte sie noch keine Ahnung, dass Darrow ein Dschungel aus altem Geld war und Jim der Löwe darin.

»Wie schön, dass du schon ein paar interessante Leute kennengelernt hast«, sagte Dad.

Der Sonntagsausflug zu Jims Eltern anlässlich der Beerdigung – in dem ich mich nun wiederfand – würde in einem Desaster enden.

In fünf oder sechs Stunden würde ich vorzeitig zurück nach Hause fahren, allein und aus Gründen, über die Jim und ich danach immer wieder gestritten hatten. Bis heute konnte ich mich nicht genau erinnern, was wirklich vorgefallen war. Was hatte mich so aus der Fassung gebracht? Irgendwie vermischte sich die Wahrheit immer unauflösbar mit meiner Schüchternheit und meiner Verlegenheit, weil ich so gnadenlos underdressed war und nicht wusste, wie ich mich verhalten sollte. Während des anschließenden Empfangs, der in der luxuriösen Jahrhundertwende-Wohnung der Großtante an der Park Avenue stattfand, verschwand Jim eine quälend lange Zeit, sodass ich schließlich meinen Mantel aus der Garderobe holte und mich heimlich davonschlich. Ich weinte während des gesamten Rückwegs bis zur Schule und schwor mir – sinnloserweise, da meine Gefühle für ihn selbst da schon so unbezwingbar waren wie das Wasser in einem Ruderboot voller Löcher –, dass meine Freundschaft mit Jim beendet war.

Doch am Montagmorgen im Englischunterricht legte er eine rote Schachtel von Cartier auf mein Notizbuch.

»Verzeih mir.«

In der Schachtel war die diamantenbesetzte Anstecknadel mit der Hummel. *Bumblebee.*

....

Die Hummelnadel.

Als ich daran dachte, wie sie erst auf mysteriöse Weise aus der Sockenschublade in meinem Zimmer in Darrow verschwunden und dann, Jahre später, plötzlich als Stich in meinem Nacken wiederaufgetaucht war, ausgerechnet als wir ausgestreckt auf der Küstenstraße lagen, durchfuhr mich Panik. Sie war eindeutig zu Sabotagezwecken eingesetzt worden, um mich loszuwerden, denn natürlich würde ich dabei an Jim denken und dadurch in einem anderen Abteil der Vergangenheit landen. Derjenige, der das getan hatte, wollte mich verletzen und jede Chance vernichten, gemeinsam abzustimmen und aus der Niemalswelt herauszukommen.

Wer von ihnen war das gewesen?

»Einen Keks?«

Ich schrak zusammen. Benommen merkte ich, dass ich im Wohnzimmer der Masons stand und aus dem Fenster auf den Central Park hinunterblickte, der von hier oben aussah wie das Modell eines Architekten. Einer von Jims Adoptivbrüdern – Niles, neun oder zehn Jahre alt – bot mir einen Stapel Kekse an, den er zwischen Daumen und Zeigefinger hielt.

Ich nahm mir einen. »Danke.«

Er musterte mich. »Bist du Jims neue Freundin?«

»Nein. Ich bin bloß eine Klassenkameradin.«

»Pass auf, dass du nicht so wirst wie all die anderen.« Er zog eine wilde Grimasse und schielte.

Ich lachte.

»Boah – hast du das gesehen?« Der Junge lief zu einem

großen roten Rothko, der gerade einfach so von der Wand gefallen war. Dahinter kam ein schwärzliches Viereck zum Vorschein, das aussah wie Schimmel.

»Das ist ja wie im Horrorfilm!«

Ich lächelte steif und wandte mich ab. In dem Moment kam Jim mit seiner Mutter auf mich zu.

»Mom, das ist das Mädchen, von dem ich dir erzählt habe. Beatrice Hartley.«

»Hallo.«

Mrs Mason war eine Schönheit und ihr schwarzes Kostüm umschloss sie wie eine zweite Haut. Sie reichte mir ihre Hand, als wäre sie ein Geschenk. Ich hatte vergessen, wie kalt sie sein konnte: das gelangweilte Lächeln, der Blick über meine Schulter, als gäbe es irgendwo hinter mir etwas viel Interessanteres zu sehen, zum Beispiel Delfine, die aus dem Meer sprangen.

»Darling, hast du mit Artie Grossman über den Currin gesprochen?«, fragte eine Männerstimme.

Mr Mason kam dazu. Er war klein und braun gebrannt, mit Igelfrisur und dem durchdringenden Blick aller Moguln. Seine Zähne waren groß und so unnatürlich weiß, dass sie wahrscheinlich im Dunkeln leuchteten.

»Dad«, sagte Jim. »Das ist Beatrice.«

Mr Mason lächelte herzlich und schüttelte mir die Hand.

»Du hast mit Jimmy in Darrow-Harker angefangen, nicht? Wie gefallen dir die altmodischen Traditionen und die ganzen Leute mit dem Kennedy-Lächeln?«

»Gut.«

»Großartig. Großartig. Glory, hast du mit Artie gesprochen?«

»Mache ich sofort«, erwiderte Mrs Mason.

Sie lächelte noch einmal und wandte sich um. »Nett, dich kennenzulernen«, sagte sie wenig überzeugend im Weggehen.

Ich sah den beiden nach und fragte mich, wie sie wohl auf Jims Tod reagiert hatten. Was hatten all diese polierten und parfümierten Leute getan? Hatte irgendwer von ihnen geschrien und fast den Verstand verloren, so wie ich, oder war das Leben einfach weitergegangen?

Jim war tot. Er lag in einem Sarg unter einem Grabstein mit der Aufschrift *Leben – jetzt und immerdar* auf dem Friedhof von Sleepy Hollow. Hier, in diesem sonnendurchfluteten Apartment mit den dicken Mauern und den Marmorböden, war der Gedanke unvorstellbar.

Jim sah ihnen ebenfalls nach und lächelte. Offenbar hielt er meinen Blick für Bewunderung.

»Sie haben sich mit zwanzig hier in der U-Bahn kennengelernt. Und jetzt, achtundzwanzig Jahre später, lieben sie sich immer noch. Völlig unverzeihlich. Komm.«

Er nahm wieder meine Hand. Wir huschten zwischen den Leuten hindurch, vorbei an stummen Dienstmädchen in grauer Uniform und einem Kellner mit einem Tablett voll dreieckiger Sandwiches, die aussahen wie gestärkte Taschentücher, und zur Tür hinaus. Wir liefen durch die Eingangshalle, in der drei Kinder Whiffleball spielten (»Total daneben!«, rief Jim ihnen zu), durch eine holzvertäfelte Bibliothek mit einer Leiter, damit man an die zahllosen ledergebundenen Erstausgaben herankam, und ein Esszimmer mit einem modernen Kronleuchter aus Edelstahl, der aussah wie eine Riesenspinne. Zwei Jahre später würde ich beim Weihnachtsessen dort sitzen und seine Mutter würde während der gesamten Mahlzeit kein Wort mit mir reden. Und sein Vater würde mich Barbara nennen.

Schließlich zog Jim mich durch eine Tür und schloss sie hinter mir. Es war sein Zimmer, die dunkle, chaotische Höhle eines Rockstars, mit E-Gitarren an den Wänden und Notenpapier auf sämtlichen verfügbaren Flächen, die Linien verziert mit handgeschriebenen Viertelnoten und halben Pausen. Synthesizer. Ein McIntosh-Verstärker. Drei Laptops. Stapelweise aufgeschlagene Notizbücher, auf den Seiten angefangene Songtexte in einer fürchterlichen Klaue. *Lost Little Blue* – eine Biografie über Janis Joplin. *Sweeney Todd: Sämtliche Noten.* Eine gerahmte Setlist von einem Bruce-Springsteen-Konzert im Madison Square Garden, signiert mit den Worten: *Für Jimmy. Möge die Musik mit dir sein. Bruce.* In den Ecken des Zimmers zerknüllte Boxershorts und T-Shirts und zusammengerollte Poster.

Jim trat an ein Bücherregal, offenbar auf der Suche nach etwas.

»Also, ich hab da einen Song geschrieben, über ein Mädchen, dem ich noch gar nicht begegnet bin«, sagte er und zog ein Notizbuch heraus. »›Für immer sie‹. Darin geht es um die Liebe, die niemals stirbt, ganz egal, wie weit man voneinander entfernt ist, sogar wenn der Tod oder die Zeit einen trennt. Danach suche ich.«

Der Kloß in meiner Kehle war wieder da. Diesmal fühlte er sich an wie ein Haufen Schutt.

Er begann mir den Text vorzulesen, wie er es danach noch etliche Male tun würde. Nach einer Weile kannte ich den Song wirklich gut. Es war einer der besten, die er je geschrieben hatte. Ich sang ihn in der Prüfungswoche vor den Sommerferien für Jim auf einer Picknickdecke, und er sang ihn ein paarmal nachts in Wincroft für mich, als Schlaflied.

Ich erinnerte mich an exakt diesen Moment. Ich hatte ihn Whitley ein Dutzend Mal geschildert, weil er sozusagen der klassische Refrain von »Die Ballade von Jim und Bee« war. Es war das erste Mal, dass wir zwei allein waren, und unser erstes richtiges Gespräch. Unser erster Kuss war nur noch Sekunden entfernt. Ihn noch einmal vor mir zu haben, lähmte mich, gab mir das Gefühl, die Kontrolle zu verlieren. Während Jim las, wobei er hier und da über ein Wort stolperte und innehielt, um sich an der Nase zu kratzen, erschien er mir so schön und so jung – jünger, als ich ihn je in Erinnerung hatte. Er hob das Kinn und verstellte seine Stimme bei bestimmten Wörtern auf witzige Weise, als wären sie Speere, die er blindlings über eine Mauer schleuderte.

»Das ist wunderschön«, sagte ich, als er fertig war.

Er hatte einen eigenartigen Ausdruck im Gesicht. Er legte das Notizbuch sorgsam auf seinen Schreibtisch und setzte sich neben mich.

»Eigentlich wollte ich ja noch Wochen warten und ein Gentleman sein und dich umwerben wie ein Ritter im Mittelalter, aber den Plan werfe ich jetzt über Bord. Ich bin kein Ritter. Und nicht mal ein Gentleman. Aber ich bin treu. Wenn ich einmal entscheide, dass ich mit dir zusammen bin, dann gilt das. Das schwöre ich dir, Beatrice.«

Er küsste mich. Und in dem Kuss lag eine ganze Welt. All die Momente von Schmerz, Bedauern und Einsamkeit, die ich seit seinem Tod empfunden hatte, lösten sich auf. Ich hatte ihn so vermisst; wie sehr, merkte ich erst jetzt. Als seine Hände an meinem Rücken hinunterstrichen, wusste ich, dass ich ihm von der Niemalswelt erzählen würde, vom Wächter, von der Abstimmung, von seinem Tod. Würde er mir sagen können, warum er gestorben war, wenn ich ihn fragte? Konnten wir nicht einfach von hier verschwinden, in ein Auto steigen und den Rest der Wache irgendwo in einem Motel verbringen, wo das Licht golden war und der Teppich voller Krümel von den Automatenchips?

Morgen könnten wir es wieder tun.

Und noch mal.

Und noch mal.

Ich würde nie wieder ohne ihn sein müssen. Ich würde ihm alles erzählen. Wenn es jemand verstehen würde, dann er. Es würde wieder so sein, wie es früher war, vor seinen seltsamen Launen, seiner Wut, seinen Lügen.

Als er sich von mir löste, hörte ich hinter mir mehrere leise Knallgeräusche. Jim starrte verdutzt an die Wand.

»Wie seltsam.«

Er stand auf und ging zu den Gitarren, die an der Wand

hingen. »Alle Saiten sind gerissen. Jede einzelne.« Er grinste. »Das muss deine Wirkung auf mich sein.«

Ich lächelte schwach.

....

Meine Entscheidung, Jim alles zu erzählen, setzte in meiner Vorstellung eine gangstermäßige Flucht von der Beerdigung in Gang, geriet dann ins Schlingern und erstarb in dem Moment, als er meine Hand nahm und wir zu seinen Eltern zurückkehrten.

Da waren so viele Onkel, Vettern und Cousinen, Frauen in schwarzen Nerzmänteln und Stilettos mit zahnstocherdünnen Absätzen und blonden Haarwogen wie Zuckerguss auf einem Vierunddreißig-Dollar-Dessert. Wir verließen das Haus und zogen als glamouröse schwarze Prozession die Madison Avenue hinauf zum Frank-E.-Campbell-Beerdigungsinstitut.

»Das letzte Mal war ich für Allegra de Fonso hier«, sagte eine Frau zu mir.

Die Trauerfeier war lang und voller schniefender Leute, die Dylan Thomas und Bob Dylan und »Let It Be« von den Beatles zitierten. Es gab eine Rede von einer Frau mit geröteten Augen, die sich pausenlos räusperte. Kinder kicherten über einen alten Mann in der ersten Reihe, der vernehmlich sagte: »Hier stinkts nach Katzenpisse«, und dann von einer Krankenschwester hinausgebracht wurde. Jim lächelte mir zu und drückte meine Hand. Ich ertappte mich dabei, wie ich das Foto des Verstorbenen anstarrte: Großonkel Carl, zum

Gedenken als laminiertes Poster auf einer Messingstaffelei neben dem Sarg aufgestellt. Er hatte rot gefleckte Haut und ein leeres gelbliches Lächeln. War er auch in einer Art Niemalswelt gelandet? Ich war Großonkel Carls Zustand näher, als all die Leute hier ahnten.

Ich musste es Jim erzählen.

Doch als die Trauerfeier beendet war und die Menge nach draußen strömte, wo eine endlose Reihe von schwarzen Cadillac Escalades wartete, schüttelten sich alle die Hände, murmelten Beileidsbekundungen und beteuerten einander, was für ein Pfundskerl Carl doch gewesen war, *he did it his way*, und jedes Mal, wenn ich zu Jim sagen wollte: »Ich muss mit dir reden«, kam wieder jemand, umarmte ihn und fragte, wie es ihm ging und wann sein erstes Musical am Broadway zu sehen sein würde. Jim war freundlich und versuchte immer wieder, zu mir zurückzukehren, aber prompt kam jemand Neues dazwischen. Als er endlich wiederauftauchte, hatte er zwei Mädchen im Schlepptau, die er aus der Grundschule kannte.

»Beatrice, das sind Delphine und Luciana.«

Ich hatte die beiden immer als einschüchternd und irgendwie unirdisch in Erinnerung gehabt. Doch als ich sie jetzt vor mir sah, waren sie gar nicht so atemberaubend, wie ich gedacht hatte, trotz ihrer hüftlangen Mähnen, die sie ständig zurückwarfen wie Ponys, und ihrer zur Schau getragenen Langeweile, die wohl Überlegenheit signalisieren sollte. Jim legte immer wieder den Arm um mich, während er mit ihnen sprach, aber nachdem ich eine Weile den Geschichten über

Millicent, Castman und Ripper zugehört hatte – von denen ich nicht mal wusste, ob es Leute waren, eine Anwaltskanzlei oder Nachtclubs, in die man nicht reinkam –, kam ich mir vor wie ein riesiges altes Sofa, das als Sperrmüll auf dem Gehweg abgestellt worden war.

Das Gefühl hielt an, als wir in einen der Escalades stiegen. Wir waren eine große Gruppe. Jim zwängte sich auf den Rücksitz neben Luciana, während ich neben einer älteren Frau in einem roten Taftkleid landete, die nach Alkohol roch.

»Na, dann auf in die nächste Runde«, murmelte sie.

Wir wurden vor der Wohnung von Jims Großtante an der Park Avenue abgesetzt. Oben angekommen, deponierte Jim mich auf einem kleinen Sofa neben einem Porzellanmops und verschwand, um mir eine Cola zu holen. Als er nach einer Dreiviertelstunde noch immer nicht zurück war, stand ich auf und stromerte durch die Menge, betrachtete Bücherregale und Fotografien und ging durch die Flure, die ebenfalls voller Leute waren, als wüsste ich, wohin ich wollte. Ich spähte in die Küche, wo die Caterer hektisch mit Backblechen und Tabletts hantierten, und in eine Gästetoilette, deren Tapete aussah wie aus vierundzwanzigkarätigem Gold. Die Erinnerung kam zurück, wie verloren ich mich hier gefühlt hatte, ganz allein an einem Ort, an den ich nicht gehörte. Ich wünschte mir nichts sehnlicher, als weit weg von diesen Leuten zu sein, zu Hause in Watch Hill mit meinen Eltern Lasagne zu essen und zuzuhören, wie Dad von einer neuen BBC-Doku von David Attenborough auf Netflix erzählte.

Jetzt, fünf Jahre später und in der Niemalswelt, war es längst nicht mehr so schlimm, aber Jims Abwesenheit beschäftigte mich trotzdem. Wohin war er verschwunden? Mir hatte er gesagt, er hätte sich mit Verwandten festgequatscht, und ich hatte ihm geglaubt.

Die Frage ließ mir keine Ruhe.

Ich blickte in einen Raum nach dem anderen, suchte ihn in Schlafzimmern, die aussahen wie Hotelsuiten, Büros, die aussahen wie Bibliotheken, und einer hallenden Marmorgalerie voller Vitrinen mit Antiquitäten aus der Luftfahrt. Doch Jim war nirgends. Und die beiden Mädchen beunruhigenderweise auch nicht. Irgendwann, als ich die Tür zu einem Schrank öffnete, in dem sich lauter japanische Puzzles und Brettspiele befanden, bemerkte mich Jims Vater, der gerade aus einem der Büros kam, und winkte mich zu sich, da er offenbar ahnte, wie verloren ich mich fühlte.

»Jessica«, sagte er und lächelte mich an, während er sich ein Gummiarmband mit etwas Schwarzem, das aussah wie ein externer Speicher, über das Handgelenk schob. Bevor er die Manschette seines Hemds darüberzog, sah ich noch, wie an der Seite lauter winzige Zahlen aufleuchteten.

»Soll ich dir etwas zu trinken holen, meine Liebe?«

»Nein, vielen Dank, Mr Mason.«

»Nenn mich doch Edgar. Darf ich dir meinen Geschäftspartner Craig und seine Tochter Greta vorstellen? Greta ist gerade aus Sri Lanka zurück, wo sie eine Zeit lang als Neurochirurgin am Bezirkskrankenhaus in Colombo gearbeitet hat.«

Offensichtlich hatten der dynamische Craig und seine

Neurochirurgentochter keine Lust, sich mit einer Neuntklässlerin zu befassen, die den Mund nicht aufbekam, denn nur Sekunden später wandten sie sich ab, um jemanden zu begrüßen – »Bertrand? Du auch hier?« –, und ich verdrückte mich.

Anrufen konnte ich Jim nicht, denn ich hatte keine Handtasche bei mir, also auch kein Handy. Ich könnte da warten, wo er mich zurückgelassen hatte. Irgendwann würde er ja bestimmt zurückkommen. Oder?

Eine weitere Stunde verstrich. Mit jeder Sekunde wurde mein Plan, ihm alles zu erzählen und mit ihm abzuhauen, schaler und kraftloser. Als mich eine Frau zum dritten Mal mit ihrer riesigen Handtasche in Form eines Krokodils anstieß und Mrs Mason mit ihrem aufgesetzten Lächeln an mir vorbeiging, musste ich plötzlich an Marthas Warnung denken.

Wir wissen nicht, wie wir reagieren werden. Die Vergangenheit packt dich wie eine Droge. Die Zukunft durchfährt dich wie ein elektrischer Schlag. Erinnerungen erneut zu erleben kann quälend sein, das gilt nicht nur für schlimme, sondern vor allem auch für schöne. Sie machen süchtig.

Vielleicht lag es an dem Schock, dass Jim mich erneut vergaß, oder an der nagenden Frage, warum er mich angelogen hatte, was Vida Joshua betraf. Oder an der Erkenntnis, dass einer von meinen Freunden versucht hatte, mich für immer in der Niemalswelt zurückzulassen, indem er mir absichtlich die Nadel in den Hals gestochen hatte, um mich in eine andere Vergangenheit zurückzuschicken – weil er oder sie wohl davon überzeugt war, dass ich zu sehr an Jim hing, um je wieder von seiner Seite zu weichen.

Jedenfalls sprang ich auf, lief zwischen den Leuten hindurch in den Flur und riss meinen dunkelroten Mantel von der Garderobe. Im selben Moment brach die Garderobe zusammen, sodass haufenweise Nerzmäntel zu Boden fielen. Ich ließ meinen alten Mantel fallen, schnappte mir den dicksten, unförmigsten Pelz, den ich finden konnte, und schlüpfte hinein. Eine Parfümwolke schlug mir entgegen. Dann lief ich mit wild pochendem Herzen zum Aufzug. Als ich auf den Abwärtsknopf drückte, zersplitterte er unter meinem Finger. Ich fuhr herum, stieß die Tür zum Treppenhaus auf und rannte die Stufen hinunter. Auf jedem Absatz explodierten die Glühbirnen in den Lampen über mir. Als ich in die Lobby hinausstürmte, starrten mich die Pförtner verdattert an.

Wie hatte ich vergessen können, wo ich war und was ich zu tun hatte?

Wollte ich denn nicht leben?

Ich rannte hinaus. Der Wind war stark, so stark, dass die Plane des Vordachs knatterte. Ich lief über den Gehweg und wollte gerade einem Taxi winken, als ich das schrille Lachen eines Mädchens hörte. Ich fuhr herum und sah – Jim.

Er lehnte an dem schmiedeeisernen Zaun vor dem Nachbarhaus und Delphine und Luciana standen neben ihm. Sie unterhielten sich mit einem Pförtner und lachten sich kaputt, weil er jemanden auf übertriebene Weise nachahmte; es sah aus wie Marlon Brando in *Der Pate*.

Ich stand wie erstarrt da und wartete darauf, dass Jim aufblickte und mich bemerkte.

Doch er tat es nicht. Als ich sein lachendes Gesicht ansah, begriff ich. Es war vollkommen offensichtlich. Er dachte überhaupt nicht an mich.

Vielleicht hatte er es nie getan.

Ich wollte seinen Namen rufen. Ich wollte schreien wie eine rachsüchtige Hexe aus einem Märchen, sodass ihnen das Grinsen aus dem Gesicht fiel und die Wolken wie im Schnellvorlauf über den Himmel rasten: »Jim Mason, in vier Jahren bist du tot!«

Er lehnte sich so sorglos zurück, schlang den Arm um Lucianas Hals und knabberte an ihrem Ohr, dass mein Herz sich erneut anfühlte wie mittendurch geschnitten.

Ich war so dumm gewesen, so blind.

Tränen schossen mir in die Augen. Ich drehte mich um und rannte blindlings auf die Straße, sodass mich beinahe ein Taxi überfahren hätte. Der Fahrer bremste und hupte.

Ich stieg ein.

»Alles in Ordnung, Mädchen? Was zum –? *Himmel!*«

Der Fahrer starrte fassungslos an mir vorbei. Das komplette Vordach war vom Wind losgerissen worden und tanzte knatternd und scheppernd die Park Avenue hinunter. Es zertrümmerte die Heckscheibe einer Limousine und wurde dann unter dem überraschten Geschrei der Passanten hoch in die Luft gewirbelt wie ein merkwürdiges fliegendes Ungeheuer.

Bei mir ist gar nichts in Ordnung.

....

Martha hatte gesagt, dass wir uns im Notfall wieder in Wincroft treffen sollten.

Kehrt immer wieder zur ursprünglichen Wache zurück. Wenn wir die als Treffpunkt nehmen, besteht zumindest die Hoffnung, dass wir alle durch Raum und Zeit dorthin zurückfinden. Um die Wache erneut zu verändern, geht zu der Stelle an der Küstenstraße zurück und tut genau dasselbe wie beim ersten Mal. Wenn das nicht möglich ist, sucht euch eine andere Selbstmordvariante.

Ich fuhr mit dem Zug zurück nach Newport. Als ich dort ankam, war es nach zehn. Am Bahnhof stieg ich in ein Taxi und bat den Fahrer, mich nach Narragansett zu bringen. Die Fahrt dauerte eine halbe Stunde und ich hatte kein Geld bei mir, aber ich ging davon aus, dass mir in Wincroft schon etwas einfallen würde.

Das Tor stand offen. Die Lampen brannten. Als das Taxi die Einfahrt entlangfuhr, sah ich, wie der Fahrer sich aufrichtete und mir im Rückspiegel einen neugierigen Blick zuwarf; wahrscheinlich fragte er sich, ob ich eine reiche Erbin war. Das Haus war hell erleuchtet und in der Einfahrt standen acht hochglanzpolierte Autos. Während das Taxi wartete, lief ich die Stufen hinauf und klingelte.

Als die Tür aufging, stand ich EZS Burt gegenüber. Er war gar nicht so furchtbar, wie ich ihn in Erinnerung hatte. Im Grunde sah er aus wie irgendein reicher Mann in einem pastellfarbenen Pullover. Aus dem Esszimmer klangen Stimmen und Gläserklirren herüber. Offenbar störte ich bei einer Dinnerparty.

»Kann ich dir helfen?«, fragte er.

»Ich möchte zu Whitley.«

»Die ist nicht hier, sondern in ihrer Schule. Darrow-Harker.«

»Wir waren heute zum Abendessen verabredet.«

Er war überrascht. »Hast du versucht sie anzurufen?«

»Sie geht nicht an ihr Handy.« Ich erklärte ihm, dass ich leider nicht genug Geld dabeihatte, um die achtundvierzig Dollar für das Taxi zu bezahlen. Mit verwirrter Miene zog Burt seine Brieftasche heraus, lief die Stufen hinunter und bezahlte den Fahrer.

»Ich gehe dann am besten in mein Hotel zurück und versuche es später noch mal bei Whitley«, sagte ich.

Er nickte. »Wie war noch gleich dein Name?«

»Beatrice.«

Burt wusste nicht, was er von mir halten sollte, einem schlaksigen Mädchen in einem schwarzen Nerzmantel, voluminös wie ein Killerwal. Mit einem kurzen Winken drehte ich mich um und ging zu Fuß die Einfahrt hinunter. Er sah mir einen Moment lang nach, dann verschwand er wieder im Haus, offenbar zu sehr mit seiner Party beschäftigt, um sich zu fragen, wie ich ohne das Taxi irgendwohin kommen wollte. Ich schlug einen Bogen und ging zurück zu seiner Garage mit den Oldtimern. Ich tippte den vierstelligen Zahlencode ein und zum Glück war es derselbe wie fünf Jahre später; die Tür öffnete sich mit einem Ächzen. Ich lief zum Schlüsselbrett an der Rückwand und nahm mir den vom Rolls-Royce.

Als ich zur Küstenstraße fuhr, rechnete ich jeden Moment

damit, Polizeisirenen zu hören, doch alles blieb still. Mein Herz begann zu hämmern. Ich spürte, wie das Ende der Wache kam. Als ich auf die Uhr sah, merkte ich überrascht, dass die Wache kürzer geworden war. Sie hatte kaum acht Stunden gedauert. Ich spürte, wie die lähmende Schwere meine Beine hinaufkroch. Ich gab Gas, dass der Motor aufheulte. Die Aussicht, wieder mit Jim im Central Park zu landen, wenn es mir nicht gelang, die Wache zu verändern, spornte mich an, immer schneller zu fahren. Meine Beine wurden taub. Wenn ich um die Kurven raste, schien der Wagen unter mir hinauszufliegen, und Äste kratzten über die Scheiben wie ein wütender Mob. Als ich die Haarnadelkurve erreichte, steuerte ich auf die Büsche zu und wäre um ein Haar gegen einen Baum gefahren. Ich taumelte aus dem Auto, schleppte mich zur Mitte der Straße, und der Wind schubste mich auf die gelbe Linie.

Keuchend rollte ich mich auf den Rücken. Der Himmel war tiefdunkelblau, übersät von Sternen.

Ich hatte keine Ahnung, ob dieser Plan funktionieren würde. War das offene Fenster überhaupt noch da? Ich zügelte meine Gedanken und schloss die Augen. *29. August, Villa Anna Sophia, Amorgos, Griechenland.* Ich wartete darauf, dass ein Auto kam, aber ich hörte nur das Heulen des Windes, das laute Zirpen der Grillen und das Rauschen des Meeres, gleichmäßig wie ein Metronom. Dann plötzlich ein Pfeifen, das näher kam. Ein Radfahrer. Er rollte um die Kurve, wich abrupt zur Seite aus, als er mich sah, und landete mit einem Schrei und einem metallischen Klappern in den Büschen. Offenbar war er unverletzt, denn nach einem Moment des Schnaufens und Fluchens stand er wieder auf.

Er starrte auf mich hinunter; sein Gesicht war in der Dunkelheit nicht zu erkennen.

»Was zum Teufel –?«, murmelte er, dann riss er erschrocken den Kopf hoch, als die Scheinwerfer eines herankommenden Autos ihn trafen wie ein Blitzlicht.

Er warf sich zur Seite und meine Welt versank im Dunkeln.

20

Als ich die Augen öffnete, lag ich bäuchlings auf Holzplanken. Sofort drang mir ein Streifen von tiefem Blau ins Auge – das Meer. Blinzelnd hob ich den Kopf. Ich trug abgeschnittene Jeans und ein ausgeblichenes rosa T-Shirt und lag barfuß auf einem Anleger. Als ich den Kopf wandte, sah ich die weiß gestrichene Holztreppe, die im Zickzack an den nackten, mindestens dreißig Meter hohen Felsen hochkletterte.

Villa Anna Sophia. Ich hatte es tatsächlich geschafft.

Erleichtert wollte ich aufstehen, doch mir war so schwindelig, dass ich taumelte und fast ins Wasser gefallen wäre. Dann packte mich die Übelkeit, und ich musste mich übergeben. Als ich wieder zu Atem kam, stand ich vorsichtig auf.

Ich erklomm die Stufen. Mit jedem Schritt, den ich machte, lösten sich kleine und größere Steine unter den Holzplanken und fielen hüpfend und klickernd ins Meer. Ich ging weiter, ohne nach unten zu sehen. Als ich keuchend oben ankam, lag das Haus – ein wildes architektonisches Wunder aus Glas und Stahl – vollkommen still vor mir. Es wirkte verlassen. Ich lief am Pool vorbei, in dem träge ein aufblasbarer Schwan trieb, um nachzusehen, ob die Terrassentür offen war. Doch sie war verschlossen und von innen war der Vorhang zugezogen. Gerade als ich mich fragte, ob ich den falschen Tag erwischt hatte, hörte ich eine Frau schreien. Mit einem unguten Gefühl im Magen rannte ich den Steinpfad entlang und an den Olivenbäumen vorbei zur Vorderseite des Hauses. Vor der schweren Eichentür stand Kipling. Es sah aus, als würde er Wache halten.

Ich war so froh, ihn zu sehen, dass ich mich ihm buchstäblich an den Hals warf.

»Dem Himmel sei Dank«, stieß ich aus.

»*Was* – meine Güte – wie hast du das geschafft, Kleine? Martha dachte, wir hätten dich verloren, vielleicht für immer.«

Ich löste mich von ihm. Es hatte keinen Sinn zu erzählen, was passiert war, zumindest nicht jetzt. Obwohl mir die Vorstellung wehtat, konnte er durchaus derjenige sein, der mir die Nadel in den Hals gestochen hatte. Doch er schien sich wirklich zu freuen, mich zu sehen.

»Ich hab einen Fehler gemacht«, sagte ich. »Wo sind die anderen?«

»Drinnen.« Er verzog das Gesicht. »Wir haben die ganze Familie gefesselt und versuchen, Informationen aus ihnen herauszukriegen. Aber es läuft nicht gut.« Er zuckte sichtlich nervös die Achseln. »Erst haben wir es auf die nette Tour versucht. Einfach angeklopft, gesagt, wir wären Freunde von Jim und zufällig in der Gegend, wir wollten gerne wissen, was es mit seinem Tod auf sich hat, und so weiter. Aber die sind schlüpfrig wie Aale, diese Masons. Sie haben uns gegrillten Oktopus und Basilikumsorbet serviert und uns eingeladen, in ihrem Pool zu schwimmen. Ehe wir wussten, wie uns geschah, waren vier Stunden rum. Wir waren alle besoffen vom Ouzo und kein bisschen schlauer, was Jims Tod angeht. Dann ist Whitley der Geduldsfaden gerissen, und während der letzten paar Wachen hat sie sich die Leute vorgeknöpft. Du weißt schon, der Whitley Deluxe Spezial, mit Schreien und Gegen-Wände-Schlagen und Tellerwerfen.« Er seufzte. »Edgar Mason hat natürlich rund um die Uhr seine Aufpasser hier, aber die sind faul und mittags um zwölf ist Schichtwechsel, das ist der Moment, wo wir zuschlagen. Wir haben zwei Wachleute unten an der Einfahrt gefesselt.«

Ich runzelte die Stirn.

»Aber wie viele Wachen hattet ihr denn schon?«

»Fünf. Jede dauert ungefähr fünf Stunden. Und du?«

»Eine.«

Das musste die Instabilität sein, von der Martha gesprochen hatte: Züge, die mit unterschiedlicher Geschwindigkeit in unterschiedliche Richtungen fuhren, und das Risiko, nie zur gleichen Zeit am gleichen Ort zu sein, um abstimmen zu können.

Doch jetzt war nicht der richtige Moment, darüber nachzudenken. Kipling hatte die Tür geöffnet und winkte mich hinein.

Drinnen auf den Sofas saßen Mr und Mrs Mason und ihre vier Kinder, gefesselt und mit rot geweinten Augen. In stummem Entsetzen starrten sie Whitley an, die aussah wie eine südamerikanische Guerillakämpferin, ein Bandana um den Kopf gewickelt, das T-Shirt in der Taille zusammengeknotet und mit einem irren Funkeln im Blick. Sie hielt eine Pistole auf Mr Mason gerichtet. Die eine Seite seines Gesichts war geschwollen. Es war ein Schock, Jims Familie so zu sehen, nachdem sie bei meiner letzten Wache so makellos wie frisch gesteckte Blumenarrangements ausgesehen hatten und bei Großonkel Carls Beerdigung umhergeschwebt waren und Luftküsschen verteilt hatten.

Als Whitley mich bemerkte, machte sie große Augen und kam herübergelaufen.

»Beatrice«, sagte sie leise. »Wo zum Teufel kommst du denn jetzt her?«

Ich gab ihr eine Kurzfassung der Geschehnisse: dass ich versehentlich zu einem anderen Datum zurückgekehrt war, es aber geschafft hatte, zur Küstenstraße zurückzukehren, um den Ort der Wache erneut zu wechseln.

»Mit dir ist also alles okay?«

Ich nickte. »Wo ist Martha?«

»Die versucht, in Edgars Computer reinzukommen. Bisher ohne Erfolg.«

»Und Cannon?«

»Der ist weg.«

Ich starrte sie an. »Wie, weg?«

Sie zuckte mit trübsinniger Miene die Achseln. »Er ist nie hier angekommen. Wir wissen nicht, wo er steckt. Im einen Moment war er noch da, und im nächsten – verschwunden.«

Ich erinnerte mich an die Gestalt, die in den Wald gelaufen war. Cannon.

»Hallo? Mein Gott. Bist *du* das?«

Mrs Mason reckte den Hals, um mich besser sehen zu können. Ich hatte sie noch nie so elend erlebt. Sie war fast nicht wiederzuerkennen. Ihr Gesicht war gerötet, und ihr sonst so perfekt gestyltes blondes Haar sah verwelkt aus wie eine Pflanze, die zu nah an der Heizung gestanden hatte.

»Was? Wovon redest du?«, fragte Mr Mason.

»Das ist die Kleine aus der Schule, mit der Jim damals zusammen war. Du weißt schon. *Sie.*« Sie starrte mich wütend an. »Du steckst da mit drin? Ihr lasst uns jetzt sofort gehen. Wir haben keine Informationen über Jimmy.«

Ich nahm Whitley die Waffe ab und richtete sie auf Mrs Mason. Sie schnappte erschrocken nach Luft.

»Sagen Sie mir, was Sie über Jims Tod wissen«, befahl ich ihr.

Sie blickte voller Angst zu ihrem Mann und dann wieder zu mir. Dann begann sie zu wimmern. Es war ein seltsames Geräusch, wie ein Strandball, der durch ein winziges Loch Luft verliert.

»Lass sie in Ruhe!«, brüllte Edgar plötzlich. »Gloria hat damit nichts zu tun, du kleine Betrügerin!«

Ich richtete die Waffe auf ihn. »Was ist mit Jim passiert?«

»Ich habe es den Leuten doch schon tausendmal gesagt«, fauchte er. »Wir wissen nichts.«

»Das kann nicht sein.«

Er schüttelte den Kopf. »Die Polizei hat uns gesagt, es war Selbstmord.«

»Das hätte Jim niemals getan. Und das wissen Sie.«

»Nein. Das weiß ich eben nicht.« Er ließ den Kopf hängen, und es sah aus, als würde er weinen.

Da fiel es mir wieder ein.

Ich trat hinter ihn und musterte seine Handgelenke, die mit Kabelbindern gefesselt waren. Ich zog seine Manschetten hoch. Offenbar wusste Mr Mason, wonach ich suchte, denn er fing sofort an, sich zu winden, und versuchte, seine Hände wegzuziehen.

»Nein! Wag es ja nicht –«

Ich schnitt das Armband von seinem Handgelenk.

»Jetzt hast du's getan. Gut. Bravo. Damit kannst du deine Zukunft abhaken, Mädchen, denn du wirst den Rest deines Lebens in einem so elenden Loch verbringen, dass du darum *betteln* wirst, ins Gefängnis zu dürfen.«

»Schön wärs.«

Whitley starrte mich entgeistert an. »Was ist denn in dich gefahren?«

»Ich bin in Mr Masons Büro«, sagte ich und lief die Wendeltreppe hinauf.

....

Martha war völlig überrascht, als ich den verglasten Turm betrat.

»Meine Güte. Was ist passiert?«

»Das ist eine lange Geschichte. Aber mir gehts gut.«

Ich zog mir einen Stuhl heran und setzte mich neben Martha an den wuchtigen Schreibtisch. Sie starrte mich so lange an, dass ich mich fragte, ob sie diejenige gewesen war, die mich mit der Hummelnadel gestochen hatte. Doch das ließ sich nicht herauskriegen. Noch nicht.

»Ich habe versucht, mich in Edgars Laptop einzuloggen«, sagte sie und wies auf den Bildschirm. »Aber das ist unmöglich. Es gibt drei Passwortfelder.«

Ich sah auf die wandernde Linie aus Zahlen, Symbolen und Buchstaben, die über das Armband lief. Sie änderte sich alle fünfzehn Sekunden. Ich tippte die angegebene Sequenz in die drei Passwortfelder.

Der Computer wurde freigegeben.

»Das glaube ich jetzt nicht«, sagte Martha staunend. »Einfach so? Woher wusstest du …?«

»Erkläre ich dir später.«

Bevor ich mich in den Rechner klickte, klebte ich die Webcam zu. Ich wusste nicht, was passieren würde, wenn klar wurde, dass sich jemand Fremdes eingeloggt hatte, aber wir mussten uns auf jeden Fall beeilen. Edgar Mason hatte ein personalisiertes Mailprogramm namens Torchlight Command. Sobald ich das Programm öffnete, erschien oben rechts in der Ecke ein Timer, der die Dauer meiner Aktivitäten aufzeichnete.

Als Erstes suchten wir nach Mails von Jim.

Wir fanden keine. Als wir die Namen seiner Geschwister ins Suchfeld eingaben, wurden zig Mails angezeigt, aber es gab keine einzige von oder an Jim.

»Er ist komplett aus den Mails seines Vaters gelöscht worden«, sagte Martha. »Warum?«

»Vielleicht hat er irgendwas Aufrührerisches geschrieben.«

Sie zuckte die Achseln.

Auf der Festplatte wurden über zweitausend Ordner angezeigt, die sich auf einem Cloudserver namens Torchlight Library befanden. Ich suchte nach *Jim Mason*. Nichts. Wir fanden jede Menge Finanzdaten, Listen von obskuren Holdinggesellschaften mit Namen wie Redshore Capital America and Groundview Fund, mit Adressen auf den Kaimaninseln und in Panama City. Es gab Händlerzettel und Überweisungsbelege von einer Bank in der Türkei an eine andere in der Schweiz, einige davon über so hohe Dollarbeträge, dass sie aussahen wie Tippfehler. Wenn irgendwas davon illegal war oder mit Jims Tod zu tun hatte, war die Wahrheit unter Schichten von Namen, Zahlen und Symbolen vergraben, die nicht so leicht abzutragen waren.

»Vielleicht macht Edgar irgendwelche faulen Geschäfte«, sagte Martha. »Ausbeutungsbetriebe. Kinderarbeit. Vielleicht ist Jim dahintergekommen und es gab einen Riesenstreit.«

»Wenn Jim so was rausgefunden hätte, wäre er am Boden zerstört gewesen, ja. Aber er hätte sich nicht umgebracht.«

Sie zuckte die Achseln. »Was, wenn Edgar jemanden dafür bezahlt hat, Jim zu töten?«

Ich starrte sie ungläubig an. »Seinen eigenen Sohn?«

»Wenn er Angst hatte, das Imperium zu verlieren, das er sich aufgebaut hat? Warum nicht?«

Plötzlich richtete sie sich auf, runzelte die Stirn und deutete auf die Glaswände. Entsetzt sah ich, dass sämtliche Scheiben zerbrachen. Überall um uns herum breiteten sich feine Risse im Glas aus wie Spinnennetze.

»Die Instabilität der Niemalswelt«, flüsterte Martha.

Ich nickte nur und klickte eilig wieder das Mailprogramm an. Ich wollte nicht, dass sie sich fragte, was diese Zerstörung zu bedeuten hatte und ob ich die Ursache dafür war.

»Die meisten von Edgars Mails stammen von einer Frau namens Janet«, sagte ich und räusperte mich. »Das ist seine persönliche Assistentin. Offenbar liest sie seine Mails zuerst und schickt ihm dann eine Zusammenfassung.«

»›Chris Endleberg, Präsident von Princeton, hat angerufen‹«, las Martha langsam. »›Er begrüßt Ihren Umgang mit dem Vorfall S. O., und sie werden auf Disziplinarmaßnahmen verzichten.‹ Aha. Was gibts sonst noch?«

Wir überflogen die Mails aus der Woche vor Jims Tod.

Da war nichts Ungewöhnliches. Ein Vorstandsmitglied bereitete Schwierigkeiten. *Patrick muss gehen.* Ein Immobilienmakler bot Edgar unter der Hand ein Anwesen in Bedford im Wert von 48 Millionen Dollar an. *Netter Schuppen.* Jemand, dem ein Fast-Food-Restaurant gehörte, bat um einen weiteren Kredit. *Ich verstehe Ihr Anliegen, aber der Trend geht zu tiefgekühlten Fried-Chicken-Gerichten mit romantischen Namen.* In den Tagen nach Jims Tod gab es etliche Mails, in denen es um die Beerdigung, den Blumenschmuck und den gebuchten Chor ging und darum, wer einzuladen war und wer eine Ansprache halten würde. Aber das Ganze wirkte seltsam kühl, als wäre Jims Tod nur ein weiterer Punkt auf der Erledigungsliste seines Vaters. Mein Name war irgendwo unter dreihundert anderen vergraben.

»Ich kapiers nicht«, murmelte Martha und starrte mit gerunzelter Stirn auf eine Mail, die sie gerade geöffnet hatte.

»Was denn?«

»›S. O. will ein anderes Zimmer.‹« Sie sah mich an. »Das ist von Janet. ›Er will, dass Sie den Hausleiter in Princeton anrufen und das mit ihm klären, da ein solcher Wechsel im ersten Jahr nicht üblich ist.‹ Seltsam.«

»Was ist seltsam?«, fragte ich.

»Wieder eine Mail wegen Princeton. Wer aus der Familie Mason studiert in Princeton?«

Gute Frage. Jim war der Älteste. Seine Geschwister waren noch nicht einmal auf der Highschool.

»Wer ist S. O.?«, überlegte ich laut.

Wir durchsuchten die Mails nach den Initialen und fanden noch eine weitere Mail. In dem Moment, als ich sie anklickte, fiel die Wand aus zersprungenem Glas vor uns plötzlich in sich zusammen und Millionen von Scherben klirrten über das Dach und an der Hauswand hinunter. Ein mächtiger Windstoß wehte herein, blähte die Vorhänge und wirbelte haufenweise Papiere von Mr Masons Schreibtisch.

»Wir haben nicht mehr viel Zeit«, sagte ich hastig. »Das System sperrt uns gleich aus.«

Martha nickte, biss sich auf die Unterlippe und sah sich die Mail an.

S. O. möchte morgen mit Ihnen zu Mittag essen, um eine geschäftliche Angelegenheit mit Ihnen zu besprechen. Habe einen Tisch im Jean-Georges reserviert.

»Versuchs mal mit Princeton als Suchbegriff«, schlug Martha vor.

Ich tat es, und eine weitere Mail tauchte auf.

Chris Endleberg von Princeton möchte Ihnen persönlich für Ihre Spende danken und lädt Sie für den 24. 2. zum Abendessen ein. Habe abgesagt, da Sie dann in Buenos Aires sind.

»S. O. könnte ein Vetter sein«, sagte ich. »Vielleicht finanziert Edgar ihm das Studium?«

»Oder S. O. ist sein Schutzteddy mit der gelben Weste, den er im Flugzeug, im Zug und im Auto immer bei sich hat.«

Das war offenbar als Scherz gemeint, obwohl man bei Martha nie wissen konnte.

»Oder S. O. ist sein unsichtbarer Freund aus Kinderzeiten«, sagte ich.

»Oder S. O. ist seine sechste Persönlichkeit, da er schon seit Jahren an Schizophrenie leidet, was aber keiner weiß.«

Wir grinsten uns an, aber natürlich war der Augenblick vorbei, als wir merkten, was da gerade passierte: Wir waren nicht mehr auf der Hut voreinander.

Mit einem Mal fielen drei weitere Glaswände in sich zusammen und eine heftige Bö fegte durch den Raum, die erneut alles aufwirbelte.

In dem Moment steckte Whitley den Kopf zur Tür herein.

»In drei Minuten endet die Wache –« Sie runzelte die Stirn. »Meine Güte, was ist denn hier los?«

Martha sprang auf. »Das ist die Niemalswelt. Wir müssen hier weg. *Sofort.*«

Eilig erklärten sie mir ihren Plan. Wir mussten nach Wincroft zurück, um Cannon zu finden. Aus den Masons war nichts herauszubekommen. Es war wichtiger, dass wir fünf wieder zusammen waren, als sie weiter zu bearbeiten.

»Nutz die Klippe für die Wache«, befahl Martha kryptisch, bevor sie hinauslief.

Ich blieb, wo ich war, und durchsuchte weiter Edgars Laptop, während der Wind um mich herumheulte und die Papiere durch die Luft flogen. Doch keine Minute später ertönte ein Alarm aus den Lautsprechern, und der Bildschirm wurde schwarz. Ich sprang auf, und als ich zur offenen Gartenseite lief, sah ich, wie Martha, Kipling und Whitley unten aus dem Haus kamen und am Pool vorbei zur Klippe rannten.

Nutz die Klippe für die Wache.

Überrascht beobachtete ich, wie sie sich nebeneinander an den äußersten Rand stellten und sich an den Händen fassten.

Dann sprangen sie.

....

Als ich wieder nach unten kam, sahen die Masons völlig verängstigt aus.

Sie hatten dasselbe gesehen wie ich. Jetzt glaubten sie wirklich, dass wir alle verrückt waren.

Ich befragte sie eine weitere Stunde lang. Mr Masons Handy klingelte andauernd. Der Festnetzanschluss ebenso. Irgendwo im oberen Stock fiepte ein Drucker. Das war garantiert jemand von Torchlight Security, der Mr Mason warnen wollte, weil jemand in seinen Computer eingedrungen war. Ich hielt die Pistole auf ihn gerichtet und fragte ihn, worüber er und Jim kurz vor seinem Tod gestritten hatten.

»Wovon redest du?«, jammerte er. »Mein Sohn und ich haben uns nicht gestritten. Das haben wir nie.«

»Wer ist S. O.?«

»S. O.?« Er sah mich verwirrt an.

»Der in Princeton studiert.«

Er schnaubte. »Das ist der Sohn eines Kollegen. Was hat der denn mit alldem … Du bist wirklich gestört, Mädchen. Wenn du auch nur ein bisschen Verstand hast, machst du uns los, kehrst in dein durchgeknalltes Leben zurück und hoffst – nein, *betest* –, dass meine Anwälte nicht beschließen, dich auf einen Cracker zu streichen und als Horsd'œuvre zu servieren.«

Ich versuchte, Mr Mason noch eine Falle zu stellen, und behauptete, Jim hätte mir alles über seine krummen Finanzgeschäfte erzählt. Ich wollte sehen, ob er unruhig oder ängstlich reagierte. Doch wie vermutet, trug mir mein Schuss ins Blaue nur verwirrte Mienen und empörte Bemerkungen ein – sie hätten mich immer für ein nettes Mädchen gehalten, deshalb fänden sie es umso schockierender, dass ich an diesem Albtraum beteiligt war.

»Tun Sie doch nicht so«, erwiderte ich. »Sie haben mich nie

gemocht. Und nur für die Akten: Ich heiße nicht Jessica oder Antonella oder Barbara oder Blair. Ich heiße Beatrice Hartley.«

Ich feuerte einen Schuss in die Decke ab. Sofort breiteten sich feine Risse im Putz aus, die bis in die Zimmerecken und dann an den Wänden hinunterwanderten.

»Wir geben dir so viel Geld, wie du willst«, wimmerte Mrs Mason mit besorgtem Blick an die Decke.

Da spürte ich, wie das Ende der Wache kam. Ich legte die Waffe weg und lief ohne ein weiteres Wort aus dem Haus. Die Masons starrten mir verständnislos und voller Angst hinterher. Draußen sah ich, wie zwei Polizeiautos die steile Auffahrt heraufkamen. Ein Polizist stieg aus und rief mir etwas auf Griechisch zu.

Ich rannte zum Rand der Klippe.

Als ich dort oben stand, begannen die Erde und der Fels unter mir zu bröckeln, als wäre ich so schwer wie ein Haus, als wöge ich zehn Millionen Tonnen. Riesige Felsbrocken lösten sich rumpelnd. Mit einem Schrei sprang ich, als der Boden unter mir wegbrach. Ich fiel kopfüber, so schnell, dass es mir die Luft aus der Lunge drückte. Über mir wirbelte das Blau des Himmels. Ich kniff die Augen zu und versuchte, meine Gedanken zu beruhigen und an Wincroft zu denken, am Tag, als ich dort angekommen war, doch dann schoss mir plötzlich etwas anderes durch den Kopf.

Eine Verbindung. Aber ich bekam sie nicht zu fassen.

Etwas, das ich gesehen hatte. Zwei Mal.

Ich versuchte, es zu ignorieren. Stacheliges Gras, Büsche

und Zypressen wirbelten an mir vorbei. Schreiend öffnete ich die Augen und sah die Klippe, Staubwolken und dann das Haus, das über mir einstürzte, eine donnernde Masse aus Glassplittern, Stahl und Felsbrocken, die auf mich zukam, während wir alle ins Meer stürzten.

Es war zu spät.

21

»Alles okay, Mädchen?«

Jemand rüttelte mich an der Schulter.

Ich öffnete die Augen. Dann riss ich den Kopf hoch und schrie.

Eine üppige Frau mit roten Haaren und stark geschminkten Augen blickte sichtlich erschrocken auf mich herunter. Sie trug einen pinkfarbenen Sonnenschild mit einem Cartoon-Hähnchen darauf, das ein Herz auf der Brust hatte.

»Tut mir leid, Mädchen, aber du kannst hier nicht schlafen. Soll ich jemanden für dich anrufen?«

Ich sah mich um. Ich lag auf einer Sitzbank in einem beengten Fast-Food-Restaurant. Um mich herum saßen Leute und aßen Fried Chicken mit Pommes und tranken Milchshakes. Die Wände waren mit einer Herzchentapete beklebt und überall hingen Fotos von Paaren, die sich küssten oder

Händchen hielten. Ich blinzelte, als ich die Papierunterlage auf dem Tablett vor mir sah.

Alonso's Honey Love Fried Chicken. Ein Bissen, und du bist verliebt.

»Wo – wo bin ich?«, fragte ich verwirrt.

»In Newport. Soll ich deine Mom anrufen? Oder ein Mädchenhaus?«

Ich schüttelte den Kopf und richtete mich mühsam auf. Benommen registrierte ich, dass ich meine alte Darrow-Uniform anhatte: weiße Bluse, grüner Schottenrock, schwarze Strumpfhose und die halbhohen schwarzen Steve-Madden-Stiefel, die mich vier Schuljahre lang begleitet hatten.

»Wirklich. Ich kann gerne jemanden anrufen.«

Ich presste die Hand an meinen pochenden Schädel und entfernte mich schwankend von der Frau.

Was war passiert? Warum war ich nicht in Wincroft gelandet? Dann erinnerte ich mich, was mir während des Sturzes durch den Kopf gegangen war.

Es war Vidas Bemerkung gewesen, wohin sie Jim gebracht hatte.

In einem runtergekommenen Viertel. Ein-Dollar-Läden. Eine Zoohandlung. Auf dem Parkplatz war ein Mann in einem Hühnerkostüm, der herzförmige Luftballons verteilt hat.

»Und warum wollte Jim dahin?«, hatte Martha sie gefragt.

Was weiß denn ich? Vielleicht wollte er Fried Chicken essen und sich einen Leguan kaufen.

Fried Chicken und Herzen waren auch auf dem Gutschein gewesen, der in Jims leerem Aktenkarton gelegen hatte.

Und sie waren auch in einer der Mails von Edgar Mason aufgetaucht. Ein Restaurantbesitzer hatte um einen weiteren Kredit gebeten. *Ich verstehe Ihr Anliegen, aber der Trend geht zu tiefgekühlten Fried-Chicken-Gerichten mit romantischen Namen.*

Als ich an der Kasse vorbeikam, fiel mein Blick auf die laminierte Werbung, die auf dem Tresen lag.

Jetzt neu! Honey Love Fried Chicken Fertiggerichte in Bio-Qualität – ab sofort in der Tiefkühlabteilung Ihres Supermarkts erhältlich. Probieren Sie unseren einzigartigen Geschmack! Honey Love Mesquite.

»Was hätten Sie gerne, Miss?«

Der halbwüchsige Junge hinter der Kasse starrte mich an. Mit einem nervösen Lächeln stieß ich die Tür auf und ging nach draußen, wo ich mich an einem Zeitungsautomaten festhalten musste. Dann sah ich, dass ein Stück weiter jemand in einem gelben Hühnerkostüm herzförmige Luftballons an die Leute verteilte. Das Einkaufszentrum sah genauso aus, wie Vida es beschrieben hatte. Auf dem Parkplatz standen ein paar Leute herum.

Ich beugte mich hinunter und sah nach dem Datum auf der Zeitung.

Freitag, der 14. Mai. Letztes Jahr.

Ich hatte den richtigen Tag erwischt. Schließlich erinnerte ich mich an den Abend, an dem Jim mit Vida weggefahren war, als wäre es gestern gewesen.

Ein älterer Mann schob seinen voll beladenen Einkaufswagen an mir vorbei.

»Entschuldigen Sie«, fragte ich, »wie spät ist es?«

Er sah auf seine Uhr. »Zehn vor eins.«

Vida hatte gesagt, sie hätte Jim gegen acht oder neun dort abgesetzt, also musste ich noch fast acht Stunden herumkriegen, bis er auftauchte. Hoffentlich dauerte die Wache so lange. Falls Jim überhaupt hier auftauchte. Es war reine Spekulation, aber immerhin denkbar. Wer auch immer Jims Akte aus dem Karton in der Polizeiwache von Warwick genommen hatte, hatte den Gutschein nicht weiter beachtet, aber was, wenn er tatsächlich ein Beweisstück gewesen war? Was, wenn er in Jims Akte gelegen hatte, weil die Polizisten seine Unternehmungen während der letzten Tage vor seinem Tod nachverfolgt und entdeckt hatten, dass er in diesem Einkaufszentrum gewesen war, in diesem Restaurant?

Mein Kopf tat immer noch höllisch weh. Ich ging den überdachten Gehweg entlang, vorbei an einem Spirituosengeschäft, einem Ein-Dollar-Laden und einer Zoohandlung namens Man's Best Friend. Ich musste mich umziehen. Das Restaurant war klein; wenn Jim tatsächlich hierherkam, würde er mich sofort entdecken. Aber ich hatte kein Geld, um mir andere Sachen zu kaufen. Ich sah zu, wie die Leute kamen und gingen, Männer in ausgeblichenen T-Shirts, die sich Schnaps kauften, Frauen mit kleinen Kindern, eine alte Frau, die fast um neunzig Grad vornübergebeugt ging und einen Einkaufswagen vor sich herschob. Als ich eine lächelnde Frau mit einem Zwergspitz aus einem Geschäft für Bürobedarf kommen sah, ging ich auf sie zu.

»Entschuldigen Sie, Ma'am, können Sie mir vielleicht helfen? Ich brauche neue Kleidung –«

Mit einem entsetzten Blick nahm sie ihren Hund auf den Arm und stieg in ihr Auto.

Schließlich ging ich in jeden Laden des Einkaufszentrums, marschierte frech durch die Türen mit der Aufschrift »Nur für Angestellte« und schaute mich in Lagerräumen, Pförtnerlogen und Ladebuchten um, in der Hoffnung, irgendwo eine Uniform oder Ähnliches zu finden. Es gelang mir, in der Zoohandlung eine Hose zu klauen und ein Hoodie aus einem Spind im Supermarkt. Ich fragte einen alten Mann, der sich gerade eine Packung Eiscreme aus der Tiefkühltruhe nahm, ob ich seine Baseballkappe haben könnte. Anscheinend sah ich irgendwie verzweifelt oder seltsam oder unwirklich aus, denn er gab sie mir wortlos und schob dann eilig seinen Einkaufswagen weiter.

Ich ging in ein chinesisches Restaurant namens Fu Mao Noodle, zog mich dort auf der Toilette um und schnappte mir im Hinausgehen eine Handvoll Glückskekse aus dem Schälchen an der Kasse. Damit setzte ich mich auf eine Bank vor der Zoohandlung, von der ich den Parkplatz sehen konnte, und während ich die Kekse aß, spürte ich, wie sich ein ungutes Gefühl in mir ausbreitete. *Kleine Gelegenheiten sind der Beginn großer Unternehmungen. Du bist der Architekt deines Schicksals. Große Reisen beginnen mit einem einzigen Schritt.* Ich musste drei Mal die Bank wechseln, weil bei jeder, auf der ich saß, das Holz zu splittern und zu reißen begann. Eine brach sogar mittendurch.

Je länger ich wartete, desto größer wurde meine Angst, dass ich mit meiner Annahme recht gehabt hatte, dass Jim tatsächlich hierherkommen würde. Traf er sich mit einem anderen Mädchen? Was hatte ihn beschäftigt? Was war so schrecklich gewesen, dass er mit mir nicht darüber reden konnte? *Wovor hatte er solche Angst gehabt?*

Um fünf nach acht fuhr ein ramponierter roter Nissan mit einem Zu-verkaufen-Schild an der Heckscheibe auf den Parkplatz. Er hielt vor dem Honey Love Fried Chicken und die Beifahrertür ging auf. Jim stieg aus. Schwarzes T-Shirt. Jeans.

Ich konnte Vida am Steuer sitzen sehen. Jim betrat das Restaurant. Vida wartete noch einen Moment, als wolle sie sicher sein, dass er nicht wieder herauskam. Dann fuhr sie weg, genau wie sie gesagt hatte.

Ich wartete noch eine Minute, dann lief ich den überdachten Gehweg entlang. Jede einzelne Säule war von schwarzem Schimmel überzogen.

Ich spähte durch die Glastür. Jim stand mit dem Rücken zu mir am Tresen.

Rasch schlüpfte ich hinein und setzte mich an einen freien Tisch beim Fenster.

»Rufen Sie ihn noch mal an«, sagte Jim. Er klang wütend.

Die Frau, mit der er sprach – die, die mich wach gerüttelt hatte –, sah ihn verwirrt an.

»Das habe ich doch gerade getan. Er hat gesagt, er kommt gleich –«

»Rufen Sie ihn noch mal an.«

Verängstigt griff sie nach dem Telefon und wählte.

»Er sagt, er kommt sofort.«

Sekunden später kam ein Mann südamerikanischer Herkunft mit üppigem Schnauzer aus dem hinteren Bereich. Er war zierlich, ungefähr Mitte vierzig und hatte ein freundliches Gesicht.

»Jim. Lange nicht gesehen. Wie geht es dir?«

»Wir müssen reden.«

»Ich hab gleich eine Telefonkonferenz. Komm doch nach Geschäftsschluss noch mal vorbei.«

»Wir müssen reden, und zwar *sofort.*«

Irritiert bedeutete der Mann Jim, mit ihm zu kommen. Ich sah, wie sie durch die Hintertür verschwanden. Ich wartete noch einen Moment, dann folgte ich ihnen. Als ich den hinteren Bereich betrat, hörte ich eine weitere Tür zuschlagen. Vor mir war die Küche und dahinter schien eine Art Büro zu sein. Die Tür war zu, aber sie sah dünn aus, und als ich hinüberhuschte, konnte ich ihre Stimmen klar und deutlich hören.

»ICH FRAGE SIE JETZT ZUM LETZTEN MAL: WER IST ESTELLA ORNATO?«

»Wovon redest du?«

»ESTELLA ORNATO!«

»Sie – nun ja, sie ist meine Tochter …«

»Und?«

»Und was?«

»Vier Jahre alt. Letztes Jahr gestorben. Hilft Ihnen das auf die Sprünge?«

»Jim, bitte, nicht hier –«

»FINGER WEG VOM TELEFON, ODER ICH SCHWÖRE –«

»Jim –«

»VERDAMMT NOCH MAL, ICH WILL ENDLICH DIE WAHRHEIT WISSEN!«

»Wer hat dir davon erzählt? Von wem kommt das?«

»Ihr Bruder hat mir einen Brief geschrieben. ESTELLA IST NICHT BEI EINEM AUTOUNFALL GESTORBEN –«

»Jim. *Jim*. Hör mir zu –«

Die Stimmen verstummten. Dann krachte plötzlich etwas Schweres gegen die Tür.

»SAGEN SIE MIR DIE WAHRHEIT, ODER ICH SCHWÖRE BEI GOTT –«

»He, Sie«, sagte eine Frau. »Was machen Sie hier?«

Ich drehte mich um. Es war die Rothaarige. Sie hatte empört die Hände in die Hüften gestemmt.

»Ich habe ein Vorstellungsgespräch bei Ihrem Chef«, stieß ich hervor.

Sie beäugte mich skeptisch. Doch da ertönte ein weiteres ohrenbetäubendes Krachen im Innern des Büros, und sie lief besorgt nach vorne, um mit dem Jungen von der Kasse zu beraten, was zu tun sei.

»HAT MEIN VATER FÜR DAS HIER BEZAHLT? UND FÜR DAS? UND DAS?«

Ein schriller Schrei war zu hören, dann ein Stöhnen. Alarmiert stieß ich die Tür auf und sah gerade noch, wie Jim eine Tasche mit Golfschlägern auf Mr Ornato warf, der zusammengekrümmt auf dem Boden lag. Dann trat Jim ihm in den Bauch.

»Jim«, rief ich.

Verdutzt drehte er sich um. Die Rothaarige stürmte an mir

vorbei in das Büro. »O Gott, Mr Ornato. Ist alles in Ordnung? Ich rufe die Polizei.«

»Nein, nein, schon gut.« Ächzend richtete er sich auf. Sein Gesicht war schweißnass und seine Haare standen kreuz und quer ab. »Nicht nötig. Es ist nur ein Missverständnis. Gehen Sie zurück an die Arbeit.«

Jim wischte sich mit dem Arm über das Gesicht und betrachtete benommen das Chaos um ihn herum.

Dann fing er an zu weinen. Ich ging auf ihn zu und umarmte ihn.

»Komm, lass uns verschwinden«, flüsterte ich ihm zu.

Wir setzten uns auf den Bordstein vor dem Fu Mao Noodle und sahen zu, wie die Autos vorbeirauschten, wie der Himmel sich erst dunkelblau und dann schwarz färbte und wie die Ampel von Rot auf Gelb auf Grün wechselte. Wir sahen kleine schwarze Vögel, die auf den Telefonleitungen landeten und wieder wegflogen, und hörten die quietschenden Räder der Einkaufswagen. All das ganz normale Leben – Automaten, die Getränkedosen ausspuckten, Lagerhelfer, die eine Zigarettenpause einlegten, Autos, die parkten und wieder wegfuhren.

Und währenddessen erzählte mir Jim alles.

Ich hörte entsetzt zu. Auf einmal ergab alles einen Sinn – der Sicherheitsfimmel seines Vaters, Jims merkwürdiges Verhalten, seine Entscheidung, niemandem etwas zu sagen, nicht einmal mir. Wenn er mir damals die Wahrheit gesagt hätte, wäre dann alles anders verlaufen? Wäre er noch am Leben?

Das Ganze hing mit dem Bootsunfall zusammen. Jim war mit einem Freund in einem Rennboot in der Mecox Bay gekreuzt und dabei hatten sie ein Fischerboot gerammt. Als Jim im Krankenhaus zu sich kam, hörte er die Geschichte von seiner Familie und der Polizei, alles bestätigt durch Artikel im *East Hampton Star*. Außer Jim war niemand verletzt worden.

Der Fischer war kein anderer als Alonso Ornato, der Besitzer von Honey Love Fried Chicken. Aber das war nicht die ganze Wahrheit. Alonso hatte seine vierjährige Tochter Estella bei sich im Boot gehabt. Sie kam bei dem Zusammenstoß ums Leben.

Das hätte normalerweise eine Anklage wegen fahrlässiger Tötung gegen Jim zur Folge gehabt. Da er noch nicht volljährig war und dank der Beziehungen seines Vaters hätte er im Höchstfall ein paar Monate, vielleicht sogar nur Wochen in einer Jugendstrafanstalt gesessen und wäre dann auf Bewährung freigekommen.

Aber das war den Masons nicht gut genug.

Sie beschlossen, dass das Ganze nie passiert war. Sie löschten den Vorfall aus der Geschichte und schrieben die Vergangenheit um. Sie schlugen Alonso Ornato einen Deal vor: Sie würden sich für den Rest ihres Lebens um ihn und seine Familie kümmern – monatlicher Unterhalt, neue Häuser, neue Autos, die allerbeste Ausbildung für seine anderen Kinder, grenzenloser Kredit für seine Geschäfte –, wenn im Gegenzug Estella nie auf dem Boot gewesen war. Sie würde stattdessen bei einem Autounfall sterben.

Mr und Mrs Mason arrangierten das Ganze mithilfe von Torchlight. Sie fuhren Alonsos Auto gegen einen Baum, und zwar so kunstgerecht, dass die Polizei keine Fragen stellte.

»Sie haben die Flecken von der Oberfläche gewischt«, sagte Jim. »Alle Anzeichen von Fäulnis entfernt. Den üblen Gestank, der vom Keller heraufstieg, abgesaugt. Alles für mich. Damit ich keine Scham spüre. Keinen Kummer. Keinen Schmerz. Ich konnte mein Leben ohne Schuldgefühle weiterleben. Ich konnte weich gefedert meinem goldenen Schicksal entgegengehen.« Er starrte mit leerem Blick auf den Asphalt. »Sie begreifen nicht, dass sie mich zerstört haben.«

Ich berührte seinen Arm. »Das stimmt nicht. Du kannst immer noch etwas tun.«

Du bist eine Lügnerin, flüsterte eine Stimme in meinem Innern. *Was soll er denn jetzt noch tun? Er ist tot.*

»Was denn, Bee? Es steckt in meinem Kopf. Das ist der Grund, warum es mir so schlecht geht, warum ich keine einzige verdammte Note mehr aufs Papier bringe. Ich werde nie wieder ein Instrument anfassen. Weil ihr Gift in mir ist.« Er schlug sich immer wieder gegen den Kopf. Es machte mir Angst und ich hielt seine Hand fest. »Verstehst du denn nicht? Sie haben mich umgebracht.«

»Du solltest dich an eine Zeitung wenden. Die Polizei informieren.«

Er lachte verbittert. »Klar. Die Polizei. Prima Idee. Meine Familie wird zerstört. Meine Geschwister werden Straftäter als Eltern haben. Die ganze Welt wird uns hassen. Wir werden das warnende Beispiel für den Gipfel der Verderbtheit sein. Und all das, um mein Gewissen zu beruhigen. Was würde das nützen? Das Mädchen ist trotzdem tot. Das ist das Schlimmste daran. Ich kann *nichts* tun, gar nichts. Ich bin das alles schon tausend Mal durchgegangen.«

Er begann wieder zu weinen, das Gesicht in den Händen vergraben.

Ich blickte mit einem seltsamen Gemisch aus Verzweiflung und Ruhe auf den Parkplatz. Jim hatte recht. Selbst wenn er noch leben würde und dieser Moment wirklich wäre, was könnte er tun? Eine Stiftung in Estellas Namen gründen? Ein Musical über die ganze Sache schreiben? Das Schlimmste daran war, dass das, was die Masons getan hatten, wie ein Giftgas alles durchdrang.

Wir saßen schweigend da und hielten uns an den Händen. Es war, als hätten wir beide die Brille abgenommen und sähen zum ersten Mal, dass die Welt nie so schön gewesen war, wie wir immer gedacht hatten. Es war wie eine verlorene Vision, die nie zurückkehren würde.

»Immerhin habe ich dich, Beatrice«, sagte Jim und drückte meine Hand. »Du rettest mich.«

Aber du hast mich nicht. Ich lebe gar nicht mehr. Und du auch nicht.

Wir sind Geister. Wir sind Luft. Wir sind Annäherungen.

Ich spürte einen schmerzhaften Kloß im Hals. Mir war nach Weinen zumute, um ihn und um mich. Meine Beine wurden schwer. Das Ende der Wache nahte. Ich wusste nicht, wie viel Zeit mir noch blieb. Es schien mich jetzt schneller zu packen. Mein Kopf fühlte sich an, als würde er schmelzen.

Jim musterte mich mit gerunzelter Stirn. Vielleicht fragte er sich, woher ich gewusst hatte, dass er herkommen würde. Dann begriff ich, dass er den Schimmel bemerkt hatte, der den Bordstein bedeckte, und die Risse im Asphalt, die sich unter unseren Füßen ausbreiteten.

Ich stand auf und sah auf ihn hinunter. Eins musste ich noch wissen.

»Du würdest deswegen doch nichts Schlimmes tun, oder?«

»Was meinst du damit?«

»Du würdest doch nicht dein Leben wegwerfen.«

»Du meinst, ob ich mich umbringen würde?« Er sah mich entrüstet an.

Nein.

»Ich muss los.«

Ich wandte mich um und lief los, doch als er meinen Namen rief und fragte, wo ich hinwollte, drehte ich mich übermütig lachend um und schrie: »Ich liebe dich, Jim Mason. Ich hab dich immer geliebt.«

Ich lief vom Parkplatz auf die sechsspurige Schnellstraße. Autos hupten. Eine Frau ließ im Vorbeifahren die Scheibe herunter und rief: »Weg da! Was machst du denn, Mädchen?« Ich hörte Jims Stimme, aber ich trat vor einen Zementlaster und schloss die Augen.

....

30. August, Wincroft, 18.12 Uhr.

»Beatrice? Bee! Beatrice!«

22

Martha, Kip und Whitley warteten in der Bibliothek auf mich.

Cannon fehlte nach wie vor.

»Du hast es geschafft, Bee«, sagte Whitley und umarmte mich.

»Was ist passiert, nachdem wir weg waren?«, fragte Kipling.

Ich antwortete nicht, sondern ging an ihnen vorbei nach oben, in eines der Schlafzimmer. Als ich kurz darauf wieder unten war – mein Verdacht hatte sich bestätigt, ich hatte das Gesuchte gefunden –, erklärte ich den anderen, wo ich gewesen war. Ich erzählte ihnen von der Verbindung zwischen dem Mann im Hühnerkostüm aus Vidas Bericht, dem Gutschein von Honey Love Fried Chicken, der in Jims Aktenkarton gewesen war, und der Mail in Edgar Masons Computer.

Und ich erzählte ihnen von Estella Ornato.

Danach sagte lange niemand etwas. Whitley klappte ihren Laptop auf und googelte den Namen, dann las sie laut die einzige Information über Estellas Tod vor, die sie gefunden hatte, eine knappe Meldung im *South Shore Sentinel:*

»›Heute wurde der Name eines vierjährigen Mädchens bekannt gegeben, das Mittwochabend bei einem Autounfall in Water Mill ums Leben kam.‹«

»S. O.«, sagte ich zu Martha. »Ich glaube, das ist Alonso Ornatos Sohn.«

In der Tat förderte eine Suche nach *Ornato* und *Princeton* das Facebook-Profil von Sebastian Ornato zutage, der demnächst sein zweites Studienjahr beginnen würde. Auf seiner Seite war ein Foto von ihm in der Firestone Library; er trug ein Princeton-Sweatshirt, grinste und machte das Victory-Zeichen.

»Der arme Kerl denkt, er wäre aus eigener Kraft nach Princeton gekommen«, sagte Kipling.

»Ich fasse es nicht.« Whitley schüttelte den Kopf. »Ich wusste ja schon, dass Jims Eltern zu allem fähig sind. Aber die komplette Existenz eines Menschen auszulöschen? Einen neuen Tod zu inszenieren, der eleganter und akzeptabler für alle Beteiligten ist? Und dann noch damit durchzukommen?«

»Das beweist doch, dass Jim wirklich Selbstmord begangen hat, oder?«, sagte Kipling mit einem Seufzer. »Wahrscheinlich fühlte er sich total alleine. Verloren. Deshalb ist er mit seinem Fahrrad zum Steinbruch gefahren und gesprungen.«

»Das glaube ich nicht.«

Alle sahen mich an. Ich erklärte ihnen, was Jim auf dem Parkplatz zu mir gesagt hatte.

»Aber wenn es kein Selbstmord war«, fragte Whitley, »was ist dann passiert?«

Ich griff in meine Tasche, holte die Hummelnadel heraus und legte sie auf den Beistelltisch.

Kip machte große Augen. »Was ist das, Kleine?«

»Das Geschenk, das ich im ersten Jahr von Jim bekommen habe.«

»Ach ja, stimmt«, sagte Whitley.

»Hatte dir die nicht jemand gestohlen?«, fragte Martha.

Ich nickte. »Ich habe sie gerade oben in Whitleys Schmuckschatulle gefunden.«

Wit starrte mich mit blassem Gesicht an.

»Du hast sie mir weggenommen. Das wusste ich. Es war einer von deinen berüchtigten Diebstählen, stimmts?«

»Bee, es tut mir so leid –«

»Du denkst nie nach. Du hast keine Ahnung, wie viel Schmerz du mit deinen planlosen Aktionen auslöst. Es tut weh, mit dir befreundet zu sein. Das war schon immer so. Aber ich hab dich trotzdem gern.«

Ohne Wits überraschte Miene zu beachten, erklärte ich den dreien, wie mich die Nadel Sekunden vor dem Ende der Wache in den Hals gepikst und mich dadurch mit Gedanken an Jim in die Vergangenheit geschickt hatte.

»Ich wars nicht, Bee«, sagte Whitley. »Ich schwörs.«

»Ich weiß. Es war Cannon.«

Alle starrten mich an.

»Er wusste, dass du sie genommen hattest, und er hat sie an dem Abend, als wir zum ersten Mal die Wache verändert haben, aus deinem Schmuckkästchen geholt. Er wollte mich ablenken und uns alle dadurch in einen ewigen Schwebezustand schicken. Er will nicht, dass wir herausfinden, was mit Jim passiert ist. Er will in der Niemalswelt bleiben.«

»Glaubst du, er hatte etwas mit Jims Tod zu tun?«, fragte Martha.

»Das weiß ich noch nicht.«

»Bee könnte recht haben«, sagte Kipling mit nachdenklicher Miene. »Cannon weiß, dass wir uns, wenn irgendwas schiefgeht, wieder hier treffen. Also wo zum Teufel steckt er?«

»Er versteckt sich irgendwo in der Vergangenheit oder Zukunft«, antwortete ich. »Es gibt nur eine Möglichkeit herauszufinden, was mit Jim passiert ist.«

Einen Moment lang herrschte Stille. Zweifellos dachten wir alle dasselbe.

»Nein.« Martha schüttelte den Kopf. »Kommt nicht infrage, Bee. Auf keinen Fall.«

»Es ist nicht so gefährlich, wie du denkst«, sagte ich.

»Doch, ist es.«

»Ich habe es schon gemacht. Ich bin aus Versehen sogar noch weiter zurückgegangen, fünf Jahre. Das Verrückte an der Vergangenheit ist, dass du dir nie selbst begegnest. Es gibt keine Doppelgänger. Wenn du dort ankommst, verschwindet dein damaliges Ich, um dir Platz zu machen.«

Martha sah mich wütend an. »Wie lang sind deine Wachen jetzt?«

Ich zuckte die Achseln.

»Unsere sind jetzt nur noch vier Stunden lang. Sie werden immer kürzer. Und das ist noch nicht alles. Mit jedem Mal, wenn wir in die Vergangenheit oder Zukunft gehen, wird die Chance auf eine gültige Abstimmung noch geringer als ohnehin schon. *Kapierst du das denn nicht?*«

Sie fauchte mich so heftig an, dass ich völlig geschockt war. Und die anderen auch.

Sie verstummte. Offenbar war ihr der Ausbruch peinlich.

Kipling wandte sich zu mir. »Wie lange dauert deine Wache jetzt?«

»Sechs Stunden?«

»Das genügt doch, um es auszuprobieren, oder nicht?«

Martha antwortete nicht, sondern starrte nur verstockt zu Boden.

»Wenn wir um ein Uhr morgens beim Steinbruch ankommen«, sagte ich, »müsste die Zeit doch ausreichen, um zu sehen, was mit Jim passiert ist, selbst wenn unsere Wache nur vier oder sogar nur drei Stunden dauert.«

Mit einem flauen Gefühl im Magen dachte ich an seine letzte Nachricht zurück. Gesendet um 23.29 Uhr.

Ich fahre zum Steinbruch. Kommst du?

Die anderen wussten immer noch nichts von Jims Nachrichten. Ich hatte nicht vor, es ihnen zu erzählen.

»Dann los«, sagte Whitley.

Während wir darüber diskutierten, wie wir die Wache am

besten entsprechend verändern könnten, schwieg Martha weiter. Sie saß zusammengesunken auf dem Sofa, ihre Miene eine Mischung aus Ärger und Resignation. Anscheinend durchkreuzte mein Vorschlag, direkt zum Steinbruch zu reisen, ihren großen Plan. Sie hatte die Kontrolle über die Gruppe verloren, aber weshalb sie so aufgebracht war und was das für die Abstimmung bedeutete, konnte ich nur vermuten.

23

Als ich aufwachte, blickte ich in einen klaren Nachthimmel voller Sterne, untermalt vom lärmenden Zirpen der Grillen. Ich lag im hohen Gras und die langen, scharfkantigen Blätter schnitten mir in die nackten Arme. Als ich den Kopf hob, erkannte ich erleichtert, dass ich mich außerhalb des Steinbruchs befand, doch die Erleichterung wich fast augenblicklich einer lähmenden Angst.

Der rostige Drahtzaun war nur ein paar Meter entfernt. Ich sah auf die Uhr.

Es war 1.02 Uhr.

Taumelnd stand ich auf und blickte mich um.

Weit und breit niemand zu sehen.

Ich folgte dem Zaun, wobei ich mich durch das hohe Gras und die Brombeerranken kämpfen musste, die scharf wie Stacheldraht waren. Vor mir konnte ich das verrostete gelbe

Schild sehen: ZUTRITT VERBOTEN. Irgendwo in der Nähe war das Loch, durch das wir immer geklettert waren. Ich bückte mich und suchte zwischen dem Gestrüpp. Schließlich fand ich es und kroch hindurch.

Weit vor mir zeichnete sich vor dem Nachthimmel der Vorarbeiterturm ab. Ein Schauer überlief mich und ich versuchte, die Übelkeit zu ignorieren, die mir in die Kehle stieg. In der Dunkelheit sah der alte Holzturm aus wie ein verlassenes Ufo.

»Bee!«, zischte eine Stimme hinter mir.

Ich fuhr herum. Whitley winkte mir von der anderen Seite des Zauns zu. Kipling stand hinter ihr; sein Gesicht schien über dem Meer aus Gras zu schweben. Ich dirigierte sie zu dem Loch und kurz darauf standen sie neben mir.

»Wo ist Martha?«, fragte ich die beiden.

»Verschwunden«, sagte Kipling.

»*Was?*«

»Sie ist abgehauen.«

»Im einen Moment war sie noch da«, sagte Whitley kopfschüttelnd, »und im nächsten war sie weg.«

»Sie wollte von Anfang an nicht mitkommen«, meinte Kipling. »Also hat sie es auch nicht getan.«

Wir wechselten beunruhigte Blicke. Wohin war sie gegangen? Versteckte sie sich wie Cannon irgendwo in der Vergangenheit oder Zukunft, weil sie Angst vor dem hatte, was wir herausfinden würden?

Es gab so viele Fragen, aber wir hatten keine Zeit, darüber nachzudenken. Nicht jetzt.

»Wir brauchen ein Versteck«, sagte ich. »Da ist doch diese Betonröhre am Rand vom Steinbruch. Da könnten wir reinklettern.«

Whitley runzelte die Stirn. »Was ist mit dem alten Büro direkt an der Straße?«

Ich schüttelte den Kopf. »Zu offensichtlich. Jim könnte uns sehen. Dann hätten wir die Vergangenheit beeinflusst und wir würden nicht erfahren, was wirklich passiert ist.«

»Dann also ab in die Röhre«, sagte Kipling mit einem geheimnisvollen Grinsen.

Wir machten uns auf den Weg und kämpften uns durch das hohe Gras bis zur Schotterstraße, die zum Steinbruch führte. Sie war mittlerweile auch überwuchert, aber dort war das Gras zumindest nur kniehoch. Nach einer Weile fiel mir auf, dass Kipling ein Stück zurückgefallen war. Er sah ungewöhnlich bedrückt aus. Als er merkte, dass ich auf ihn wartete, bemühte er sich zu lächeln.

»Alles okay mit dir?«, fragte ich.

»Aber klar doch, Kleine. Könnte nicht besser sein. Kommt ja nicht jeden Tag vor, dass ich zusehen darf, wie einer meiner Freunde umgebracht wird.«

Ich legte tröstend den Arm um ihn und stapfte gemeinsam mit ihm durch das wuchernde Grün. Das Zirpen der Grillen war so laut, dass es in meinen Ohren klang wie Millionen von Messern, die geschärft wurden. Trotzdem hallte mir eine Frage durch den Kopf: *Woher wusste er, dass Jim umgebracht worden war?* Es war ihm einfach so herausgerutscht.

Als *wüsste* er es.

Doch Kipling schien sein verbaler Ausrutscher nicht zu kümmern, sodass ich mich fragte, ob es überhaupt einer gewesen war. Wusste er wirklich etwas? Oder hatte er nur den Verdacht laut geäußert, dass jemand heute Nacht herkommen würde, um Jim zu töten?

Nach ein paar Minuten hatten wir die Stelle erreicht, wo die alte Straße in einem lang gezogenen U um das Büro, die Toiletten und den Vorarbeiterturm herumführte. Der Ausguck wurde von vier massiven Stahlstützen getragen, die mit Querstreben verstärkt waren, und die Holzleiter zog sich in der Mitte nach oben wie eine alte, arthritische Wirbelsäule. Es gab noch ein paar Hütten entlang der Straße – einst Unterkünfte für die Arbeiter, jetzt kaum mehr als vermoderte Holzhaufen – und einen zusammengebrochenen Kran, der aussah wie das Gerippe eines riesigen Blauwals.

Wir blieben stehen und blickten uns nervös um. Das ganze Gelände war völlig überwuchert und verwildert, mehr, als ich in Erinnerung hatte. Das Grillenzirpen wurde schneller, als wäre es der Puls der Nacht, angespannt und voller Angst.

Außer uns schien niemand hier zu sein.

Weder Jim noch sonst jemand.

Mit einem Mal packte mich heftige Übelkeit und ich übergab mich auf der Stelle.

»Arme Bee«, sagte Whitley und strich mir eine Haarsträhne aus dem Gesicht. »Vielleicht sollten wir das Ganze hier vergessen und umkehren.«

Ich schüttelte den Kopf. »Es geht schon wieder.«

Ohne ihren besorgten Blick zu beachten, setzte ich mich wieder in Bewegung. Es dauerte eine Weile, bis wir die Betonröhre fanden. Sie war etwa zehn Meter lang und lag direkt am Rand des Steinbruchs. Als ich darauf zuging, hatte ich Angst, dass der Boden unter mir nachgeben würde, doch er hielt. Ich blickte hinunter und meine Brust zog sich zusammen, als ich sah, wie abrupt der Felsen in gähnendes Nichts überging.

Ich sah in einem riesigen Krater hundert Meter in die Tiefe, in ein Stadion aus Fels, darüber der weite Sternenhimmel und ganz unten der See, dessen dunkles Wasser im Mondschein glitzerte.

»Schwester Bee«, sagte Kip leise neben mir. »Ich habe das komische Gefühl, so wird der Tod sein.«

Seine Stimme, die merkwürdig ausdruckslos klang, jagte mir nackte Angst ein. Benommen fragte ich mich, ob er mich gleich hinunterstoßen würde.

»Es wird sich anfühlen wie fallen, aber immer weiter, ohne Ende. Verstehst du?«

Er sah mich mit einem schmalen Lächeln an. Ich schluckte, kaum in der Lage zu atmen.

»Seht mal«, sagte Whitley. Sie lehnte an der Röhre und deutete auf etwas. Hoch oben im Fenster des Ausgucks schimmerte ein schwaches grünes Licht. Es kam von der Petroleumlampe, die irgendein Schüler vor Jahren dort hinaufgeschmuggelt hatte.

Wir schwiegen. Der Schluss lag auf der Hand: Jemand war dort oben gewesen. Oder immer noch dort.

»Ich sehe nach, wer da ist.« Whitley wandte sich zum Gehen.

»Nein«, sagte ich.

»Warum nicht? Ich will wissen, ob es Jim ist –«

»Er wird dich sehen. Wenn du eingreifst, erfahren wir nicht, was wirklich passiert ist.«

»Dann lass mich wenigstens nachschauen, ob ich sein Fahrrad finde.«

»Nicht.« Ich packte sie am Arm.

»Bee, was ist denn los – *lass mich!*«

Sie riss sich los und wollte sich gerade auf die Suche machen, als wir plötzlich hörten, wie sich jemand ein Stück entfernt von uns durch das Gras kämpfte.

Keiner von uns rührte sich, während wir einen dunklen Kopf auf uns zukommen sahen.

Es war Jim. Entsetzen packte mich.

Das Gras vor uns zitterte und Martha trat heraus.

Wir starrten sie an. Ihr neonblaues Haar war verschwunden. Sie war wieder ihr altes Selbst aus Darrow, dunkles, zu einem struppigen Pferdeschwanz gebundenes Haar und XL-Herrenhemd.

»Aus welchem Loch kommst du denn jetzt gekrochen?«, fragte Kipling.

»Wir dachten, du hättest uns im Stich gelassen«, sagte Wit.

»Ja, tut mir leid.« Sie rückte ihre Brille zurecht. »Aus irgendeinem Grund – wahrscheinlich weil ich vor dem Ende der Wache an die Karte des gesamten Steinbruchs gedacht habe – bin ich nicht zusammen mit euch am südlichen Ende gelandet, sondern auf der Ostseite, hinter dem Pancake House. Ich musste über einen Kilometer der Straße folgen, um hierherzukommen.« Sie holte tief Luft. »Habt ihr schon was entdeckt?«

»Nur das Licht da.« Whitley zeigte auf den Ausguck.

Martha spähte hinüber. Sie wirkte nicht überrascht.

»Hast du entlang der Straße jemanden gesehen?«, fragte ich sie.

Sie schüttelte den Kopf.

Da bemerkte ich, dass sie völlig durchgeschwitzt war. Ihr Hemd klebte am Körper und ihre Stirn war schweißnass. Der Weg über die Steinbruchstraße hätte sie nicht so angestrengt. Sie log.

Als sie meinen Blick sah, lächelte sie nur leicht, wischte sich über die Stirn und kletterte in die Röhre.

»Und jetzt?«, fragte sie.

»Jetzt warten wir ab, was passiert«, antwortete ich und folgte ihr.

....

Das Auto kam um halb zwei.

Wir hörten es, bevor wir es sahen. Eine Radkappe war locker und das Radio lief. Schweigend standen wir dicht nebeneinander in der Betonröhre. Scheinwerfer tanzten über das Gras. Dann kam ein roter Nissan in Sicht, der holpernd und klappernd der unebenen Straße folgte und dann neben dem Ausguck anhielt. Ich konnte nicht sehen, wer am Steuer saß, aber das Zu-verkaufen-Schild im Heck war gut zu erkennen.

»Vida Joshua?«, flüsterte Whitley ungläubig.

Der Motor lief im Leerlauf weiter. Weiße Falter tanzten im Scheinwerferlicht. Das Radio verstummte. Dann ging die Fahrertür auf und jemand stieg aus.

Als ich sah, wer es war, durchzuckten mich eisige Blitze.

Cannon.

Er trug Jeans und sein altes graues Hackerhoodie. Er kämpfte sich durch das Gras und verschwand in dem ehemaligen Büro, einem halb zusammengesunkenen Schuppen mit Wellblechdach. Eine Minute später kam er wieder heraus, offensichtlich wütend. Er stapfte zurück zum Auto, schickte jemandem eine Nachricht und wartete genervt auf eine Antwort. Während ich ihn beobachtete, fragte ich mich, wie ausgerechnet Cannon dazu kam, Mr Joshuas Auto zu fahren, das normalerweise hinter der Musikschule stand, wenn Vida es nicht brauchte. Andererseits hatten er und Whitley auf dem Campus immer irgendwelche Sachen gestohlen. Vermutlich hatte er den Wagen geklaut, um sich hier draußen mit jemandem zu treffen.

»Hallo?«, rief Cannon. »Ist da jemand?«

Keine Antwort.

Er setzte sich auf die Motorhaube und starrte in die Strahlen des Scheinwerferlichts. Nach weiteren zehn Minuten war er stocksauer. Er blickte sich noch einmal mit wütender Miene um, dann stieg er wieder ins Auto und knallte die Tür zu. Das Radio röhrte Heavy Metal in die Nacht. Cannon versuchte loszufahren, aber die Räder verfingen sich im Gras und drehten durch. Er legte den Rückwärtsgang ein und der

Wagen holperte ein kleines Stück zurück. Er trat das Gaspedal durch, und der Nissan rollte jaulend rückwärts und stieß gegen irgendetwas. Cannon fuhr ein Stück vor und dann wieder zurück. Der Wagen machte einen Satz, es knirschte und holperte, und dann ging der Motor aus.

Cannon stieg aus und ging in die Hocke, um nachzusehen, was da unter den Reifen war.

Er kam sofort wieder hoch. Dann bückte er sich erneut. Und stand wieder auf.

Er bückte sich ein drittes Mal.

»Nein. Nein. Nein. Nein. *Nein.*«

Cannon warf den Kopf zurück und stieß einen Schrei aus.

»Nein. Nein. Nein.«

Ratlos blickte ich zu Martha, Kipling und Whitley, die das Ganze ebenfalls schweigend verfolgten. Sie schienen genauso verwirrt zu sein wie ich.

Murmelnd beugte sich Cannon noch einmal hinunter, offenbar um das, was er überfahren hatte, unter den Rädern hervorzuziehen. Eine ganze Weile sahen wir nur das Gras, das sich bewegte.

Als er sich wieder aufrichtete, gab er seltsame Geräusche von sich; es klang, als würde er weinen. Dann bemerkte ich, was er in der Hand hielt.

Eine Tweedmütze. Sie gehörte Jim.

Nein. Das kann nicht wahr sein.

Cannon setzte sich wieder ans Steuer. Nach ein paar Versuchen schaffte er es, zurückzusetzen und zu wenden. Erst schien er wegfahren zu wollen, doch dann überlegte er es sich offenbar anders, denn der Wagen hielt abrupt an und Cannon stieg wieder aus.

Einen Moment lang stand er reglos da, wie in Trance.

Dann ging er zu dem zurück, was er überfahren hatte – und was, wie ich in ungläubigem Entsetzen sah, als ich auf die Betonröhre kletterte, kein Baumstamm war, sondern Jim, mein Jim, der auf der Seite lag. Seine Jeans waren blutgetränkt. Cannon legte Jims Kopf auf seinen Schoß. Er beugte sich zu ihm hinunter und flüsterte etwas, dann stand er wieder auf und holte sein Handy heraus.

»Ruf mich an. Du musst herkommen. Du musst mir helfen. *Sofort*. Bitte ruf zurück. Bitte. Bitte.«

Er sagte es immer wieder, in einem schrillen Wimmern, das kaum zu ertragen war. Cannons ruhige Tatkraft, sein Geschick im Problemlösen, seine unerschütterliche Beharrlichkeit – alles, was ihn für mich ausgemacht hatte, so wie die Wellen das Meer ausmachten und Wolken den Himmel – waren verschwunden. Er war ein anderer Mensch.

»Ich brauche dich. Sofort. Bitte komm. *Bitte*.«

Doch wen er auch angerufen haben mochte, es kam keine Antwort. Cannon stieg wieder ins Auto und saß einfach da, in der Dunkelheit, mit laufendem Motor und Radio.

Eine Viertelstunde später stieg er erneut aus. Diesmal hatte er einen Plan. Er war wieder der, den ich kannte, der Problemlöser. Er packte Jim an den Fußknöcheln und begann ihn brutal durchs Gras zu zerren. Er fluchte, als Jim einen Schuh verlor, stieß ein fassungsloses, verzweifeltes Stöhnen aus, dann wischte er sich mit dem Arm über das Gesicht und machte weiter.

Schließlich kam er am Rand des Steinbruchs an, nur wenige Meter von unserem Versteck entfernt.

Ohne zu zögern stieß er Jim in die Tiefe.

Man hörte das gedämpfte Geräusch eines fallenden Körpers, der mehrmals gegen den Fels schlug, und dann nichts mehr. Das Klatschen, als Jim im Wasser landete, wurde vom Zirpen der Grillen übertönt.

Cannon blickte ihm reglos nach, das Gesicht von Schatten zerfurcht.

Ich fragte mich, ob er erwog, Jim zu folgen und das Ganze direkt hier und jetzt zu beenden.

Doch er wandte sich mit starrer Miene um, stieg ins Auto und fuhr davon.

....

Es dauerte eine Weile, bevor wir uns rühren konnten.

Ich stand oben auf der Röhre, mit hämmerndem Herzen und Kurzschluss im Kopf. Zu spät merkte ich, dass der Beton unter mir Risse bekam. Mit einem wütenden Ächzen gab das Ding plötzlich nach. Martha und die anderen sprangen noch rechtzeitig hinaus, während ich in einem Haufen Schutt landete.

Erschrocken half Wit mir hoch.

»Was zum Teufel war das denn? Alles okay?«

Ich nickte, kletterte heraus und klopfte mir den Staub von den Kleidern.

Dann standen wir schweigend und schockiert da und sahen uns an.

»Aber wen hat Cannon angerufen?«, fragte Wit schließlich leicht verstimmt. »Ich wars nämlich nicht. Ich hatte keine Ahnung von alldem.«

»Er hat Kipling angerufen«, sagte Martha.

Wir sahen Kip an. Er stand starr und schuldbewusst da, die Arme merkwürdig an die Seiten gedrückt.

»Stimmt«, sagte er leise. »Der Teufel hat angerufen, und ich bin drangegangen.«

In seiner Stimme lag ein Hauch von Erleichterung, und ich erinnerte mich mit eisigem Kribbeln an den Blick, den Kip und Cannon in der Bibliothek von Wincroft gewechselt hatten, als sie uns erzählten, wie Kipling den Abschluss in Darrow geschafft hatte. Sie hatten in dem Moment nicht an Cannons Tricksereien gedacht, sondern an diese Nacht und an ihr gemeinsames Geheimnis.

»Ich habe ihm geholfen, Jims Leiche in den Steinbruch zu werfen«, sagte Kipling.

Wir starrten ihn an.

»Aber wie kann das sein?«, fragte Whitley. »Wir haben dich doch nicht gesehen.«

»*Das dunkle Haus*, Kapitel neununddreißig«, sagte Martha. »Du begegnest dir selbst in der Vergangenheit oder Zukunft nie.«

Kipling nickte. »Ich musste hierherkommen und das Ganze sehen. Ich musste Gewissheit haben, ob es meine Idee gewesen war, Jim da runterzuwerfen, oder Cannons. Würde es auch passieren, wenn ich nicht dabei war? Ich musste wissen, wer der Böse war und wer der noch Bösere.«

»Hat Cannon dir gesagt, warum er hierhergekommen war?«, fragte Martha.

»Ja.«

»Und?«

Kipling lächelte schief. »Das fragst du vielleicht besser sie.« Er deutete mit dem Kopf auf Whitley.

Sie funkelte ihn wütend an. Einen Moment lang dachte ich, sie würde anfangen zu schreien und einen von ihren Wutanfällen kriegen. Doch sie seufzte nur.

»Cannon war mein bester Kunde«, sagte sie.

»Wovon redest du?«, fragte ich.

»Adderall. Das Weiße Kaninchen hat ihn immer wieder mit Nachschub versorgt. Er hat die Dinger eingeworfen wie Tic Tacs. Tut er immer noch.«

»Und die ganze Zeit hatte er keine Ahnung, dass du das Weiße Kaninchen warst?«, fragte Martha.

Wit schüttelte den Kopf. »Erst als wir bei Vida waren. Ich hab mich nicht getraut, es ihm zu sagen.«

Ich dachte an Cannons Reaktion, als er erfahren hatte, dass Whitley das Weiße Kaninchen war. Er war stocksauer gewesen. Jetzt verstand ich, warum. Weil sie die ganze Zeit sein Geheimnis gekannt, ihm aber ihres nicht verraten hatte.

»Also, damit ich das richtig verstehe«, sagte Martha. »In der Nacht, als Jim starb, hat Cannon beim Weißen Kaninchen Adderall bestellt, und du hast ihn hierhergeschickt.«

Whitley nickte stumm.

»Warum gerade hierher?«

Wit zuckte die Achseln. »Jim war mir ein paar Wochen davor auf die Schliche gekommen. Er beobachtete mich ständig und sagte, ich müsste damit aufhören. Ich traute mich nicht mehr, die Ware auf dem Campus zu deponieren. Deshalb beschloss ich, es hier zu machen. Ich schickte Cannon als Weißes Kaninchen eine Nachricht, dass er die Ware im Schreibtisch des alten Büros finden würde. Aber ich habe es nicht rechtzeitig hierher geschafft. Ich hatte mich festgequatscht wegen meiner Italienisch-Prüfung. Ich bin dann noch zum Steinbruch gelaufen und habe die Ware hinterlegt, aber in der Nacht habe ich nichts mehr von Cannon gehört.«

»Wann warst du hier?«, fragte Martha.

»Gegen drei Uhr morgens. Ich habe nichts und niemanden gesehen, ich schwörs.«

»Dann hast du sie wohl knapp verpasst.« Martha sah auf die Uhr. »Als sie Jim tot hier im Steinbruch gefunden hatten, musst du Cannon doch verdächtigt haben. Schließlich wusstest du, dass er hierherkommen würde.«

Wit nickte. »Aber ich wusste, dass er Jim niemals absichtlich etwas antun würde.«

Martha wandte sich um und blickte zum Ausguck hoch.

»Dann stellt sich jetzt nur noch eine Frage …«

Sie verstummte und kaute an einem Fingernagel.

»Nämlich?«, hakte Kipling nach.

»Wie ist Jim unter dem Auto gelandet?«

Mit entschlossener Miene setzte sie sich in Bewegung.

»Kommt mit«, befahl sie und verschwand im hohen Gras.

24

Als wir Martha einholten, hockte sie unter dem Ausguck. Überrascht stellte ich fest, dass Teile der Leiter fehlten. Dann sah ich, dass die Reste überall verteilt auf dem Boden lagen.

»Unglaublich.«

Martha schüttelte fassungslos den Kopf, dann stand sie auf.

»Das ist wirklich eine vollkommen verrückte Verkettung von Ereignissen.«

»Was meinst du?«, fragte Kipling.

»Momma Greer hatte recht.«

»Womit?«

»Mit dem verhexten Zufall.«

Martha rollte ein Bruchstück der Leiter unter ihrem Fuß hin und her, dann blickte sie zu der Plattform hoch über unseren Köpfen.

»Armer Jim.«

Sie sah mich an, und sofort spürte ich ein kaltes Kribbeln in meinen Armen. Worauf wollte sie hinaus? Was hatte sie vor? Obwohl es dunkel war, funkelten ihre Augen hinter den Brillengläsern hellwach.

»Es muss genau hier passiert sein«, sagte sie. »Jim war angeschlagen, weil Beatrice ihn wegen seiner Lüge, als er mit Vida weggefahren war, zur Rede gestellt hatte. Und die Sache mit Estella Ornato machte ihm zu schaffen. Sein perfektes Leben war zusammengebrochen, und so flüchtete er sich hierher, wie er es schon oft getan hatte, um allein zu sein und an seiner Musik zu schreiben. Er kletterte zum Ausguck hoch, doch kurz bevor er oben ankam, gab die Leiter nach. Er versuchte sich noch an den Stützen festzuhalten, doch sie zerbrachen ebenfalls.«

Sie bückte sich und zeigte uns ein Stück Holz, das an der Unterseite vollkommen verrottet war.

»Er stürzte. Und zwar aus beachtlicher Höhe – weit über zehn Meter, das wäre für die meisten Leute das Ende gewesen. Doch Jim überlebte.«

»Wie?«, fragte ich leise.

»Er war betrunken. Betrunkene überleben oft Unfälle. Sie verspannen sich beim Aufprall nicht, sondern bleiben ganz locker. Das rettet ihnen das Leben. Er war eine oder zwei Stunden bewusstlos. Dann ist er zu sich gekommen.« Sie spähte hinüber zur Straße. »Wahrscheinlich hat er das Auto gehört oder das Scheinwerferlicht gesehen. Oder vielleicht hat er auch nur versucht, zu seinem Rad zu kommen.«

Martha lief zu einer Stelle neben der Straße, zog Jims Rad

aus dem Gras und warf es uns mit einer bühnenreifen Geste vor die Füße, wie ein Zauberer, der ein Kaninchen aus dem Hut holt.

»Er ist bis dahin gekrochen.« Sie zeigte zur Straße. »Das sind vielleicht drei oder vier Meter. Er hat versucht, sich bemerkbar zu machen. Zu dem Zeitpunkt saß Cannon aber wieder im Auto. Falls Jim um Hilfe gerufen hat, ist es im Lärm der Grillen, des Motors und des Radios untergegangen. Wir konnten vorhin ja auch nicht viel hören oder sehen. Und Cannon genauso wenig. Cannon, der annimmt, dass das Weiße Kaninchen ihn versetzt hat, muss zur Schule zurück, bevor Moses nach seinem Anonyme-Alkoholiker-Treffen zu seinem Posten am Tor zurückkommt. Frustriert will er wenden und überrollt dabei Jim. Als er begreift, was er getan hat, dreht er durch. Er ruft Kipling an, der in seiner Schuld steht. Kipling kommt her und gemeinsam beschließen sie, dass der einzige Weg aus dieser unvorhersehbaren Situation darin besteht, Jim in den Steinbruch zu stoßen und zu beten, dass die Polizei es für Selbstmord hält.«

Kipling nickte. »Wir haben gehofft, dass die den Unterschied zwischen den Verletzungen eines hundert Meter tiefen Falls und denen vom Überfahrenwerden nicht bemerken würden.«

»Die Polizei hätte wahrscheinlich genauer nachgeforscht«, sagte Martha, »wenn die Masons sich nicht eingemischt hätten. Sie hatten Angst, dass die Sache mit Estella Ornato herauskam. Sie wussten nicht, was Jim womöglich anderen erzählt hatte. So wütend, wie er reagierte, als er erfuhr, was sie getan hatten – und was *er* getan hatte –, waren sie vielleicht nicht mal sicher, ob es nicht tatsächlich Selbstmord war. Also übten sie wahrscheinlich Druck auf die kleine Polizeiwache aus. Was auch immer die Polizisten sonst noch aufgespürt hatten – Jims Besuch bei Honey Love Fried Chicken, Vidas Hinweis, dass in Wirklichkeit Shrieks das Weiße Kaninchen war, Verbindungsnachweise des Handys –, sie haben es dann nicht weiter verfolgt.«

»Und vergiss nicht, dass die Masons Jims Akte konfisziert haben«, ergänzte Kipling.

»Genau.«

»Aber hier ist Blut.« Whitley leuchtete mit ihrem Handy auf die Stelle, wo der Nissan gestanden hatte. »Die Polizei muss doch gesehen haben, dass hier etwas passiert ist.«

»Wir haben die Spuren vernichtet«, sagte Kipling. »Ich hatte das Blut bemerkt und wir haben eine ganze Stunde damit zugebracht, das Gras mit den Blutflecken herauszureißen. Ich habe es in meinen Rucksack gestopft und verschwinden lassen.«

»Wie ich gesagt habe«, schloss Martha. »Verhexter Zufall.«

Dann standen wir einfach da und ließen die bizarre Geschichte auf uns wirken, die Martha uns gerade erzählt hatte wie ein Professor, der seinen Studenten ein neues Gesetz der Schwerkraft darlegt. Eine Weile nahm ich nichts wahr außer meinem flachen Atem, dem Konzert der Grillen und der Nacht, die uns umgab.

Auf eine solche Wahrheit wäre ich nie gekommen.

»Es ist verrückt«, sagte Whitley und schlang zitternd die Arme um sich. »Genau genommen sind wir alle schuld an Jims Tod. Ich habe Cannon hierhergeschickt. Cannon hat Jim überfahren. Und Kipling hat ihm geholfen, es zu vertuschen. Wir sind alle schuldig. Außer Martha und Beatrice. Ihr seid die Guten.«

»Das stimmt nicht«, platzte ich heraus, Tränen in den Augen und einen Kloß in der Kehle.

»Zeit zu verschwinden«, sagte Martha mit besorgtem Blick nach oben. Wir waren so verdutzt, dass keiner von uns reagierte. Doch dann stieß sie uns weg, und als ich meinerseits nach oben sah, begriff ich, dass ich offenbar zu nah an einem der Stahlpfosten des Ausgucks gestanden hatte, denn die ganze Konstruktion begann zu wanken und das Holz ächzte und splitterte.

Wir rannten los und Sekunden später kippte der Ausguck mit ohrenbetäubendem Krachen um; Glassplitter, rostige Nägel und Schrauben und Holzbalken flogen durch die Luft. Ich warf mich in die Mauer aus Gras, duckte mich und legte schützend die Arme über den Kopf. Irgendwo hinter mir hörte ich Kipling und Whitley rufen, dann stieß mich etwas nach vorne.

Als ich die Augen öffnete, lag ich auf dem Bauch und das Ende der Wache drückte mit Macht gegen meine Beine. Mühsam rollte ich mich auf den Rücken und blinzelte in den Himmel.

Ich hörte Stimmen und Martha und die anderen beugten sich über mich.

»Ihre Wache geht zu Ende«, sagte Martha. »Wir haben nicht mehr viel Zeit. Wir müssen Cannon finden.«

»Ich glaube, ich weiß, wo er ist«, sagte Whitley mit ernster Miene.

Als sie uns den Ort nannte, schwiegen wir. Von allen möglichen Orten in Zeit und Raum erschien uns dieser am unheimlichsten und unmöglichsten.

»Nein.« Martha schüttelte den Kopf. »Kommt nicht infrage. Das ist zu gefährlich für Bee.« Sie half mir hoch und zog mich zum Rand des Steinbruchs. »Wir sollten nach Wincroft zurückkehren.«

»Wir brauchen Cannon für die Abstimmung«, sagte ich. »Ich gehe hin und hole ihn zurück.«

Martha sah beunruhigt aus, aber die Zeit war zu knapp, um zu diskutieren. Ich spürte, wie das Ende der Wache meinen Nacken hochkroch. Ich wusste, was zu tun war. Ich sah hinunter in den Steinbruch und auf den See, so weit unter mir.

Es war dieselbe Reise, die Jim gemacht hatte. Mein Jim.

»Wir treffen uns dort«, flüsterte ich.

Die anderen beobachteten mich voller Angst, aber es gab nichts, womit ich sie hätte beruhigen können. Ich drückte jedem von ihnen die Hand.

Dann sprang ich.

25

Als ich die Augen öffnete, lag ich in eisigem Wasser.

Um mich herum war alles milchig blau. Ich versuchte zu schwimmen, obwohl ich meine Beine kaum spürte. Ich konnte nicht erkennen, wo die Oberfläche war. Meine Lunge war kurz vorm Platzen, also stieß ich ein paar Luftblasen aus und beobachtete benommen, wie sie in eine ganz andere Richtung trieben, als ich angenommen hatte. Ich folgte ihnen und je weiter ich nach oben kam, desto trüber und kälter wurde das Wasser. Fische, die nur als Schatten zu erkennen waren, umkreisten mich und ihre kalte, gallertartige Haut streifte meine Zehen und Fingerspitzen.

Am liebsten hätte ich geschrien.

Ich schwamm weiter. Plötzlich durchbrach ich die Oberfläche und sog gierig die eisige Luft ein.

Ich sah mich um. Ich befand mich in einem See oder Teich.

Dichter weißer Nebel hing über allem, kalkig und kristallin. Auf dem Wasser lag eine dünne Eisschicht, die rund um meine Schultern gesplittert war. Wassertretend drehte ich mich einmal um mich selbst, auf der Suche nach etwas, woran ich mich festhalten konnte, doch da war nichts. Um mich herum ragten tote weiße Bäume aus dem Wasser und verschwanden in dem Nebel über mir.

Es war der Ort, den Whitley uns genannt hatte. Der Blue Pond, 15.33 Uhr an Cannons Geburtstag im vergangenen Jahr. Der Ort auf dem Bild des Computer-Bugs, den Cannon in der Zehnten im Betriebssystem von Apple entdeckt hatte. Eine traumartige Szenerie aus weißem Dunst und schlanken japanischen Lärchen und Silberbirken, die aus einem eisblauen See wuchsen.

Sonst war nichts zu sehen.

»Cannon?«

Meine Stimme, heiser und zittrig, schaffte es nur einen halben Meter weit, dann gab sie auf. Meine Beine waren so kalt, dass sie gar nicht mehr zu mir zu gehören schienen. Die Kälte grub sich wie mit Messern in meinen Rücken.

»Cannon!«

Hinter mir erklang plötzlich das Brummen eines Motors. Als ich mich erschrocken umdrehte, schoss der Bug eines kleinen Bootes aus dem Nebel direkt auf mich zu. Die blaue Farbe war abgeplatzt, aber ich konnte noch den Namen erkennen: *Little Bird*. Cannon saß über den Motor gebeugt, mit rotem Gesicht, Bart und langem, verfilztem Haar. Das Boot traf meinen Kopf. Weiß glühender Schmerz explodierte in meinem Schädel. Mein Schrei erstarb im Wasser und ich wurde nach unten gezogen.

Dann wurde alles schwarz.

....

Als ich die Augen öffnete, lag ich erneut in eisigem Wasser.

Alles war still.

Wieder war das Wasser milchig blau. Um mich herum trieben Abfall, Algen, Muschelstücke und Schlamm. Lange, dunkle Fische mit Überbiss und vorstehenden Augen lagen reglos im Wasser. Sie sahen aus wie tot, doch als ich einen von ihnen berührte, schoss er davon.

Meine Lunge brannte. Ich stieß ein paar Luftblasen aus und folgte ihnen nach oben. Sekunden später brach ich durch die Oberfläche und rang nach Atem.

Es war wieder dieselbe Szenerie: der Blue Pond, Cannons Computer-Bug.

Ein Motor brummte. Als ich mich umdrehte, sah ich ein Boot auf mich zukommen.

Ich tauchte wieder unter und schwamm weg, so schnell ich konnte. Eine Explosion von Bläschen schoss durchs Wasser und das Boot verfehlte meinen Kopf nur um wenige Zentimeter. Ein scharfer Schmerz jagte durch meinen linken Fuß; das Propellerblatt hatte ihn aufgeschlitzt. Als ich wieder hochkam, hatte Cannon das Boot bereits gewendet und schoss erneut auf mich zu.

Ich tauchte wieder unter und schwamm aus der Ziellinie, bis ich Luft holen musste.

»Cannon, bitte, jetzt warte doch mal –«

»Du hättest nicht herkommen sollen, Beatrice.«

»Wir müssen reden.«

»Es gibt nichts zu bereden.«

»Was ist mit Jim?«

Als er den Namen hörte, zog er eine finstere Miene, schaltete aber den Motor aus.

»Cannon, bitte. Ich will nur mit dir reden.«

Ich streckte ihm meine Hand entgegen.

Mit zögerndem Lächeln beugte er sich vor und hielt mir seinerseits die Hand hin, um mich an Bord zu ziehen. Doch als ich sie ergriff, packte er eines der Ruder und schlug mir damit auf den Kopf. Etwas explodierte in meinem Schädel, dann sah ich nur noch Weiß.

Ich schrie. Ich spürte, wie mein Körper sich ausbreitete, auseinanderfiel, kaltes Wasser in meinem Mund, das Ruder in meinem Rücken, mit dem er mich nach unten drückte.

Sosehr ich auch kämpfte, das Ruder blieb auf meiner Schulter und hielt mich unter Wasser fest.

Er wollte, dass ich ertrank.

Mit Cannon konnte man nicht mehr reden.

Die Niemalswelt hatte ihn in den Wahnsinn getrieben.

....

Als ich die Augen öffnete, lag ich erneut in eiskaltem Wasser.

Die Stille war ohrenbetäubend.

Mit einem Anflug von Panik begriff ich, was los war: Ich

erlebte dieselbe Wache immer wieder. Cannon tötete mich und ich blieb tot, bis die Wache erneut begann. Wie lange dauerte sie? Eine Stunde? Ein paar Minuten?

Ich konnte kaum denken. Mir war übel vor Angst, aber ich musste ruhig bleiben. Ich versuchte, den Schmerz in meiner Lunge zu ignorieren, und schwamm. An der Oberfläche konnte ich zwischen großen Eisbrocken die Unterseite von Cannons Boot sehen. Er versteckte sich zwischen den toten Bäumen und wartete. Ich tauchte tiefer, ohne mich um die dunklen Fische mit ihren abschilfernden Schuppen zu kümmern, die zwischen meinen Beinen hindurchflitzten. Als ich den Atem nicht länger anhalten konnte, schwamm ich zur Oberfläche und versuchte, möglichst lautlos Luft zu holen.

Cannons Boot war nur wenige Meter entfernt, aber er sah mich nicht. Er stand aufrecht und blickte sich suchend um.

»Beatrice!«, rief er. Seine Stimme klang ruhig, sogar freundlich. »Bist du da draußen?«

Ich tauchte wieder unter und schwamm weg. Das Wasser wurde immer dunkler und trüber; zwischen den vermoderten Wurzeln der Bäume, gelblich und ineinander verschlungen, waberte etwas hervor, das wie Ruß aussah. Ich konnte meine Hände und Füße nicht mehr spüren und meine Gedanken waren umwölkt und seltsam. Als ich an den Überresten eines gesunkenen Ruderboots vorbeischwamm, dessen Name – *Little Bird* – kaum noch erkennbar war, spürte ich plötzlich den Sog einer Strömung. Ich versuchte, dagegen anzukämpfen, aber er war zu stark. Dann hörte ich das dumpfe Dröhnen eines Wasserfalls und Sekunden später fiel ich bereits in die Tiefe. Wasser donnerte auf mich nieder. Ich stieß mit dem Kopf gegen Felsen, schrammte mir die Hände auf, Äste zerkratzten mir das Gesicht. Weiße Bäume. Blauer Himmel. Mal oben, mal unten. Ich wartete die ganze Zeit darauf, dass ich unten aufschlug und alles schwarz wurde, doch das Ende kam nicht.

Ich fiel und fiel, es fühlte sich an wie eine Stunde, und jeder Millimeter meines Körpers war eiskalt und steif.

Dann schlug ich auf einem Felsen auf. Das Leben verließ mich wie das Licht eine Glühbirne, wenn der Schalter gedrückt wird.

....

Als ich die Augen öffnete, lag ich in eiskaltem Wasser.

Wie oft war ich schon hier gewesen? Vier Mal? Vier Millionen Mal?

Fische umschwärmten mich wie Mordgedanken. Ich schwamm in sie hinein und sie schossen davon.

Ich tauchte tief unter der Oberfläche entlang, bis ich sein Boot entdeckte. Das Wasser wurde immer kälter. Oben bildete sich eine Eisschicht, die von Minute zu Minute dicker wurde. Ich konnte Cannon sehen, der mich suchte. Ich griff nach einem Stück Treibholz und schwamm direkt unter das Boot. Dort hielt ich mich fest und atmete durch die schmale Lücke im Eis, die rund um das Boot offen geblieben war. Ich zog mir das pinkfarbene T-Shirt aus und ließ es zur anderen Seite treiben. Cannon, der dachte, ich wäre es, beugte sich vor, um es herauszuziehen, und genau in dem

Moment tauchte ich auf und stieß ihm mit aller Kraft das Treibholz in den Rücken. Er schrie überrascht auf, verlor das Gleichgewicht und fiel kopfüber durch die Eisschicht ins Wasser. Ich kletterte ins Boot, wobei es um ein Haar gekentert wäre, und riss an der Zugleine, um den Motor zu starten. Cannon versuchte sich am Bootsrand festzuhalten, doch ich löste seine Hände und fuhr weg.

»Beatrice!«, schrie er und winkte. »Komm zurück!«

Doch ich ignorierte ihn. Im Bug lagen sein altes graues Hoodie und eine rote Wolldecke und darin eingewickelt eine Thermosflasche. Ich zog mir das Hoodie über, schlang die Decke um mich und schraubte die Thermosflasche auf. Es war Tee darin, so heiß, dass ich mir den Mund verbrühte.

Ich fuhr weiter, obwohl ich nicht sehen konnte, wohin. Der Nebel gab immer nur kleine Stücke der Welt um mich herum preis. Blaues Wasser, Treibholz, schwarze Baumstämme, die urplötzlich auftauchten, das Boot rammten und den Motor ersterben ließen. Nach einer Weile konnte ich vor mir das mächtige Rauschen des Wasserfalls hören und hinter mir Cannons Stimme. Er weinte.

»Mir ist so kalt. Ich werde hier sterben. Hilf mir, Beatrice.«

Ich wusste nicht, wie weit ich gekommen war, als ich unter dem Eis, das mittlerweile mehrere Zentimeter dick war, eine blonde Locke entdeckte. Ich schlug mit dem Ruder ein Loch ins Eis und erkannte entsetzt, dass es Whitley war, die dort im Wasser trieb. Sie war kaum noch bei Bewusstsein. Ein kleines Stück weiter waren Martha und Kipling, beide ebenfalls unter dem Eis gefangen.

Einen nach dem anderen hievte ich sie ins Boot. Sie waren halb tot, ihre Köpfe rollten leblos hin und her. Ich legte sie nebeneinander, zog ihnen Schuhe, Jeans und T-Shirts aus, breitete die Decke über sie und flößte ihnen Tee ein.

Es dauerte nicht lange und sie kamen wieder zu sich.

»Was ist passiert?«, fragte Martha.

Ich erklärte es ihr. Sie wollte Cannon sehen, und so wendete ich das Boot und fuhr zwischen den Bäumen herum, bis wir ihn fanden. Er hing an einem Stamm und sein Bart war so von Eis überkrustet, dass er vollkommen weiß aussah.

Er war tot. Seine Lippen waren blau. Er hatte sich alle Sachen ausgezogen.

»Seine Wache muss Jahre dauern, wenn seine Haare so lang sind«, sagte Martha und berührte eine vereiste Strähne. Dann wandte sie sich zu mir. »Immerhin sind wir wieder zusammen, aber nächstes Mal sieh zu, dass er am Leben bleibt. Alles hängt von dir ab, Bee. Wir kommen nicht rechtzeitig hier an. Also versuch, das Boot unter deine Kontrolle zu kriegen, pass auf, dass er dir nichts tut, aber halte ihn am Leben, bis wir hier sind. Dann können wir abstimmen.«

Cannon ist nicht mehr er selbst. Wie soll er da abstimmen?

Das wollte ich sie fragen, doch in dem Moment ging ein Ruck durch das Boot, und ich merkte, wie wir zum Wasserfall gezogen wurden.

Ich schnappte mir ein Ruder und versuchte, dagegen anzupaddeln. Martha ergriff das zweite. Whitley versuchte, sich an einem der Baumstämme festzuhalten, an denen wir vorbeiglitten. Kipling stand nur reglos da und starrte in den Nebel. Es war natürlich sinnlos. Keine Minute später schlingerte das Boot in der Strömung und das Wasser spritzte an den Seiten hoch. Wir rasten an Felsen vorbei, stießen gegen Bäume und schossen schließlich ins Nichts. Das Letzte, was ich sah, war Whitley, die nach meiner Hand griff, als das Boot unter uns verschwand und wir fielen.

....

Die Abstimmung. Die Abstimmung. *Die Abstimmung.*

Wie lange ging das so? Der Kampf um das Boot. Cannons Rettung. Ihn an Händen und Füßen fesseln. Meine Freunde aus dem Eis ziehen.

Immer wieder kämpfte ich in der eisigen Kälte und versuchte, dabei nicht zu ertrinken.

Jedes Mal probierte ich eine andere Taktik. Cannon war zwar halb wahnsinnig, aber er hatte es auf mich abgesehen. Er war ein seltsamer, Furcht einflößender Gegner, mal hinterhältig, mal wie ein Kind. Es war unendlich schwer, ihn lebend zu fassen, weil ich ihn von früher kannte. Manchmal war er wieder der alte Cannon, witzig und freundlich und sensibel, sagte, er wolle mir helfen und alles tun, was in seiner Macht stand, um es wiedergutzumachen. Doch jedes Mal warf er diese Hülle ab wie ein Halloween-Kostüm, und darunter kam jemand zum Vorschein, der rasend war vor Zorn und Reue. Da begriff ich, dass Cannon sein ganzes Leben lang von der Hoffnung auf künftigen Ruhm getrieben worden war; dass alles, was er getan hatte, auch alles Gute und Hilfreiche, aus der Erwartung heraus geschehen war, dass er eines Tages endlich jemand sein würde. Nun, da er keine Zukunft mehr hatte, wusste er nicht, wie er existieren sollte.

Er schrie seinen Frust in den Nebel hinaus.

»Man hat mich betrogen. Hintergangen. Erst dieser Albtraum mit Jim. Und jetzt das hier. Wollt ihr mich verarschen? So war das nicht geplant. Ich sollte erwachsen werden! Ich sollte noch siebzig Jahre vor mir haben! Ich habe nie eine Spur hinterlassen. Es ist, als wäre ich nie hier gewesen. War ich hier? War ich überhaupt hier, Beatrice? *Beatrice!* Wo steckst du?«

Manchmal, wenn Cannon Ärger machte, kam ich zu spät, um die anderen aus dem Eis zu fischen. Wenn ich sie fand, waren alle tot, außer Martha. Sie war immer halb bewusstlos und flüsterte wie im Delirium immer wieder dieselben drei Worte.

Du bist es.

Nach einer Weile hatte ich eine Karte des gesamten blauen Sees in meinem Kopf wie ein Blinder, der sich jeden Quadratzentimeter seiner Nachbarschaft eingeprägt hat. Ich wusste, wo jeder tote Baum stand, wo jeder Felsen lag und welche Stromschnelle uns ins Nichts katapultieren würde.

Nach und nach rückte die Chance für die Abstimmung in greifbare Nähe. Immer schneller gelang es mir, Cannon außer Gefecht zu setzen – was nicht nur an meiner Schnelligkeit und Entschlossenheit lag, sondern auch an seiner wachsenden Erschöpfung und Resignation. Ich fesselte ihn mit einer gelben Ranke, die ich vom Boden des Sees gerissen hatte, zog ihn ins Boot und ließ ihn im Bug vor sich hin schmollen. Immer schneller gelang es mir, die anderen wiederzubeleben.

Danach blieben mir noch elf Minuten. Elf Minuten zwischen dem Zeitpunkt, wenn ich sie warm unter der Decke hatte, und dem Moment, wenn ich das Boot an einem der Bäume festmachte, damit wir nicht in den Wasserfall stürzten. Elf Minuten, um abzustimmen.

»Ich stimme nicht ab«, sagte Cannon jedes Mal.

»Doch, tust du«, sagte Whitley.

»Nein.«

»Dann ertrinkst du hier.«

Er lachte nur. Ich hatte mich mittlerweile an sein irres Gackern gewöhnt, aber die anderen erschreckte es immer noch.

»Glaubst du im Ernst, davor habe ich Angst? Ertrinken ist für mich, als würde ich jemandem die Hand geben. Als würde ich sagen: ›Schönen Tag noch!‹ oder ›Möchten Sie einen Egg McMuffin zu Ihren Pfannkuchen?‹ oder ›Willkommen bei Home Depot! Sie suchen einen Rasentrimmer?‹.«

»Bitte hör auf«, flüsterte Whitley, die mit den Tränen rang.

Die Abstimmung. Die Abstimmung. *Die Abstimmung.*

Wir hatten weder Papier noch einen Stift. Ich riss ein Stück abgesplittertes Holz aus dem Boden des Boots und wir ritzten uns damit den Anfangsbuchstaben desjenigen in die Hand, der am Leben bleiben sollte.

Mit der Zeit passierten während dieser elf Minuten merkwürdige Dinge. Die toten Bäume stürzten ins Wasser und die Wellen, die dadurch entstanden, überfluteten das Boot. Der

Nebel verschwand und enthüllte einen grauen Himmel, an dem die Wolken brodelten wie Gift in einem Hexenkessel. Schwärme von roten Insekten, wie Martha sie gezeichnet hatte, umschwirrten uns mit lautem Sirren, flogen uns gegen Stirn und Ohren, verhedderten sich in unseren Haaren und machten uns wahnsinnig. Auch eine einzelne dicke Fliege tauchte auf und summte um unsere Köpfe. Wir wussten alle, dass es Pete war, der imaginäre Freund, der früher in Cannons Computer gelebt hatte. Eis überzog unsere Haare und Wimpern. Es donnerte und schneite und hagelte. In der elften Minute begann sogar das Boot sich unter uns aufzulösen, blaues Wasser drang herein und dann wurde das Holz schwarz und zerfiel zu Matsch.

Ich wusste, was da geschah, sagte aber nichts. Niemand sagte etwas. Es war die Entscheidung, die langsame Einigung auf einen Namen. Es war der Tod unserer Träume, unserer Jugend, unserer Möglichkeiten. In der Niemalswelt hatte es selbst in den schlimmsten Momenten immer noch Hoffnung gegeben.

Nun verschwand auch die.

Cannon ignorierte alle unsere Versuche, ihn zur Abstimmung zu bewegen. Er lehnte zusammengesunken an der Bootswand, starrte vor sich hin, sang leise »Just Like Heaven« von The Cure und wiederholte immer wieder die Zeile »*You, soft and lonely*«.

Während einer Wache entriss er überraschend Kipling das Holzstück und ritzte sich unter frustriertem Zähneknirschen ebenfalls etwas in die Hand, grob, sodass das Blut zwischen seinen Fingern hindurchrann. Dann ließ er sich erschöpft zurücksinken und starrte wieder hinaus.

Da richtete Whitley sich auf und deutete vor uns ins Zwielicht.

Es war der Wächter in seinem dunklen Anzug mit Krawatte. Er ruderte auf uns zu und manövrierte sein Boot neben unseres. Trotz des Hagels und der Wellen, die hochspritzten und unsere Boote gegeneinanderwarfen, war er bemerkenswert trocken.

»Herzlichen Glückwunsch«, rief er durch den Donner. »Ihr seid zu einem gültigen Ergebnis gekommen.«

»Was?«, stieß Whitley überrascht aus.

Der Wächter lächelte nur und hielt sich am Boot fest, damit er nicht hinausfiel.

Er räusperte sich und rückte seine Krawatte zurecht, obwohl der Wind sie fast augenblicklich wieder über seine Schulter warf.

»Das Leben gehört euch nicht. Es ist wie eine Wohnung, die ihr mietet. Liebt ohne Angst, denn die Liebe ist ein Flugzeug, das euch zu neuen Gestaden trägt. In der Stille liegt ein Universum, in einem Schrei der Tunnel zu Frieden. Schlaft gut und tief. Lacht, wann immer ihr könnt. Ihr seid magischer, als ihr denkt. Nehmt Rat von Älteren und Kindern an. Nichts davon ist so entscheidend, wie ihr denkt, aber es ist dennoch wichtig. Unser Leben geht weiter. Und weiter. Haltet Ausschau nach den Brotkrumen.«

Ich glaube, wir hörten alle nur halb zu. Wir waren völlig perplex.

»Es war mir ein Vergnügen.« Er verbeugte sich.

Und dann griff er einfach wieder nach den Riemen und ruderte davon.

Sofort veränderte sich alles. Das Wasser hörte auf zu tosen. Der Sturm legte sich. Das Dröhnen des Wasserfalls wurde zu einem Plätschern. Die Sonne erschien am blauen Himmel, gleißend hell und warm. Die ganze Szenerie verwandelte sich so schnell in einen ruhigen, heiteren See mit glitzerndem Wasser, dass mir die Erinnerung an all das, was ich während der zwölf – oder zwölf Millionen – vergangenen Wachen durchgemacht hatte, vorkam wie ein verschwommener Traum.

Es wurde heiß. Whitley und Kip zogen sich bis auf die Unterwäsche aus und sprangen juchzend und kreischend ins Wasser, als wäre es der letzte Nachmittag eines Sommercamps. Cannon ließ sich mit stumpfer Miene kopfüber ins Wasser fallen. Alarmiert sprang ich auf und rief nach ihm, doch er legte sich auf den Rücken, ließ sich einfach mit geschlossenen Augen treiben. Er sah unendlich müde aus und schien sich nach Frieden zu sehnen.

So blieb ich mit Martha allein. Ich musste ihr etwas Wichtiges sagen, und vielleicht war dies die letzte Gelegenheit dazu.

»Martha.«

Sie sah Whitley und Kipling zu, die über etwas lachten. Dann drehte sie sich um.

»Wir waren nie wirklich Freundinnen. Ich wollte dir nur sagen, dass ich weiß, warum. Und es ist okay.«

Sie sah mich überrascht an.

»Ich war seine Freundin. Alle liebten Jim. Es war nicht so schwer, mir vorzustellen, dass es dir genauso ging. Ich wünschte nur, wir hätten uns besser kennengelernt.«

Sie legte den Kopf schief und runzelte die Stirn.

»Jim? Du denkst, ich war in Jim verliebt?«

Ich nickte. Sie lächelte.

»Ich war nie in Jim verliebt. Es war wegen dir. Wegen dem, was du für mich getan hast. Du hast mir das Leben gerettet.«

Sie sprach so leise, dass ich mir nicht sicher war, ob ich sie richtig verstanden hatte.

»Erinnerst du dich noch an den Abend in der Neunten, während des Schneesturms? Der Winterball. Der Strom fiel aus und du kamst hoch, um dich umzuziehen. Ich saß im Aufenthaltsraum und las. Du bist hereingekommen und hast gelacht, weil ich nicht gemerkt hatte, dass das Fenster offen war und Schnee auf dem Boden lag. Du bist dageblieben und hast mit mir geredet, obwohl Jim auf dich wartete.«

Ja, ich erinnerte mich. Es war das einzige Mal gewesen, dass wir richtig miteinander geredet hatten.

»Es war kein Zufall, dass das Fenster offen stand.«

Ich sah sie überrascht an.

»Ich hatte es seit Wochen geplant. Hatte alles ausgerechnet. Fünfter Stock. Die Beschleunigung durch die Schwerkraft über eine Strecke von achtzehn Metern. Selbst wenn ich in einer Schneewehe gelandet wäre, lag die Chance, dass ich überlebt hätte, bei unter einem Prozent.«

Ich bekam keine Luft mehr.

»Es war idiotisch. Eine dieser düsteren Phasen von Einsamkeit, von der ich dachte, sie bedeute alles. Damals wusste ich noch nicht, dass sie gar nichts bedeutete. Diese monumentalen Augenblicke unserer Kindheit sind nur eine Biegung des Flusses, eine enge Kurve voller Felsen, sodass du nicht weit sehen kannst. Der Fluss rauscht weiter, über Strecken, die wir uns gar nicht vorstellen können. Ich wollte gerade springen, als ich jemanden kommen hörte. Das brachte mich aus dem Konzept, und so warf ich mich aufs Sofa, schnappte mir irgendein Buch und tat so, als würde ich lesen. Dann bist du reingekommen und hast mir das Leben gerettet. Deshalb musste ich hier, in der Niemalswelt, deins retten.«

Ich öffnete den Mund, um etwas zu sagen, doch es kam kein Ton heraus.

»Ich dachte, du wärst mir längst auf die Spur gekommen«, sagte sie und schüttelte den Kopf. »Zum Beispiel in der Polizeiwache in Warwick, als ich plötzlich unten bei dir aufgetaucht bin. Du wusstest doch, dass ich die Unterlagen aus Jims Karton genommen hatte, oder?«

»Was?«

»Das waren nicht die Masons. Ich wars. Ich habe die Akte in einem anderen Karton versteckt, damit niemand sie findet.« Sie holte tief Luft. »Weil da alles drinstand. Jims Nachrichten an dich. Ich wollte nicht, dass sie dich verdächtigen. Deswegen war ich auch dagegen, zum Steinbruch zurückzukehren. Ich wollte nicht, dass sie die Wahrheit erfahren. Deshalb habe ich mich, sobald wir dort angekommen waren, weggeschlichen, um die Leiter vom Ausguck zu zerstören, bevor irgendjemand von euch sie sah. Ich bin da hochgeklettert und habe mir tausend Splitter geholt, aber ich musste ja ein überzeugendes Szenario präsentieren, damit keiner die Wahrheit erkannte.«

»Was meinst du damit?«

Sie sah mich mit leisem Lächeln an.

»Du weißt, was ich meine, Beatrice. Du warst da.«

Mir lief ein eisiges Kribbeln über den Rücken.

»Ich habe dich gesehen. Als du vom Steinbruch zurückgekommen bist.« Sie drückte meine Hand. »Es gibt nichts, weswegen du dich schuldig fühlen müsstest. Was auch immer geschehen ist, ich weiß, dass du aus ganzem Herzen gehandelt hast. Ich habe nie an dir gezweifelt. Und daran wird sich auch nichts ändern.«

Mein ganzes Blut sackte mir in die Füße. Mir wurde übel.

»Jim hat dich geliebt. Aber er hat dich nicht gesehen. Dazu war er nicht fähig. Du warst diejenige, die ihn gestützt hat. Du warst sein Gerüst. Er konnte fesselnd sein und süchtig machen. Du hast ihn geliebt, und wir sehen die, die wir lieben, nur selten so, wie sie sind.« Sie seufzte und zog die Schultern hoch. »Das war das Schlimmste für mich. Und der Grund, warum ich nie deine Freundin sein konnte. Warum ich auf Abstand gegangen bin. Du hast mich so wütend gemacht, Bee.«

Sie sah mich an, und ihr Gesicht war ein wilder Strudel aus Gefühlen, die sie nur mit Mühe im Zaum hielt.

»Ich habe das schon mal erlebt. Bei meiner Schwester. Sie

liebte einen Jungen, und diese Liebe führte dazu, dass sie sich für ihn aufgegeben hat, und das hat sie umgebracht. Deine Liebe war so bedingungslos, dass du Dinge getan hast, die gefährlich waren. Das hat mich verrückt gemacht.«

»Wovon redest du, Martha?«

»*Nowhere Man*. Jims Musical. Alle schwärmten davon, wie großartig es war. Und das war es auch. Aber es war doch eigenartig, dass Jim, nachdem er wochenlang gejammert hatte, dass er keine Zeile aufs Papier kriegt, plötzlich am Abend vor seinem Debüt beim Frühlingsfest alles fertig hatte, wie durch Zauberei.«

Sie musterte mich mit ernster Miene.

»Die Zauberei warst du.«

Ich brachte kein Wort heraus. Es war, als würde mir plötzlich ein grelles Licht in die Augen scheinen.

»Du hast sie mir an dem Abend mit dem Schneesturm gezeigt. Deine Traum-Soundtracks. Ich habe sie nie vergessen, sondern mir jedes einzelne Wort eingeprägt. Als Jim mir zeigte, was er geschrieben hatte, erkannte ich sofort deine Stimme. ›Du bist mein Sonntagskuchen, der mit der Mandel / Du bist Château Margaux, kein Zinfandel.‹« Martha schüttelte den Kopf. »Jim fand nichts dabei, deine Texte als seine auszugeben. Hat er dir erzählt, er würde sie nur *ausleihen*? Dich später als Verfasserin angeben? Er hat alles um sich herum verschlungen und nichts übrig gelassen.« Sie zog die Nase kraus. »Es ist schon komisch. Für jemanden mit so viel Energie war der Raum um ihn herum immer erstaunlich kalt. Außerdem überstiegen seine großen Pläne bei Weitem sein Talent.«

Sie zuckte mit resignierter Miene die Achseln. In mir stieg eine Woge hitziger Gefühle auf.

»Jim hat die Texte nicht von mir gestohlen«, entgegnete ich. »Ich habe sie ihm geschenkt. Bei mir lagen sie nur in einer dunklen Schublade, ohne irgendwem zu nützen. Ich musste ihm helfen.«

Martha sah mich so eindringlich an, dass mir schwindelig wurde.

»Alles, was ich hier in der Niemalswelt getan habe – das Gute, das Schräge, das Absurde, das Anstrengende –, war für dich. Die Diskussionen, die ich in eine bestimmte Richtung gelenkt habe. Die bohrenden Fragen, die ich dir gestellt habe, damit ich voreingenommen wirkte. Die Ablenkungsmanöver, damit die anderen den Zerfall nicht bemerkten, der dauernd um dich herum einsetzte. Schimmel, zerbrechendes Glas, Bilder, die von der Wand fallen, schwarze Tinte, umstürzende Bäume, der Ausguck, der umgekippt ist – mein Gott, Bee, es war, als würde ich versuchen, einen Taifun zu verbergen, der um dich herumwirbelte. Und alles nur, damit dein Geheimnis nicht herauskam. Dass du in der Nacht dort warst.«

Sie schüttelte den Kopf und biss sich auf die Unterlippe.

»Ich habe sogar eine Ewigkeit damit zugebracht, mich mit diesem verrückten Professor an der Brown University zu unterhalten, der einen ekligen Bart und fürchterlichen Mundgeruch hatte, um die Kunst der Beeinflussung zu lernen und allen die Idee in den Kopf zu setzen, dass *du* es bist, die weiterleben soll, damit du unsere Geschichte erzählen kannst.«

Mein Verstand kroch benommen über ihre Worte wie ein Krebs und versuchte, ihren Sinn zu verstehen.

Wovon redete sie? Ich hatte für Martha gestimmt. Martha sollte leben.

»Ich konnte dir nicht sagen, was ich tat, weil du mich sonst daran gehindert hättest. Du hättest alles durcheinandergebracht. Für die Abstimmung mussten wir herausfinden, was mit Jim passiert war, aber es war wichtig, dass du unschuldig bleibst. Du musstest weiter Schwester Bee sein.« Sie seufzte. »Ich erzähle dir das alles nur, damit du Bescheid weißt. Damit du verstehst. Denn wir haben alle unsere Worte in Notizbüchern, die in einer dunklen Schublade liegen. Du kannst sie nicht einfach weggeben, Bee. Sie gehören dir. Wie ein Fingerabdruck. Wie deine Kinder. Sie sind das Licht, das dir den Weg leuchtet. Ohne sie bist du verloren.«

Sie streckte die Hand aus und schob mir sanft eine Haarsträhne hinter das Ohr.

»Gib nie wieder deine Worte weg.«

Martha. *Ich hatte so danebengelegen.*

»Wie auch immer.« Sie nahm ihre Brille ab, klappte sie zusammen und legte sie sorgfältig neben sich auf den Sitz. Sie lächelte. »Kapitel zweiundsiebzig. Das ist erst der Anfang.«

Sie stand auf, murmelte etwas, das wie *Brotkrumen* klang, dann sprang sie ins Wasser und verschwand in der türkisblauen Tiefe.

Ich saß vollkommen erschüttert da und konnte mich nicht rühren.

So völlig daneben.

Ich sprang auf und schirmte die Augen gegen die Sonne ab. »Martha!«

Doch sie war nirgends zu sehen.

Whitley und Kipling, die ein Stück weiter schwammen, drehten sich beunruhigt um.

»Sie war eben noch da. Martha. Ich … Ich muss ihr sagen … Sie muss wissen …« Ich machte das Boot los, griff nach den Rudern und steuerte weinend zwischen den Bäumen hindurch. »Martha!«

Ich sprang über Bord, schwamm in die Dunkelheit, tauchte in die kalte Leere.

Als Whitley und Kip mich zurück ins Boot hievten, schluchzte ich.

»Sie war eben noch da. Und jetzt ist es zu spät. Zu spät. Begreift ihr denn nicht? Martha kommt nie wieder zurück. Und ich muss es ihr doch sagen. Sie ist fort, und jetzt ist es zu spät, um ihr zu sagen –«

»Schhhh.« Whitley umarmte mich und wischte mir die Tränen von den Wangen. »Jetzt ist alles vorbei, Bee. Sieh dich um. Es ist fast vorbei.«

……..

Sieh dich um. Es ist fast vorbei.

Wenn mir das doch nur jemand früher gesagt hätte. Über das Leben. Wenn ich es doch nur begriffen hätte.

Danach sprachen wir nicht mehr. Es war nicht nötig. Wir wickelten uns nur in die Decke und schauten hinaus aufs Wasser.

Cannon war bereits anderswo.

Die Sonne ging unter. Sie strahlte jetzt in dem kühnen Orange von Kinderbildern und sie schickte eine Wärme auf unsere Gesichter, so sanft, dass sie uns durchdrang, jede dunkle Nische füllte und jede Ecke erleuchtete. Genauso hatte ich mich schon einmal gefühlt, damals in Darrow, an einem ganz normalen Dienstag mit meinen Freunden, als einer von ihnen aussprach, was ich fühlte, und das Leben mit einem Mal ganz klar und deutlich zu sehen war, wie es manchmal geschieht. Für einen Augenblick war da eine Stille, ein Gefühl von Ewigkeit in den Strähnen unseres Lachens, die im Wind zu tanzen schienen, in der Berührung unserer Schultern, Seite an Seite.

Etwas geschah mit mir. Ich wusste nicht, ob es der Tod war oder ein anders Stadium im Mysterium des Lebens. Es zog mich zum Boden des Boots, sodass ich auf dem Rücken lag und in den weiten gelben Himmel hinaufsah. Kipling und Wit hatten mehr Zeit bei ihrer letzten Wache, aber irgendwann würden sie es auch spüren. Sie hockten neben mir, murmelten Worte, die ich nicht hören konnte, unsicher, aber ohne Angst, und ihre warmen Hände hielten meine, während sie darauf warteten, was geschehen würde.

Ich würde sie niemals loslassen. Niemals.

Dann verschwammen ihre Gesichter in der Dämmerung und ich glitt davon.

26

Ich trieb in einem milchigen Raum.

Etwas Hartes wurde mir in den Rachen geschoben. Ich hörte Schritte.

»Guten Morgen.« Die Stimme eines Mannes. »Wie geht es Ihnen?«

Ein klapperndes Geräusch. Jemand stand neben mir.

»Ich weiß, es ist schwer. Wie ich Ihnen gestern erklärt habe, sehen ihre Werte sehr gut aus, und ich hoffe, dass wir sie heute vom Beatmungsgerät nehmen können. Aber erst müssen wir prüfen, ob sie auf Anweisungen reagiert.«

Allerlei Geräusche, gedämpftes Murmeln. Dann berührte eine Hand meinen Arm.

»Beatrice? Kannst du die Augen aufmachen?«

Ich blinzelte. Alles, was ich sehen konnte, waren bunte Flecken.

»Großer Gott.«

»Beatrice?«

»Gut. Sehr gut.«

»Bumblebee?«

»Kannst du zwei Finger heben?«

Mir war schwindelig. Ich trieb in einem Sumpf. Ich versuchte, meine Hand zu heben. Meine Kehle brannte wie Feuer.

»Und deine andere Hand? Wunderbar. Jetzt wackele mal mit deinen Zehen.«

Jemand beugte sich über mich. Plötzlich schien ein Lichtstrahl in meine Augen, der mir eine glühend heiße Flipperkugel durch den Kopf jagte.

Ich blinzelte erneut.

Da sah ich den Fernseher an der Wand. Es war eine morgendliche Talkshow, ohne Ton, aber ich konnte plötzlich das Datum erkennen, das unten eingeblendet war.

7.21 Uhr, 10. September.

Ich lebte.

....

Als ich wieder in die warme, wässrige Dunkelheit sank, ging mir mein letztes Gespräch mit Martha noch einmal durch den Kopf. Es fühlte sich an, als hätte sie mich erst vor wenigen Augenblicken verlassen. Ihr Geständnis hatte mich völlig durcheinandergebracht. Ich hatte das Geheimnis so tief in meinem Herzen vergraben, dass es für mich tatsächlich aufgehört hatte zu existieren, wie ein Flugzeug, das so spurlos verschwand, dass manche Leute infrage stellten, ob die Passagiere je existiert hatten.

Whitley war gar nicht klar gewesen, wie recht sie gehabt hatte.

Genau genommen sind wir alle schuld an Jims Tod.

Niemand hatte mir je Fragen gestellt – weder meine Freunde noch die Polizei noch meine Eltern. Niemand. Weil ich die Gute war, Schwester Bee.

Ich fahre zum Steinbruch. Kommst du?

In meinem Zimmer in Darrow hatte ich Jims Nachricht immer wieder angestarrt und überlegt, was ich tun sollte. Ich war so allein. Ich liebte ihn. Und zugleich hasste ich ihn. Ich hasste es, dass er meine Gefühle beeinflussen konnte, als wäre er ein Zauberer und ich das Kaninchen in seinem Hut. Manchmal fühlte ich mich so lebendig und dann wieder vollkommen unsichtbar. Ich wollte ihn unbedingt sehen, ihm verzeihen, und zugleich wollte ich ihn aus meinen Gedanken verbannen. Ich wünschte, er hätte nie etwas Besonderes in mir gesehen. Der Gedanke, ohne ihn zu sein, war zu schrecklich, um es sich auch nur vorzustellen.

Ich sprang aus dem Bett, zog meinen Schlafanzug aus und schlüpfte in die sexy Unterwäsche, auf die ich gespart hatte, in die engen weißen Jeans-Shorts, die Jim so mochte, und das schulterfreie weiße Gucci-Top, das ich mir von Whitley geliehen hatte. Ich würde mit ihm schlafen. Es war ein idiotischer Entschluss, aber er erfüllte mich mit Erregung und gab mir etwas Konkretes, woran ich mich festhalten konnte. Ich schminkte mich mit Eyeliner, Wimperntusche und Whitleys rotem MAC-Lippenstift. Ich ließ die Haare offen, sodass sie mir über die Schultern fielen. Ich zog meine Converse an, warf zwei Kerzen in meinen Rucksack und riss die Decke von meinem Bett.

Dann lief ich zum Steinbruch.

Zum Glück war ich so abgelenkt von meinem Entschluss, mit Jim zu schlafen, dass ich mein Handy im Bad liegen ließ. Später nahm ich an, dass die Polizei bei der Überprüfung, welche Handys in der Nacht von Jims Tod in der Nähe eingeloggt waren, festgestellt hatte, dass meins sich nicht von der Stelle gerührt hatte, und so war ich wohl aus dem Schneider gewesen. Aber selbst wenn sie mich befragt hätten, wären sie vermutlich nicht auf die Idee gekommen, dass ich log. Niemand bezweifelte je, was ich sagte.

Dabei hätten sie allen Grund dazu gehabt.

Als ich beim Steinbruch ankam, war es Viertel nach zwölf. Jim war nirgends zu sehen. Er war offenbar noch nicht da. Die Nacht war kühl, der Himmel klar, die Sterne funkelten. Sonst trafen wir uns immer am Fuß des Ausgucks und kletterten dann gemeinsam hoch. Diesmal ging ich vor. Ich wollte alles vorbereiten, um ihn zu überraschen. Ich konnte es nicht erwarten, ihn zu sehen, alles zu vergessen, wieder in den Zustand ganz am Anfang zurückzukehren. Aber ich hatte auch Angst – Angst davor, wieder mit ihm zusammen zu sein, Angst vor dem Zweifel in meinem Kopf. Als ich die Leiter hinaufkletterte, fiel mir auf, dass einige der Nägel, mit denen die Sprossen befestigt waren, sich gelockert hatten, und ein paar fehlten sogar ganz.

Auf halbem Weg nach oben hielt ich inne, weil ich merkte, dass meine Hände zitterten und ich mir das ganze linke Schienbein aufgeratscht hatte. Es blutete ziemlich stark und ich sah aus wie ein gehäutetes Opossum. Ich kletterte wieder hinunter. Ich wollte nicht, dass Jim mich so sah. Ich stand neben mir und war übermüdet. Und ich war hässlich, ganz im Gegensatz zu Vida Joshua. Vida Joshua war eine Sirene. Ich sollte besser in mein Zimmer zurückkehren. Das war das Richtige, das Vernünftige.

Ich war schon fast unten, als ich erneut innehielt. Ich war feige, kleinmütig, lebte so *pianissimo*, wie Jim mir oft sagte. Warum hatte ich immer so viel Angst davor, wirklich mal etwas zu erleben? Ich begann wieder hinaufzuklettern – *Carpe noctem!*, wie Whitley immer rief, den Kopf in den Nacken geworfen. Nutze die Nacht. Warum sollte ich es nicht endlich einmal tun? Als ich an der Luke ankam, merkte ich, dass die obersten Sprossen der Leiter wackelten.

Oben in dem schmuddeligen Raum zündete ich die Kerzen und die Petroleumlampe auf dem alten Holztisch an, in den schon hundert Darrow-Schüler ihren Namen geritzt hatten. Dann legte ich die Decke auf den Boden, zog mich aus und wartete.

Bald darauf hörte ich Jim. Er redete mit sich selbst, lallend und undeutlich.

Ich richtete mich auf, zog die Decke um mich und spähte nach unten.

Er war auf halbem Weg nach oben und offensichtlich betrunken, denn er schwenkte den Arm und sang etwas. Es war ein neues Lied aus seinem Musical, und der Text dazu stammte von mir.

»Tief im Dunkeln wächst ein Baum. / Du bist geschützt in deinem Traum. / Wann hör ich auf, wann werd ich sehn, / dass alles Gift ist, dass ich untergeh?«

Während er vor sich hin brummelnd weiter nach oben kletterte, legte ich mich wieder hin. Er würde in ein paar Sekunden hier sein. Es würde passieren. Doch der Gedanke löste ein Gefühl von Leere aus. Es war ein Fehler. Eindeutig. Ich musste mich von Jim fernhalten. Ich sollte in meinem Zimmer liegen und schlafen.

In dem Moment hörte ich ein Krachen und dann einen Schrei von Jim.

Ich sprang auf. Drei von den obersten Sprossen waren herausgebrochen. Jim konnte sich nur mit Mühe festhalten. Er versuchte, nach der nächsten Sprosse zu greifen, doch sie war zu weit weg. Keuchend gelang es ihm, sich mit einem Fuß auf einer der Querstreben abzustützen, die die Pfosten des Ausgucks stabilisierten.

»Bee?« Er spähte zu mir nach oben. Seine Stirn glänzte vor Schweiß. »O Gott, Bee. Dem Himmel sei Dank.« Er streckte mir die Hand entgegen. »Zieh mich hoch.«

Ich erstarrte. Sein Gesicht verzerrte sich und er begann zu brüllen.

»Beatrice! Was ist los mit dir? Zieh mich hoch! *Beatrice!*«

....

Was geschah in diesen vier Sekunden?

Ich werde es wohl nie wissen.

Alles ging so schnell. Ich sah Jim. Aber ich konnte mich nicht bewegen. Ich konnte nicht atmen.

Ich wünschte von ganzem Herzen, ich könnte sagen, es wäre nur die Panik gewesen, aber das stimmte nicht. Es war noch etwas anderes. Eine leise Warnung in meinem Herzen. Irgendwie wusste ich, wenn ich ihn hochzöge, wäre ich nie wieder frei von ihm. Vielleicht hatte Martha recht. Vielleicht lag es an den Texten, die er mir weggenommen hatte. Ich hatte ihm die Notizbücher hingelegt, nachdem er geschluchzt hatte, er sei eine Niete, er werde nie so gut sein wie sein Vater, und es sei alles vorbei, er könne seine Träume begraben. Ich war an meinen Schrank gegangen und hatte ihm meine komplette Sammlung von Traum-Soundtracks gegeben, elf Notizbücher voller Songtexte und Zeichnungen, an denen ich fast mein ganzes Leben lang gearbeitet hatte, einfach weil sie der einzige Ort waren, wo ich ganz ich selbst sein konnte. Vielleicht lag es daran, dass er sie einfach genommen hatte, mit einem Schniefen, als hätte ich ihm lediglich einen Stift gereicht – und das, obwohl er wusste, wie kostbar sie für mich waren, wie viel sie mir bedeuteten –, und angefangen hatte, meine Texte abzuschreiben. Wenn er meine Worte einfach so nehmen konnte, würde er dann auch alles andere nehmen?

Mein Zögern dauerte nur einen kurzen Moment. Dann stürzte ich zur Öffnung, klemmte meine Füße hinter die Luke, legte mich auf den Bauch und streckte die Hand nach ihm aus.

Doch es war zu spät.

Er fiel. Sein Kopf schlug gegen einen der Pfosten und er landete mit einem dumpfen Geräusch auf dem Boden.

Er lag reglos da, viele Meter unter mir, die Wange blutverschmiert.

Die nächste Minute war wie ein Traum. Die Erkenntnis, was da gerade passiert war, rollte wie ein führerloser Bulldozer durch meinen betäubten Verstand.

Jim ist tot. Jim ist tot. Das kann nicht sein.

Völlig durchgedreht rannte ich im Ausguck hin und her, blies die Kerzen aus und stopfte die Decke zurück in meinen Rucksack. Zitternd und weinend zog ich mich an, kletterte hektisch die Leiter hinunter, wobei ich fast auch noch in die Tiefe gefallen wäre, und sprang unten ins Gras.

Dann richtete ich mich wieder auf und beugte mich über Jim.

Aus seiner Schläfe rann Blut und seine Augen waren geschlossen. Er war tot. Ganz bestimmt. Ich musste die Polizei rufen. Doch als ich in meinem Rucksack nach dem Handy suchte, konnte ich es nicht finden. Hatte ich es oben im Ausguck liegen lassen? Als ich nach oben blickte, sah ich, dass ich vergessen hatte, die Petroleumlampe auszumachen. In dem Moment streiften Scheinwerfer das Gras wie ein Buschfeuer. Ein Auto. Es kam näher, holperte mit klappernder Radkappe und lauter Radiomusik die zerlöcherte Straße entlang.

Es war Mr Joshuas ramponierter roter Nissan mit dem Zu-verkaufen-Schild im Heck.

Vida Joshua. Ich dachte natürlich, sie wäre es. Was wollte

sie hier? Hatte Jim sich eigentlich mit ihr treffen wollen, und nicht mit mir?

Bei dem Gedanken ging ich in Deckung und floh durch das Gras. Ich musste nach Hause. Zu meiner Mom. Ich fand das Loch im Zaun und kroch mühsam hindurch.

Vida würde Jim finden und einen Rettungswagen rufen.

Er würde wieder in Ordnung kommen. Alles würde wieder in Ordnung kommen.

Ich erinnere mich nicht an den Weg durch den Wald und über den Campus. Das Nächste, was ich weiß, ist, wie ich die Treppe in meinem Wohnheim hoch- und durch den Flur laufe. Da muss Martha mich gesehen haben. Ihr Zimmer war auf dem gleichen Stockwerk, und sie lernte meist im Aufenthaltsraum. Ich stürzte in mein Zimmer, schloss die Tür ab und zog mich aus. Alle sagen, ich wäre die Gute, die Hilfsbereite, also bin ich das doch auch, oder? Also tue ich immer das Richtige.

Ich legte die La-Perla-Dessous wieder in das Seidenpapier ganz hinten in meiner Schublade und hängte Whitleys Top zurück in den Schrank. Im Bad fand ich mein Handy, das ich auf dem Waschbecken liegen gelassen hatte. Keine Nachrichten. Mit zitternden Händen wischte ich die Schminke ab, spritzte mir kaltes Wasser ins Gesicht und zerrte die Gräser und Blätter aus meinen Haaren.

Dann traf mich die Erkenntnis, was ich da tat, wie eine Ohrfeige. Wieso rief ich nicht die Polizei? Ich musste zu Jim. Meinem Liebsten. Ich begann, die 911 zu wählen, doch der Gedanke an das folgende Gespräch ließ mich innehalten.

Mein Freund liegt tot im Steinbruch. Er ist gefallen. Bitte schicken Sie einen Rettungswagen.

Sind Sie vor Ort? Wo sind Sie?

Ich bin weggelaufen. Ich war eifersüchtig auf ein anderes Mädchen. Ich war wütend. Ich habe ihn geliebt. Wir haben uns gestritten.

Cannon. Ich brauchte Cannon, den Problemlöser. Ich lief durch den Innenhof und kletterte an der Eiche hoch bis zu seinem Fenster im zweiten Stock von Marlborough Hall. Ich klopfte an die Scheibe, doch es kam keine Antwort. Das Zimmer war leer.

Kipling. Kipling würde mir helfen. Er hatte ein Turmzimmer in Eldred Hall. Ich kletterte wieder hinunter, lief über den Campus, schlüpfte durch den Notausgang hinein und rannte die Hintertreppe hoch. Doch in seinem Zimmer war auch niemand. Als ich es bei Whitley versuchte, war sie ebenfalls nicht im Zimmer.

Was war hier los? Wo steckten sie alle?

Martha. Als ich zu unserem Haus zurücklief, sah ich, dass oben in ihrem Zimmer Licht brannte, doch bei der Vorstellung, wie nüchtern sie vermutlich reagieren würde, wenn ich ihr weinend und panisch alles gestand, rannte ich stattdessen zurück in mein Zimmer. Mein Herz huschte wie eine verängstigte Maus in meiner Brust hin und her.

Ich legte mich ins Bett und starrte an die Decke. Immer wieder nahm ich mir vor, meine Mutter anzurufen, aber ich konnte mich nicht rühren. Fragen explodierten in meinem Kopf wie Granaten: Wenn ich nicht auf die Idee gekommen wäre, Jim zu überraschen, würde er dann noch leben? Hatte er sich gar nicht mit mir treffen wollen, sondern mit Vida? Hatte ich durch mein Hin und Her die Sprossen gelockert? Wo waren meine Freunde? Hatte Jim es irgendwie geschafft, sie anzurufen? Waren sie jetzt bei ihm und erfuhren, was ich getan hatte? Dass ich ihm nicht geholfen und ihn einfach dort hatte liegen lassen? Hatte ich Jim getötet?

Ich musste zurück zum Steinbruch. Und dann würde ich die Polizei rufen. Ich stand auf, zog mir Jeans, ein T-Shirt und Stiefel an und lief erneut den ganzen Weg, voller Angst, was mich dort erwarten würde. Als ich im Steinbruch ankam, war es nach vier. Am ganzen Körper zitternd ging ich zu der Stelle unter dem Ausguck, wo die Leiter war, und blieb stehen.

Jim war fort.

Nichts wies darauf hin, dass er je hier gewesen war.

Kein Blut. Nur ein paar flach gedrückte Stellen im Gras.

Vida hatte ihn gefunden und ins Krankenhaus gebracht. Oder er war durch irgendein Wunder aufgestanden und ohne größere Verletzungen davongegangen, was bedeutete, dass er mich jetzt hasste. Alle hassten mich.

Wie vor den Kopf geschlagen kehrte ich in mein Zimmer zurück. Ich wollte nur noch sterben.

Wie ein Zombie schleppte ich mich durch den nächsten Tag. Wenn ich an die vergangene Nacht zurückdachte, waren die Erinnerungen verzerrt, als hätte ich sie erfunden. War das wirklich passiert? Jim tauchte nicht auf. Niemand hatte ihn gesehen. Whitley, Kip und Cannon waren mir gegenüber freundlich, aber merkwürdig steif. Sie behaupteten, sie wären die ganze Nacht in ihrem Zimmer gewesen. Martha sagte, sie hätte in der Bibliothek geschlafen.

Einen Tag später kam die Nachricht: Jim war tot im See des Steinbruchs gefunden worden.

Es war unmöglich. Ich verstand es nicht. Was war passiert, nachdem ich weggelaufen war? Was hatte Vida mit Jim gemacht? Warum logen meine Freunde alle? Wovor hatten sie Angst?

Um die Antworten darauf zu finden, war ich nach Wincroft gefahren.

Und die ganze Zeit über hatte Martha mein Geheimnis gekannt. Martha hatte alle Spuren verwischt, die zu mir führten, und mich beschützt.

Warum hatte ich das nie erkannt? Wie hatte ich so blind sein können?

....

Als ich die Augen aufschlug, lag ich in einem Krankenhausbett. Jetzt konnte ich alles klar und deutlich erkennen: blassgelbe Wände, Ablagen und ein Tisch, eine Klimaanlage, eine Vase mit Blumen, ein Teddybär mit einem Luftballon, auf dem GUTE BESSERUNG stand. Vor mir ein Tablett mit Krankenhausessen und ein rosa Becher mit Strohhalm.

Mein Hals fühlte sich immer noch rau und wund an, aber es steckte nichts mehr darin.

»Sie ist wach«, rief meine Mom aus, die am Fenster stand.

»Meine liebe kleine Bumblebee«, sagte mein Dad und kam auf mich zu.

Beide eilten zu mir und musterten mich ängstlich. Mom hatte ein zerknülltes Kleenex in der Hand und ihre Haare standen an einigen Stellen hoch, weil sie offenbar auf dem Stuhl geschlafen hatte. Dads Haare waren grauer, als ich sie in Erinnerung hatte.

»Versuch nicht zu sprechen«, sagte er. »Alles ist gut. Du bist im Miriam Hospital in Providence. Du hattest einen Autounfall und warst am Kopf verletzt. Eine Blutung unter der Schädeldecke. Die Ärzte haben sich darum gekümmert und du wirst wieder ganz gesund, okay, meine Kleine?«

Offenbar hatte Dad Mom angewiesen, ihn reden zu lassen, denn sie nickte bei allem, was er sagte, und versuchte, nicht zu weinen.

Sag mir bitte, dass meine Freunde auch noch leben. Dass sie ein paar Zimmer weiter liegen und dass es ihnen gut geht.

»Du brauchst jetzt Ruhe«, sagte Mom und drückte meine Hand.

Ich blickte an ihr vorbei zur Wand, wo ein Bild mit einem Strandfoto hing und eine abwischbare Tafel, auf der stand: *Ihre zuständige Krankenschwester ist LAURIE.*

Ein knochiger Teenager mit blondem Wuschelkopf saß auf einem Stuhl neben der Tür und sah mich an. Ich brauchte einen Moment, bis ich begriff, dass es Sleepy Sam war, der englische Junge, an dessen Seite ich im Captain's Crow den ganzen Sommer Eis verkauft hatte.

Mom folgte meinem Blick. »Du erinnerst dich an Sam?«

»Er ist jeden Tag hergekommen, um dir vorzulesen«, sagte Dad.

Sam stand auf und kam herangeschlurft.

»Bin echt froh, dass du wieder wach bist, Bee. Willkommen zurück.«

Dad klopfte ihm auf die Schulter. »Sam ist ein erstklassiger Vorleser. Wer hätte das ahnen können? Er spricht alle Stimmen unterschiedlich, selbst wenn es fünfzig Figuren sind. Vielleicht wird er mal ein Star im West End.«

In dem Moment bemerkte ich das Buch, das Sam unter dem Arm hatte. Das Cover war silbern, mit einer Collage aus Vogelkäfigen, Dampfloks und rotwangigen Figuren mit Zylindern auf dem Kopf. *Die legendäre Kultsaga von zukünftigen Vergangenheiten, gegenwärtigen Geheimnissen …*

Der Titel jagte mir einen Adrenalinstoß durch die Adern.

Das dunkle Haus an der Anderswokurve.

»Guten Morgen, Beatrice.«

Ein silberhaariger Arzt mit weißem Kittel und grüner OP-Haube kam herein, ein Klemmbrett in der einen Hand und einen Pappbecher in der anderen. Begleitet wurde er von einer Asiatin, ebenfalls im weißen Kittel.

»Schön, dass du wieder bei uns bist«, sagte er. »Darf ich mich vorstellen? Ich bin Dr. Miller, einer von deinen Ärzten. Freut mich sehr, dich endlich kennenzulernen.«

Er beugte sich über mich und leuchtete mir mit einer Lampe in die Augen. Als ich sein Gesicht sah, schnappte ich nach Luft.

Ich hätte ihn überall wiedererkannt. Er war für immer in mein Hirn eingebrannt, und ich würde ihn für den Rest meines Lebens vor mir sehen, sobald ich die Augen schloss: diese grünen, alles sehenden Augen, die wohlklingende dunkle Stimme, die eleganten, ein wenig müden Bewegungen wie bei einem ehemaligen Balletttänzer, dessen Körper Tausende von Übungsstunden und einen leisen Schmerz in sich trug.

Das konnte nicht sein. Unmöglich.

»Wann kann sie in die Reha verlegt werden?«, fragte meine Mutter.

»In ein paar Tagen. Die Schwäche in ihrer linken Körperhälfte und ein Teil der Erinnerungslücken sollten sich mit der Zeit bessern. Aber das kann Monate dauern.«

Der Wächter.

Er bat mich, die Arme zu heben, drei Finger hochzuhalten und die Knie zu beugen. Er fragte mich, ob ich wusste, welches Jahr wir hatten, wer der Präsident der Vereinigten Staaten war, wie alt ich war. Ich war benommen und konnte mich kaum darauf konzentrieren, was er sagte, weil ich ihn nur fassungslos anstarrte. Er hatte seinen Becher auf dem Tablett vor mir abgestellt. Das Bändchen des Teebeutels hing an der Seite herunter.

Er griff nach dem Becher, trank einen Schluck und wandte sich ab. Er sagte leise etwas zu meinen Eltern, dann verließ er zusammen mit seiner Kollegin das Zimmer und ging den Flur hinunter.

27

Meinen Eltern blieb nichts anderes übrig, als es mir zu sagen, obwohl ich es bereits wusste.

Kipling St. John.

Whitley Lansing.

Cannon Beecham.

Martha Ziegler.

Sie waren tot.

Ich wurde in die Reha verlegt und verbrachte sechs Wochen dort. Ich wanderte mit meinem Gehstock durch die Flure, übte das Treppensteigen und trainierte meinen linken Arm, der zitterte und schlackerte, als hätte er ein Eigenleben. Gleich am ersten Abend schlich ich mich in den Computerraum und las alles über den Unfall, was ich finden konnte.

Es gab Berichte im *Providence Journal*, im *Warwick Beacon* und in der *USA Today*. In allen Artikeln stand dieselbe Wendung: »tragischer Verlust jungen Lebens«. Der Unfall wurde auch im Leitartikel der *Republican Nation* zitiert, in dem es um Trunkenheit am Steuer und deren gehäuftes Vorkommen in Gemeinden Neuenglands mit steigender Arbeitslosigkeit ging. Alle zeigten Fotos von Whitley, dem klassischen blonden Traummädchen, und widmeten sich dann Cannon, Kipling und Martha, wobei sie stets auf ihr Stipendium für das MIT hinwiesen. Mein Name kam ganz am Schluss, der Name der einzigen Überlebenden, derjenigen, die Glück gehabt hatte.

Ihre Facebook-Seiten wurden zu Gedenkstätten, was mich nicht weiter überraschte. Bei Jim war es genauso gewesen. Mitschüler aus Darrow, die sie kaum gekannt hatten, und Freunde aus ihren Heimatstädten posteten Nachrichten wie *Soo traurig* oder *Die Welt ist jetzt leer*, überhäuft mit betenden Emojis, anonymen Kommentaren nach dem Motto *Leben ist Schmerz* und GIFs von Heath Ledger.

Ich hatte ihre Beerdigungen verpasst, weil ich im Krankenhaus gewesen war. Also las ich, was ich darüber finden konnte. Alle ihre Heimatzeitungen verfolgten die Geschichte weiter (weil die ursprünglichen Artikel Hunderte von Malen gelikt und geteilt worden waren), brachten Fotos von schmerzgezeichneten Familienmitgliedern, die in der Kirche ein Gedicht vortrugen, daneben jeweils ein vergrößertes gerahmtes Foto von Kipling/Cannon/Martha/Whitley auf einer Staffelei, deren ahnungslose Fröhlichkeit mahnend daran erinnerte, dass das Leben, neben vielem anderen, aus Haarnadelkurven bestand.

Linda Tolledo bei ihrer Ansprache während des Trauergottes-

dienstes für ihre Tochter Whitley Lansing, die bei einem Autounfall ums Leben kam.

Sogar an der Küstenstraße, wo der Unfall passiert war, hatten Leute Kerzen aufgestellt und Blumen, Fotos und Teddybären hingelegt und davon dann wiederum Fotos mit Hashtags wie *#RIP* und *#unvergessen* gepostet.

Sie mussten nicht leiden, sagten die Polizisten zu meinen Eltern. Sie waren sofort tot.

Ich hatte überlebt, weil ich nicht angeschnallt gewesen war. Ich war hinausgeschleudert worden und in einem Sträucherdickicht gelandet, während die anderen mitsamt dem Auto in den Abgrund gestürzt waren.

Natürlich kannte niemand den wirklichen Grund, warum ich überlebt hatte: Ich hatte innerhalb einer Sekunde ein Jahrhundert durchlebt. Ich war Tausende von Malen gestorben und hatte vier Menschen auf eine Weise kennen und lieben gelernt, wie es nur wenigen vergönnt war. Ich war an einem Ort zu Hause gewesen, wo Dinge wie Leben und Tod nicht zählten, wo nur die zitternden Momente der Verbindung dazwischen wichtig waren.

Und wenn man so etwas mitgemacht hat, erfüllt einen jeder Augenblick seines kleinen Lebens mit ehrfürchtigem Staunen.

....

So begann mein Leben außerhalb der Niemalswelt.

Es war anders, als ich es in Erinnerung hatte. *Ich* war anders.

Und das lag nicht nur an der Narbe in Form eines umgedrehten Fragezeichens, die sich oberhalb des rechten Ohrs über meinen Schädel zog. Die Haare verbargen sie, aber wenn man wusste, wo sie war, konnte man sie sehen, wie ein Tattoo, ein Mal. Auf Außenstehende wirkte ich selbstbewusst, wenn auch ein wenig ernst. Ich hatte aufgehört, auf meiner Unterlippe herumzukauen und mir ständig die Haare hinter die Ohren zu streichen. Ich dachte nicht mehr darüber nach, ob die Leute mich mochten oder ob ich hübsch war oder einen Fehler gemacht hatte. Ich fürchtete mich nicht mehr davor, in einer vollen Cafeteria allein an einem Tisch zu sitzen und zu essen oder einen süßen Jungen anzusprechen, den ich nicht kannte, oder Karaoke zu singen, vorzusprechen, eine Rede zu halten. All die Dinge, über die sich die Leute auf dieser Welt so viele Gedanken machen, kümmerten mich dank der Niemalswelt nicht mehr. Es drängte mich nicht mehr, die Stille zu füllen. Ich konnte sie stundenlang einfach so stehen lassen wie eine Schale mit Obst.

Die Freunde meiner Eltern flüsterten: »Beatrice hat sich ja wirklich gemacht«, und »Ihr seid bestimmt total erleichtert«. Sie staunten, als sie hörten, dass ich ans Boston College gewechselt war, Musiktheorie und Kunstgeschichte studierte, bei einer Firma für Videospiele jobbte und ehrenamtlich Waisenkindern Gutenachtgeschichten vorlas.

Und diesen Kindern erzählte ich von meiner Zeit in der Niemalswelt.

Sonst sprach ich mit niemandem darüber, nicht einmal

mit meinen Eltern. Irgendwie wusste ich, dass gerade diese Kinder es verstehen würden, mit ihren großen Augen und dem Wissen um das Dunkel, in ihren Königreichen aus Aufstehen, Versteckenspielen, Mittagsschlaf und Abendbrot. Ich erzählte ihnen, dass ich den verborgensten und wildesten Winkel der Welt besucht hatte. Dass sie sich eines Tages vielleicht auch an so einem Ort wiederfinden würden, einem verlorenen Traumland zwischen Leben und Tod, wo Vergangenheit, Gegenwart und Zukunft ein Dschungel sind, und wo sich die Hölle innerhalb eines Wimpernschlags in den Himmel verwandeln kann.

»Wie kommen wir denn dahin?«, fragte ein Mädchen.

»Wenn du auserwählt bist, wird es dich finden. Aber der Trick ist, keine Angst zu haben. Denn dort ist es gar nicht so viel anders als in dieser Welt.«

Hatte es die Niemalswelt wirklich gegeben? Oder war sie ein Nebeneffekt meiner Kopfverletzung gewesen, des *rechtsseitigen subduralen Hämatoms, das nur mittels einer Kraniotomie entfernt werden konnte*, und der elf Tage im Koma, künstlich beatmet und sediert? Sam hatte mir das Buch vorgelesen. Einer meiner Ärzte sah aus wie der Wächter. War das alles nur in meinem Kopf passiert? Hatten meine Sinne, während ich schlief, Details aus der Welt um mich herum herausgefiltert und daraus eine Realität gesponnen, die nur für mich existiert hatte?

Natürlich hatte es die Niemalswelt wirklich gegeben, auch wenn ich es nicht beweisen konnte.

Ich versuchte es. Ich versuchte, alle möglichen Fakten zu

verifizieren. Doch während manche Dinge sich bestätigten – Mrs Kahn lebte tatsächlich mit ihrer Schneekugelsammlung schräg gegenüber von Wincroft; es gab einen exklusiven Jachthafen namens Davy Jones's Locker, einen Ted Daisy, der in Cincinnati lebte, und eine Victoria Channing in der Polizeiwache von Warwick, die in der Verkehrssicherheit arbeitete –, erwiesen sich andere als Sackgassen. Nirgendwo im Internet tauchte eine Estella Ornato auf. Das Honey Love Fried Chicken hatte es mal gegeben, aber an der Stelle war seit über einem Jahr ein Foot Locker. Und Dinge wie die Identität des Weißen Kaninchens und der Schwarzfußindianer-Teppich ließen sich nicht überprüfen.

So viele Puzzleteile, die wir zusammengesetzt hatten, fehlten hier.

Der einzige echte Beweis dafür, dass es die Niemalswelt gab, war die Zeit. Sie verlief für mich nicht mehr in einer geraden Linie, sondern schlug manchmal Schlaufen und verlor das Gleichgewicht. Eine Stunde ging in einem Wimpernschlag vorbei. Ich saß in einer Geschichtsvorlesung und meine Gedanken wanderten so weit weg, dass ich völlig überrascht war, wenn es klingelte, alle ihre Sachen zusammenpackten und an der Tafel, die eben noch leer gewesen war, die Notizen einer ganzen Stunde standen.

Manchmal blickte ich mich um und fragte mich, ob der Wächter irgendwo in der Nähe war, in einem Beet hockte und Tulpenzwiebeln pflanzte oder auf einer Leiter stand und Efeu zurückschnitt, denn ich hatte begriffen, dass diese Aussetzer Nachbeben der Niemalswelt waren, die Instabilität, vor der Martha uns gewarnt hatte. Meine Lokomotive rutschte manchmal ganz leicht auf den Gleisen.

Ich dachte immer noch an Jim. Aber er war kein Geist mehr, der mich verfolgte. Für mich war er ein Junge, schön und zerbrechlich wie wir alle. Ich sah unsere gemeinsame Zeit jetzt eher als das, was sie wirklich gewesen war – irgendetwas zwischen der wilden Vorstellung von Liebe und echter Liebe. Manchmal hatten wir uns in diesem wackligen Dazwischen gefunden, und dann war es echt gewesen. Dann wieder zitterte es und riss sich los, was es auch war; wie ein zappelnder Drachen an einer zu dünnen Schnur. Wenn Jim nicht gestorben wäre, wäre unsere Liebe stehen geblieben und das Licht wäre ausgegangen, wie beim Karussell einer Wanderkirmes. Die Musik würde später nicht mehr so wunderbar klingen wie in meiner Erinnerung. Kaum jemand würde noch wissen, dass wir mal ein Paar waren. In zwanzig Jahren würden wir uns auf Facebook – oder irgendeinem Nachfolger davon – finden und erstaunt feststellen, dass wir normal geworden waren, dass das Besondere, das wir in den Augen des anderen zu sehen meinten, verschwunden war.

Ich dachte jeden Tag an meine Freunde. Manchmal, wenn ich die Augen schloss, konnte ich sie an meiner Seite spüren. Ich versuchte mir vorzustellen, wo sie jetzt waren. Denn sie waren irgendwo. Und zwar zusammen. Das wusste ich. Ich betete, dass sie glücklich waren – oder was auch immer jenseits irdischen Glücks lag.

Ich glaube, sie waren es.

Am meisten dachte ich an Martha, daran, wer sie gewesen

war und was sie für mich getan hatte. Ich verdankte ihr jeden einzelnen Moment meines Lebens. Manchmal machte mich das teilnahmslos und traurig, dann ging ich nicht zu der Studentenparty, dem Sonntagabend-Pizzaessen oder dem Semesterabschlussfest, sondern verkroch mich in meinem Zimmer, malte oder schrieb Songtexte und rang mit der schmerzlichen Erkenntnis, dass wir die Menschen, die uns verändern, erst dann so richtig sehen, wenn sie nicht mehr da sind.

Ich erinnerte mich, wie Jim mal zu mir gesagt hatte, dass ich eines Tages staunend denken würde: *Ich war mit Martha Ziegler befreundet.* Weil sie etwas so Besonderes war.

Er hatte recht gehabt.

Ich hätte nicht diejenige sein sollen, die weiterlebte, sondern Martha. Ich war nie die Gute. Ich sah kaum etwas so, wie es wirklich war. Aber genau das hatte Martha mir beigebracht. Wir sind felsenfest überzeugt, dass wir einander sehen, aber das, was wir wahrnehmen, ist nur ein winziger Bullaugenausschnitt vom Ozean. Wir denken, wir erinnern uns an die Vergangenheit so, wie sie war, aber unsere Erinnerungen sind fantastisch und flüchtig wie Träume. Es ist so leicht, die Hübsche zu hassen, das Genie zu verehren, für den Rockstar zu schwärmen, dem guten Mädchen zu vertrauen.

Aber das ist nie ihre einzige Geschichte.

Wir sind alle Anthologien. Wir sind Tausende von Seiten lang, voller Märchen und Poesie, Geheimnisse und Tragödien und vergessener Geschichten ganz am Ende, die nie jemand lesen wird.

Das Beste, was wir tun können, ist, die Hand auszustrecken

und einander durchs Unbekannte zu helfen. Denn wenn wir uns an den Händen halten, finden wir Pfade durch die Dunkelheit, durch Dschungel und Städte, und Brücken über die tiefsten Schluchten dieser Welt. Deine Freunde gehen mit dir und halten dich fest, selbst wenn sie nicht mehr da sind.

....

Zwei Jahre nach dem Unfall veröffentlichte ich einen Traum-Soundtrack.

Er erschien bei einem kleinen Verlag in Minneapolis namens Brace Yourself Books. Doch selbst die Leute da wussten nicht, was sie damit machen sollten. Der Markt für einen Soundtrack zu einem Film, den es nicht gibt, ist ziemlich klein.

Als ich die vier gedruckten Exemplare vom Verlag bekam, verließ ich die Uni und fuhr mit dem Zug nach St. Louis. Von dort nahm ich einen Bus nach Winwood Falls und ging zu Fuß einen Kilometer an rosa Backsteinhäusern mit Muschelspringbrunnen vorbei zu einem Friedhof namens Ardenwood. Mithilfe einer Karte folgte ich einer Besucherroute, die mich an den Mausoleen berühmter Schriftsteller und Mäzene vorbeiführte, bis ich zu einem Bereich mit neuen Gräbern kam.

Whitley lag auf einem Hügel. Als ich vor ihrem marmornen Grabstein stand, musste ich weinen, denn das Zitat, das Linda ausgewählt hatte, war aus einem von Jims besten Songs, »Für immer sie«. Die Tatsache, dass sie darauf gekommen war, Whitleys Instagram zu durchforsten und es zu finden, bedeutete vielleicht, dass ich mich auch in ihr getäuscht hatte. Vielleicht hatte sie ihre Tochter doch verstanden.

Sie lebt weiter, wie ein Glühwürmchen in mir.
Auch wenn ich tot bin, sind meine Gedanken bei ihr.
Sie ist meine Erinnerung, sie ist mein Lied.
Sie ist die Worte, die ich verschwieg.
Sie ist die Decke, die mich umfängt.
Sie ist der Kompass, der mich lenkt.
Wenn die Sonne erlischt und die Erde erstarrt,
ist sie das Echo, das in der Stille verharrt.

Ich legte das kleine Album neben die Blumen und ging.

Dann stieg ich wieder in einen Zug, diesmal nach New Orleans, und fuhr mit einem Bus, dessen Klimaanlage kaputt war, nach Moss Bluff, einer Stadt, in der überall Spanisches Moos wuchs, sodass jede Straßenecke aussah, als hätte sie einen Dreitagebart. Von dort ging ich zu Fuß die zwölf Kilometer zu Kiplings Haus.

Zu meiner Überraschung sah es genauso aus, wie er es beschrieben hatte: ein verschachteltes weißes Haus, an dem die Farbe abblätterte, und ein Garten, in dem ein weißer Pfau umherstreifte. Ich hatte immer gedacht, er hätte alles übertrieben, aber tatsächlich hatte er sogar noch etliche Besonderheiten weggelassen, wie zum Beispiel den grünen Cadillac, der mitten in der Einfahrt stand und bei dem das Unkraut durchs Bodenblech wuchs wie Haare aus den Ohren eines alten Mannes.

Ich legte das Album auf die Verandaschaukel. Als ich mich noch einmal umdrehte, sah ich, wie eine gebeugte, grauhaarige Frau in einem grünen Hauskleid es in die Hand nahm. Sie blickte mir verwirrt nach.

Danach Los Angeles: zwei Tage im Zug, vorbei an Wüsten und Einkaufszentren und Palmen. Dann weiter mit dem Bus nach Montecito, wo ich zu Cannons Haus ging, einer cremeweißen viktorianischen Holzvilla. Ich schob das Album durch den Briefkastenschlitz und floh die Stufen hinunter, als ein Autoalarm losging. Ein Mann, der gegenüber seinen Rasen wässerte, sah irritiert zu mir herüber.

Drei Tage später kam ich in Providence, Rhode Island, an. Ich hatte sieben Mystery-Romane und zwölf Zeitschriften durchgelesen, keine saubere Unterwäsche mehr und einen steifen Nacken. Die letzten sechs Kilometer ging ich mit einem eigenartigen Gefühl der Ruhe, und ich kam kurz nach Einbruch der Dämmerung bei Ziegler Auto Repair an.

Am Empfang war niemand und fast alle Lichter waren aus. Ich stellte das Album ins Fenster, neben ein Schild mit der Aufschrift KAFFEE 99 CENT. Gerade als ich gehen wollte, ging die Werkstatttür auf.

»Kann ich Ihnen helfen?«

Ich drehte mich um. Es war Marthas Dad. Ich war ihm zwar noch nie begegnet, aber er hatte das gleiche Kinn und genauso eine dicke Brille. Er trug einen ölverschmierten Overall und wischte sich die Hände an einem Lappen ab.

Ich stellte mich vor und sagte ihm, dass ich eine alte Freundin von Martha war.

»Natürlich. Beatrice, richtig? Das ist aber nett. Es kommt nicht oft vor, dass ich Freunde von Martha kennenlerne.«

»Ich bin hier, weil ich ein Buch gemacht habe. Na ja, so was Ähnliches. Eigentlich sollte sie es bekommen. Es ist der Soundtrack zu einem Film, den es nicht gibt, über vier ungewöhnliche Superhelden, die alle verborgene Fähigkeiten besitzen. Ich wollte Ihnen ein Exemplar davon geben.«

Ich hielt ihm das Bändchen hin, und er nahm es und betrachtete es. Dann tauschte er die dicke Brille gegen eine Lesebrille, die er auf die Nasenspitze setzte.

»Ah.« Er sah überrascht auf. »Du hast es Martha gewidmet?«

Ich nickte.

»›Für Martha. Die mich gesehen und trotzdem an mich geglaubt hat.‹ Na, so was.« Er lächelte und deutete zum Empfang. »Ich habe da drüben ihre Bilder aufgehängt. Sie hatte schon immer eine Vision vom Jenseits. Schon als sie klein war. Es gab nicht viel, wovor Martha sich fürchtete.«

Er zeigte mir ihre Sachen, Kinderzeichnungen, Bilder mit einer Eule, die purpurrote Federn hatte, Entwürfe für eine geflügelte Erfindung. Er zeigte mir auch die Arbeiten von Marthas älterer Schwester Jenny, die unglaubliche großformatige Bilder von Ozeanen gemalt hatte, in denen ganze Königreiche verborgen waren und Wörter in den Wellen.

»Alles ist uns nur geliehen«, sagte er und wischte sich die Tränen weg. »Selbst unsere Kinder.«

Er bot mir ein Malzbier an, aber ich lehnte dankend ab und sagte, ich müsse jetzt los.

»Vielleicht komme ich mal wieder«, fügte ich hinzu.

»Gerne. Du bist immer willkommen.«

Als ich ging, blickte er mir nach, das Album in den Händen. Bestimmt ahnte er, dass da noch viel mehr war, was ich ihm nicht erzählt hatte.

Dann saß ich wieder im Bus und schaute aus dem Fenster in den dunklen Himmel. Einmal sah ich einen Streifen orangefarbenes Licht am Horizont, doch es war nur die Innenbeleuchtung an der Decke des Busses, die sich in der Scheibe spiegelte. Die schimmernden Blätter der vorbeiziehenden Bäume wirkten lebendig und wie elektrisiert, aber obwohl ich gerne geglaubt hätte, dass sich wieder eine verborgene Welt für mich öffnete, lehnte ich mich zurück und sagte mir die Wahrheit.

Diesmal war es nur der Wind.

Danksagung

Ich möchte meiner Lektorin Beverly Horowitz dafür danken, dass sie mich durch mein erstes Abenteuer in der Welt der Bücher für junge Erwachsene begleitet hat. Von unserem ersten Gespräch vor drei Jahren an, durch die vielen Entwürfe und bis zur endgültigen Fassung waren ihre Klugheit, ihr Humor und ihre Genauigkeit lehrreich und inspirierend. Großen Dank schulde ich auch meiner Agentin und Freundin Binky Urban, dafür, dass sie mir in unerforschte Gebiete gefolgt ist und mir dabei stets mit Rat und Erfahrung zur Seite gestanden hat.

Weiterhin möchte ich den vielen kreativen Köpfen bei Delacorte Press danken, die unermüdlich an diesem Buch mitgearbeitet haben, insbesondere Noreen Herits, John Adamo, Colleen Fellingham, Alison Kolani, Tamar Schwartz und Rebecca Gudelis. Danke auch an Kate Medina und das Team von Penguin Random House, deren Einsatz für Autoren und Leser, unabhängig von irgendwelchen Trends, immer wieder beeindruckend ist.

Ich danke Felicity Blunt, Roxane Eduard und Mairi Friesen-Escandell dafür, dass sie dieses Buch den Lesern in anderen Ländern nahegebracht haben; Ron Bernstein für seine Sachkenntnis in Bezug auf Filmrechte; Brenda Cronin, Seth Rabinowitz und Nicole Caruso, meinen Vertrauten und Testleserinnen; und Anne Pessl, Champion des ersten Entwurfs, Entdeckerin aller blinden Flecken und Wonder Mom.

Ganz besonders möchte ich meinen drei Schicksalsgottheiten David, Winter und Avalon danken, deren Blick auf die Welt und Begeisterung für alle Arten von Geschichten, klein oder groß, meine tägliche Freude sind.

Zu guter Letzt danke ich allen jungen Leserinnen und Lesern, die mich je in einer Buchhandlung angesprochen haben. Eure Begeisterung für Figuren, die zu ihrer Stärke finden und Hindernisse überwinden, hat mich dazu inspiriert, diese Geschichte zu schreiben.